LA PROMESA DE LA HIGHLANDER
AL TIEMPO DEL HIGHLANDER
LIBRO VI

MARIAH STONE

Traducción:
CAROLINA GARCÍA STROSCHEIN

Copyright © 2022 Mariah Stone

Todos los derechos reservados.

La siguiente es una obra de ficción. Todos los nombres, personajes, lugares y eventos que se mencionan en ella son producto de la imaginación del autor o se utilizan de manera ficticia. Cualquier similitud con personas vivas o muertas, negocios, empresas, sucesos o tiendas que existan en la actualidad o hayan existido en el pasado es puramente casual.

Título original: *Highlander's Vow* © 2021 Mariah Stone

Traducido al español de Latinoamérica

Traducción: Carolina García Stroschein

Diseño de portada: Qamber Designs and Media

«No sé de qué están hechas las almas, pero la mía y la suya están hechas de lo mismo».

— Emily Brontë, *Cumbres borrascosas*

PRÓLOGO

Castillo de Eilean Donan, 1301

Su prometido iría a buscarla.

Catriona Mackenzie entornó los ojos para concentrarse en el único punto negro que flotaba en medio del frenesí que producían los destellos de la luz de la luna sobre el lago. Debía ser el bote. Debía tratarse de Tadhg. El muchacho al que amaba. El que le cambiaría la vida.

El viento de la medianoche soplaba fuerte y frío y producía chirridos que parecían berridos al atravesar las grietas de la puerta del castillo a sus espaldas. Con el estómago retorcido por los nervios de la espera, enderezó los hombros. A pesar de que no se atrevía a apartar los ojos del punto, echó a correr por el camino hacia el embarcadero y sintió la gravilla bajo los pies. No le importaron los centinelas. Quería que Tadhg viera que se encontraba allí, esperándolo.

Soltó el aliento temblorosa y se aferró a la pequeña cruz de madera que tenía bajo el abrigo. Tadhg se la había hecho. «Recuerda que tu madre está con Dios», le había dicho. «Ella y Dios te están cuidando».

Tadhg... su dulce muchacho. No, no era un muchacho, sino un joven que le recordaba a un lobo dorado. Tenía unos ojos verdes que siempre estaban alerta y observaban todo a través de unas pestañas alargadas de color trigo.

Esa noche se convertiría en su marido...

Su padre, el jefe del clan Mackenzie, había estado negociando su matrimonio con un noble acaudalado, Alexander Balliol, durante casi un año. Por el contrario, Tadhg era un pobre miembro del clan, el hijo de un guerrero.

No obstante, le daría una vida llena de amor y la salvaría del destino de convertirse en una posesión preciada. Ese había sido el destino de su madre fallecida. Eso solo ocurriría si su padre no la encontraba allí, al otro lado de las murallas del castillo en plena noche.

Al imaginarse a su padre encolerizado como un toro corriendo hacia ella, con los puños cerrados para atacar y nadie alrededor para protegerla, se estremeció. Angus, su hermano mayor, no sabía dónde estaba. Y Tadhg... Si su padre los veía, sin dudas, lo mataría.

Soltó la cruz y tocó la daga que tenía en el cinturón. Angus le había enseñado a usarla para poder protegerse de su padre en caso de que no se encontrara presente para escudarla.

Sintió como si tuviera la mirada de alguien clavada en la espalda y se le erizó el vello suave de la nuca. Echó un vistazo por encima del hombro para ver la muralla negra del castillo que se ceñía sobre ella. Sabía que en la cima había centinelas haciendo la guardia nocturna y acurrucándose bajo los abrigos.

Con la espalda más tensa que la cuerda de un arco, aguardó sin apartar la mirada del bote. A medida que se aproximaba, se agrandaba, y la figura del hombre que remaba se encorvaba al tiempo que los remos subían y bajaban. El viento incrementó, le zarandeó las faldas y le hizo ondear el abrigo. El frío le hizo sentir unas agujas perforándole las manos.

Tal y como había esperado, varias nubes negras avanzaron del norte para tapar la luna y la luz y permitirle escapar en la oscuridad.

Cuando el bote se acercó, notó dos figuras en lugar de una. Una de ellas era grande... demasiado grande para tratarse de Tadhg. La otra podría ser él...

El pulso se le aceleró en la sien y observó cómo los remos se hundían en el agua y el bote se mecía en las olas salvajes. Cuando los primeros torrentes de lluvia le cayeron en el rostro, el hombre grande se volteó para mirar por encima del hombro. Las tablas de madera del embarcadero desaparecieron bajo los pies de Catrìona. Pudo ver el rostro grande y relleno, hinchado y sombrío, con cejas negras sobre los ojos que parecían dos ventanas al infierno. Era Kenneth Og Mackenzie, su padre.

Una nube espesa se tragó la luna, y el bote se disolvió en la oscura pared de lluvia.

Con la cabeza dando vueltas, clavó la vista en la oscuridad intentando ver quién era el segundo hombre. «Oh, Señor, por favor que no sea Tadhg...». El bote chocó contra el embarcadero, y vio que el otro hombre era Laomann, su hermano mayor.

Su padre se volvió hacia ella.

—¿Qué estás esperando? —ladró—. Amarra el bote. Eres la única en el embarcadero.

Laomann le arrojó la soga, y se apresuró a tomarla. Mientras la amarraba a la abrazadera, entornó los ojos en busca de otro bote. Pero lo único que vio fue la lluvia negra.

Su padre y Laomann se pararon en el embarcadero. Su padre la empujó y avanzó hacia el castillo.

—Vamos, no le serás de utilidad a tu prometido si te enfermas.

Entumecida y fría, caminó al lado de ellos.

—¿Mi prometido?

Echó un vistazo hacia el lago neblinoso. El cielo estaba completamente oscuro. ¿Tenía alguna alternativa? De seguro, si Tadhg venía por ella, encontraría el modo de colarse en el castillo o de hacerle llegar un mensaje. Al fin y al cabo, era un miembro del clan, y su padre no tenía ningún motivo para sospechar de él.

—Por fin logré que Alexander accediera a casarse contigo. Vendrá en una semana —le informó su padre—. Uno de sus hombres apareció en Dornie para comunicarnos la decisión y pedirnos que nos preparemos.

El nombre de Alexander fue como si le hubieran puesto una piedra pesada alrededor del cuello.

Laomann tenía la mirada clavada en el suelo, los hombros encorvados y el ceño fruncido en un gesto apenado. ¿A qué se debía esa expresión?

En el transcurso de los últimos años, su padre había rechazado todas las ofertas de matrimonio hasta que comenzó las negociaciones con la casa Balliol.

—Por fin sucederá. Te casarás con un linaje de la realeza. Tus hijos podrán acceder al trono. Quizás un día logren preceder a la estirpe de Roberto.

Unos escalofríos le recorrieron la columna vertebral. Pensó en el hombre de unos cuarenta años que ya tenía cinco hijos adultos, todos mayores que ella. Durante su visita a Eilean Donan, la había mirado con tal frialdad que le produjo un escalofrío en el cuello.

Tadhg aún podía venir. Aún podía salvarla.

Su padre golpeó el puño contra la puerta pesada y se volvió hacia ella.

—Gracias a esta unión, seré más poderoso que cualquier otro Mackenzie antes que yo. —Mientras la puerta se abría, añadió—: ¿Qué piensas? ¿Acaso tu padre no es el mejor casamentero?

No respondió nada.

Ingresaron y avanzaron por el patio interior que se hallaba silencioso; los únicos sonidos que se oían eran los que producían los zapatos contra los charcos de barro y el murmullo de la lluvia.

Su padre pateó un balde que había al lado de una casa de madera con un tejado de paja.

—¡Un linaje real! —El balde les salpicó agua en los pies y salió volando en el aire, al igual que la esperanza de Catrìona—. Sonríe, muchacha —añadió, y la amenaza sonó clara en su voz.

Si el balde era la promesa de lo que le haría si no obedecía, Catrìona entendió el mensaje y se obligó a sonreír.

—Oh —suspiró su padre—. Así está mejor. ¿Acaso tu padre no es el hombre más listo con vida? Lo único que tienes que hacer es cumplir con tu deber de mujer y darle un hijo a tu marido.

Mientras entraban en la fortaleza cálida, Catrìona temblaba, pero no de frío. Bajo la mirada pesada de su padre, subió las escaleras que conducían a su recámara. Cuando cerró la puerta a sus espaldas, sonó como la puerta de un calabozo.

Inspirando y exhalando aire con bocanadas irregulares, corrió hacia la ventana y clavó la mirada en la oscuridad en busca de otro bote. Pero las cortinas de lluvia la azotaban como un látigo y le cegaban la vista.

Un golpe débil en la puerta la hizo volverse y cerrar las persianas.

Su criada, Ruth, se hallaba de pie en el umbral con una vela de sebo. Su rostro dulce y redondeado reflejaba preocupación.

—Muchacha, ¿qué ha pasado?

Catrìona negó con la cabeza y parpadeó en el intento de contener las lágrimas inoportunas.

—¿Por qué no ha venido, Ruth?

La muchacha corrió hacia ella. Ruth colocó la vela sobre el alféizar y le tomó las manos entre las suyas. El calor que manaban le quemó la piel congelada.

—¿Le pasó algo? —preguntó en un susurro—. ¿Lo han herido?

Ruth le ofreció una sonrisa de apoyo.

—Ten fe. Esperemos. Aún puede venir.

Catrìona asintió.

—Sí, debería rezar. No puedo ir a Dornie a buscarlo y no puedo hacer más nada.

Ruth le apretó las manos.

—Pero le puedes pedir ayuda a Dios.

Catrìona asintió, abrazó a Ruth y luego la soltó para ponerse de rodillas al lado de la cama. Comenzó a rezar en susurros feroces, con las manos entrelazadas con tanta fuerza que pronto se le entumecieron.

Perdió la noción del tiempo.

La luz de la mañana tiñó las paredes de piedra de la habitación de tonos rosados y anaranjados. La tormenta había pasado. Lo notó al oír el canto de un ave que se colaba por las persianas cerradas.

—¡Muchacha! —Una voz la hizo sobresaltarse. Se volvió hacia la puerta y vio a Ruth de pie con los ojos abiertos como dos lunas llenas.

Con el rostro pecoso pálido, se apresuró a entrar en la habitación y la ayudó a incorporarse. A Catrìona le dolían las rodillas de haber pasado la noche entera rezando.

Las cejas de Ruth se unieron para formar una expresión apenada.

—¿Ni siquiera has dormido?

—Eso no importa. ¿Has oído algo de él?

Ruth bajó los ojos y suspiró.

—Acabo de volver de la aldea, muchacha.

Catrìona tomó a Ruth de los codos y la sacudió.

—¿Y bien?

—La casa de su padre parece abandonada. La puerta estaba abierta. Su vecino, el porquero, dijo que se marcharon anoche, antes de la tormenta.

El mundo cedió bajo sus pies.

«Simplemente se marchó... Sin decir nada».

El hombre que amaba ni siquiera había tenido la gentileza de decirle que no quería casarse con ella. Soltó a Ruth y se aferró al poste de la cama. El corazón se le partió, y sintió como si los pies pesados se le hundieran.

Y ahora tendría que casarse con Alexander Balliol. Para su

padre, no era más que un medio para lograr un fin, y para Alexander sería lo mismo.

La tormenta no había detenido a Tadhg. Debió haberse marchado a buscar su fortuna en otro sitio. Si de verdad la hubiera amado, se hubiera enfrentado a cualquier obstáculo que se le hubiera atravesado en el camino para estar con ella, para rescatarla. No la amaba.

La única utilidad que tenía era ser un objeto que ayudaría a su padre a avanzar a nivel político. Su madre había estado en lo cierto: si se convertía en monja, estaría mejor.

CAPÍTULO 1

Castillo de Eilean Donan, fines de julio de 2021

—Bueno, la gente desaparece en las Tierras Altas.

El detective James Murray miró a Leonie Peterson, una mujer dulce y rolliza en sus cincuenta que caminaba a su lado hacia Eilean Donan. Al final del puente alargado, el castillo se erguía gris contra el cielo azul brillante y parecía una visión del pasado.

La tensión hizo que a la mujer se le formaran arrugas en el entrecejo. James entendía su preocupación. Al fin y al cabo, ¿cómo podían desaparecer dos personas en el museo, bajo las narices de otros visitantes y en plena vista de las cámaras de seguridad? ¿Habría más peligro para los visitantes? ¿Estaría ella o cualquiera de los otros empleados bajo sospecha?

Rogene Wakeley, una graduada reciente de un programa de posdoctorado de la Universidad de Oxford, y su hermano de dieciocho años, David, ambos ciudadanos estadounidenses, habían visitado Eilean Donan hacía dos semanas y nadie los había vuelto a ver desde entonces.

Considerando que había ocurrido en un castillo medieval, con paredes gruesas, esquinas oscuras y muebles antiguos, la gente era propensa a imaginar fantasmas, hadas y espíritus. Pero lo vivido durante la infancia y la adolescencia le habían enseñado a James que la simple lógica y la psicología eran la respuesta a todo lo que parecía extraño, mágico o requería fe.

—La gente desaparece en todos lados —repuso James sin comprometerse.

La tranquilidad que lo rodeaba le hacía zumbar los oídos. Los cantos de las aves resonaban por encima de la superficie zafiro del lago, cubierta con algas verdes, amarillas y anaranjadas. En algún punto en la distancia, algunos autos circulaban por la carretera A87. Las colinas de musgo verde y amarillo de las Tierras Altas los rodeaban y se reflejaban sobre las aguas calmas del lago. El aire era muy fresco y natural, y cargaba los aromas de los peces y las algas. Resultaba agradable y estimulante.

Como si los pulmones se quisieran revelar contra el aire limpio, sintió deseos de fumar un cigarrillo. Consideró que tenía tiempo para algunas pitadas antes de llegar al castillo. Extrajo el paquete y el encendedor del bolsillo de la chaqueta gris y soltó una maldición porque solo le quedaban dos.

Leonie negó con la cabeza.

—Pero aquí, es inexplicable...

James se detuvo para encender el cigarrillo, y la primera pitada le alivió la tensión del pecho y le hizo sentir un agradable mareo en la cabeza. Leonie lo miró con el ceño fruncido típico de aquellos que no fuman. Al reanudar la caminata, soltó una nube de humo y una parte de él lamentó que el olor cubriera el aroma de la naturaleza.

—Siempre hay una explicación. Solo es cuestión de encontrarla.

—¿Ya tienes alguna idea? Porque los dos vimos la grabación con nuestros propios ojos. Entraron en el castillo y descendieron a las alacenas subterráneas, cosa que no debían haber hecho. —Negó con la cabeza en señal de desaprobación—. Y nunca regresaron.

En la grabación de seguridad en tonos grises que James había visto primero en la estación de policía de Oxford y de nuevo ese día en las oficinas del edificio al otro lado del castillo, se veía a Rogene y David Wakeley primeros en la fila para comprar las entradas. Luego los hermanos habían cruzado el puente hacia el castillo a paso determinado, sin mirar alrededor ni disfrutar de la vista como lo hacían los turistas.

Rogene iba vestida de manera práctica y llevaba una gran mochila de viaje que parecía atiborrada como si estuviera preparada para pasar varios días en la naturaleza. La compañía de alquileres de coches había reportado el coche desaparecido a la semana de que llegara allí desde Oxford con su hermano. Si alguna vez regresaba, tendría que pagar una multa sustanciosa.

James exhaló y soltó una nube de humo.

—Lamentablemente no puedo compartir ninguna idea que tenga.

—Por supuesto —repuso Leonie—. Comprendo. Sin embargo, la joven ya había desaparecido en una ocasión, la noche de la boda de los Fischer, ¿no?

—Así es.

—Y ustedes ya la buscaron entonces.

—Sí. Cuando regresó, aseguró que había estado con un hombre que había conocido esa noche en las inmediaciones del castillo. Angus Mackenzie. Eso es lo que le dijo a la policía.

No obstante, ninguno de los Angus Mackenzie que había contactado la conocía. Y, a juzgar por los preparativos meticulosos y la mochila gigantesca, parecía que Rogene había sabido que se iba a marchar para siempre en esta ocasión. Otro hecho interesante era que estaba embarazada, y la fecha de concepción coincidía con su ausencia en mayo.

Parecía preparada para un viaje largo y no para quitarse la vida, como había sugerido en la nota que dejó. James dudaba mucho que una mujer embarazada preparara su suicidio de forma tan detallada.

Hasta su hermana, Emily, que había perdido a su prometido

hacía poco, le había dicho que el bebé que estaba esperando se había convertido en la luz de su vida.

Leonie frunció los labios hasta que parecieron una pasa de uva.

—No conozco a ningún Angus Mackenzie. Pero las inmediaciones de la isla son accesibles para todo el público, aún si el castillo está alquilado para una boda.

—Claro.

Mientras se aproximaban a la garita, James alzó la mirada a las murallas del castillo. Se le ocurrió una idea extraña: ¿cómo se sentiría estar sobre la muralla con un arco en las manos, la cuerda tensa y una flecha apuntándole a un enemigo medieval? No había sostenido un arco ni una flecha desde los catorce años, pero la arquería había sido una parte importante de su vida cuando vivía en la secta Maravillas Invisibles. El tiro con arco había sido su modo de aliviar el estrés y un medio para proveer alimentos para su madre y su hermana desde los ocho años.

Leonie le quitó el cerrojo a la puerta del perímetro de la garita y la abrió. Tras cruzarla, salieron a un patio pequeño y tranquilo iluminado por el sol. Unas murallas amarronadas y grisáceas se ceñían sobre él desde todos los frentes. La edificación más grande era la fortificación principal, que tenía una escalera de piedra que conducía a una puerta pesada en el primer piso.

James arrojó la colilla del cigarrillo sobre el suelo de adoquín y la pisó para apagarla.

Leonie lo fulminó con la mirada.

—¿La puedes arrojar en un cesto, por favor?

James se maldijo por dentro, se agachó y recogió la colilla.

—Disculpa. Ha sido una noche larga. No pretendía faltarle el respeto a la historia. —Arrojó la colilla en el cesto de basura.

Leonie suspiró y señaló la fortaleza.

—Aquí es donde entraron Rogene y David. En la fortaleza principal.

—Genial.

Avanzaron por el patio hasta la edificación, y Leonie le quitó el cerrojo a la puerta arqueada. Adentro había un pasillo largo que se extendía varios metros. Leonie señaló hacia la izquierda, donde tras un corto estrecho de escaleras que descendían, se veía otra puerta grande.

—Esa puerta conduce a la sala de banquetes, donde se celebran las bodas.

Lo condujo por un pasillo corto y llegaron a la barrera familiar que había visto en las grabaciones de seguridad, con un cartel que decía «Ingreso solo para empleados». Leonie señaló una acuarela en la pared que tenían al lado. Era un castillo medieval en una isla y tenía unas murallas gigantes y cuatro torres.

—Es la reconstrucción del castillo como podría haber sido en el siglo XIV, en la época de Roberto I.

—Qué interesante... —murmuró James—. ¿Y esta torre sería una de las originales?

Leonie señaló la torre más ancha.

—Sí, esta siempre ha sido la fortaleza principal.

James señaló la puerta.

—Me gustaría ver a dónde fueron Rogene y David.

Leonie caminó por el pasillo.

—Oh, sí, por supuesto.

—¿Tienes idea de por qué alguien vendría aquí abajo?

—Ella es historiadora, supongo que tenía curiosidad. Al fin y al cabo, ella y sus colegas encontraron la carta de Roberto I escondida en la pared.

Eso era cierto. Rogene y sus colegas, Karin y Anusua, habían encontrado una carta que le había escrito el rey Roberto I de Escocia al rey Eduardo I en la que anunciaba su intención de renunciar tanto a la lucha como al trono. La carta había causado gran conmoción en la comunidad de historiadores y le había dado fama a Rogene. Su carrera estaba en auge. Y ese era otro motivo para no desaparecer o ponerle fin a su vida.

Leonie abrió la barrera y le quitó la traba a la puerta. Buscó el interruptor y encendió la luz que iluminó las escaleras angostas que descendían. James la siguió respirando el aire frío, húmedo y mohoso.

Mientras descendía, tuvo una extraña sensación de desasosiego. Eso le recordaba a algo. Algo que había intentado olvidar con desesperación. La granja privada, la antigua cabaña de estilo victoriano entre el bosque y los campos de avena abandonados. El aroma a polvo cálido, a leña y el calor del hogar que intentaba desarraigar el frío congelante que reinaba allí. Su madre que lloraba otra vez acurrucada en una esquina de la cabaña.

«No es más que un castillo antiguo». Era otro caso que resolver, otra porción de caos que debía ordenar. Otro misterio que desentrañar y analizar.

Las escaleras se convirtieron en un pasillo alargado y ancho con muebles cubiertos con sábanas blancas para protegerlos. El teléfono de James sonó. Era un mensaje de texto de Emily: «La doctora me puede ver hoy para la ecografía».

Soltó un pequeño suspiro de alivio. Le había insistido en que fuera a hacerse una ecografía poque el bebé se había estado moviendo menos durante los últimos días. Su hermana tenía treintainueve semanas de embarazo y le había dicho que no estaba preocupada. Pero él sí lo estaba. Pronto daría a luz. No podía permitir que perdiera al bebé luego de todo lo que había atravesado.

Le respondió: «Genial. Llámame, ya sean buenas o malas noticias. Regresaré a Oxford de inmediato si me necesitas».

El prometido de su hermana, Harry, era bombero y había muerto en cumplimiento del deber hacía seis meses. James era el único apoyo que le quedaba. Ese día funesto la había abrazado mientras lloraba contra su chaqueta, y le había prometido que no la dejaría afrontar la maternidad sola. Estaría a su lado, como siempre lo había estado.

Guardó el teléfono y miró alrededor. Olía a moho, tierra húmeda y algo floral... ¿Era lavanda?

Unas lámparas tenues sobre las paredes iluminaban el espacio que le hacía sentir un frío que le calaba los huesos. Avanzó hasta el centro de la habitación y se detuvo. A lo largo de la pared, había muebles cubiertos y algunos armarios. También vio dos puertas. Miró alrededor.

—¿Qué podría despertar el interés de una historiadora?

Leonie señaló la puerta al final del pasillo.

—Allí dentro hay una piedra antigua con un grabado picto. Para la mayoría no es interesante, pero es un hallazgo raro para una historiadora.

—Empecemos por allí entonces.

La sensación de desasosiego se intensificó cuando se acercaron a la antigua puerta con herraje de hierro. El ruido metálico de la llave al introducirse en el cerrojo oxidado resonó por las paredes, y James sintió el impulso de estirar la mano y detener a Leonie. Mientras la puerta se abría, la oscuridad absoluta le soltó una bocanada de aire frío y térreo en el rostro. Tras encontrar el interruptor, James vio un espacio grande con el cielorraso arqueado y paredes de piedra ásperas. A la derecha, había una pila de piedras y rocas.

Un teléfono sonó enfadado y quebró el silencio sepulcral. James se olvidó del desasosiego.

—Disculpa —dijo Leonie—. Es mi hijo. ¿Está bien si te dejo a solas unos minutos?

—Claro. No te preocupes.

—Por favor no te acerques al sitio en renovación.

James sabía que el equipo de investigación había buscado los cuerpos allí, en los escombros, de modo que deberían haber reforzado el cielorraso para prevenir más colapsos.

—Hasta luego.

Mientras la puerta se cerraba a sus espaldas, a James le agradó poder estudiar el lugar sin la mirada atenta de Leonie. Buscó cabellos, alguna mancha oscura que indicara sangre, un trozo de papel... cualquier señal de que los desaparecidos habían estado allí. Rogene debió ver la piedra picta.

Se acercó a la piedra y se agachó para estudiarla de cerca. Vio tres líneas onduladas, una recta y la huella de una mano. Desconocía el significado, pero podía imaginar que tendría alguna connotación religiosa. A lo mejor, una especie de chamán picto la había tallado para adorar a alguna deidad imaginaria.

Sintió enfado y repulsión ante la idea. Él mismo era el producto de un delirio similar, al igual que Emily. Y su madre había sido la víctima. El fanatismo era algo peligroso. Creer en las cosas «milagrosas» y «más allá de la comprensión humana» era algo peligroso. El triste descenso de su madre al alcoholismo y la depresión eran prueba de ello, al igual que la psiquis dañada de James. Y también lo eran los millones de libras que la gente le había pagado al líder de Maravillas Invisibles, Brody Guthenberg.

El aroma a lavanda y césped recién cortado le produjo un cosquilleo en la nariz. Leonie debía haber regresado. Miró por encima del hombro, pero la puerta seguía cerrada. Sin embargo, había una sombra en el piso a un metro de distancia. Al volverse, vio a una mujer en una capa con capucha de color verde a unos pasos de él. Le sonreía, y los ojos le destellaban.

¿Cómo no había oído la puerta al abrirse y cerrarse? Tenso, se enderezó.

—¿Estás con Leonie?

—No.

Alzó la cabeza y lo estudió.

—En ese caso, me gustaría que te marches, por favor. Esto es una investigación policial.

—Como dicen ustedes, los humanos, podría tener la información que buscas —le aseguró con una voz dulce y agradable. Tenía un rostro bonito, con los labios carnosos y varias pecas.

Ignoró la expresión extraña acerca de los humanos y frunció el ceño.

—¿Qué información?

—Sé dónde están las personas que buscas.

Anonadado, alzó la cabeza.

—¿Y tú quién eres?

—Me llamo Sìneag.

—Detective Murray. Departamento de Investigaciones Criminales.

Aguardó a que le diera la información que tenía, pero se limitó a morderse el labio inferior como si estuviera intentando ocultar una sonrisa. La única bombilla que había en la habitación zumbaba por encima de sus cabezas.

James parpadeó.

—¿Y entonces? ¿Dónde están?

Sìneag señaló la piedra picta.

—Han viajado al pasado a través de esa piedra.

«Claro que sí».

James suspiró.

—¿Acaso se supone que sea gracioso?

Ella caminó en un semicírculo a su alrededor sin emitir sonido alguno al apoyar los pies sobre el suelo de tierra. Tenía un perfume de lo más extraño, algo que le hacía pensar en una colina de lavanda segada. Qué curioso que pudiera olerla antes de que apareciera. A lo mejor se había estado escondiendo allí mucho antes de que él y Leonie entraran.

—Sabía que no me creerías. Tú eres uno de los más complicados.

—No quiero ser irrespetuoso, pero si no tienes nada que contribuir a la investigación...

Ella se detuvo, y la luz de la bombilla le iluminó la piel que parecía tan suave como una piedra pulida.

—Te equivocas. Los pictos tallaron la piedra para abrir un túnel que cruzara el río del tiempo.

James le echó un vistazo por encima del hombro a la piedra. No había luz suficiente para ver todos los detalles. Las sombras de las piedras y los escombros proyectaban más oscuridad.

—Claro.

—Se lo dije a Rogene.

Volvió el rostro para mirar a Sìneag con tal brusquedad, que se jaló un músculo. Sìneag le sonreía de oreja a oreja.

—¿La has visto aquí? —le preguntó.

—Sí. Dos veces. La noche de la boda y hace dos semanas.

Parpadeó y dio un paso hacia ella, intentando buscar cualquier señal de mentira, algún tic en un músculo, un picor en la nariz o lo que fuera. Pero ella se limitó a mirarlo con una sonrisa dulce y relajada.

—¿Y David? —le preguntó.

—Estaba con Rogene.

—¿Qué hacían aquí?

Los ojos le destellaron del entusiasmo durante un momento y parecían dos linternas brillantes o dos diamantes centelleando bajo la luz. Se lo debió de imaginar.

—Rogene iba a ver a Angus Mackenzie, y David intentaba detenerla.

—¿Dónde está Angus Mackenzie?

—Está con ella. Y David también.

—¿Dónde? —casi le gritó.

La oscuridad pareció intensificarse alrededor de Sìneag.

—¿Crees en el amor, detective Murray?

James soltó un suspiro prolongado.

—Claro. Creo en el amor. El amor es una poderosa herramienta de manipulación.

Entrecerró los ojos para mirarlo.

—Oh, tendrás un gran viaje. No veo la hora de hablar contigo al final. Angus Mackenzie tiene una hermana, Catrìona. Es una muchacha dulce y es el amor de tu vida.

James no pudo evitar reírse.

—¿El amor de mi vida?

—Sí. Escucha. Leonie está por regresar. Debes darte prisa. Si apoyas la mano sobre la huella, el túnel se abrirá y podrás viajar en el tiempo para encontrar a Rogene y David.

James clavó la mirada en la piedra. Un túnel que se abría... Quizás hablaba de alguna especie de túnel secreto. Leonie le había dicho que en el castillo había muchos. Así debió de ser como se marcharon de la isla sin que nadie los viera. Sabía que siempre había una explicación lógica. Todos los trucos de magia se basaban en alguna ciencia, y esa era la explicación lógica para la desaparición de Rogene y David.

Se volvió a arrodillar frente a la piedra y la miró de diferentes lados. No notó ningún hueco o indicio de que se pudiera mover.

De pronto, como si algún mecanismo hubiera encendido unas luces de neón, el tallado comenzó a brillar. Era tal y como lo había pensado. Un truco preparado con meticulosidad.

—¿Solo tengo que poner la mano sobre la huella? —preguntó.

—Sí. Y piensa en Rogene, David o Catrìona.

¿Por qué tenía que pensar en alguien? Ni siquiera conocía a Catrìona. Algo le decía que era un truco, que se estaba apresurando en confiar en la mujer que llevaba prendas extrañas. Pero estaba cerca de develar la verdad... lo podía sentir.

Apoyó la mano sobre la huella y presionó. Pensó que a lo mejor funcionaba como un botón o algo que había que empujar. Pero cuando tocó la superficie fría, una fuerza invisible le jaló la mano desde todos los frentes y se la pegó a la piedra. Sin embargo, ya no sentía la superficie. En cambio, había aire vacío, como una especie de neblina húmeda. De pronto, todo se oscureció por completo y sintió que caía y caía, como Alicia a través de la madriguera.

Hasta que dejó de sentir todo.

CAPÍTULO 2

Castillo de Eilean Donan, fines de julio de 1310

Catrìona clavó la mirada en los ojos del hombre al que nunca creyó que volvería a ver.

El hombre al que una vez había amado aún parecía un lobo dorado, pero más esbelto y más musculoso; una criatura que luchaba para sobrevivir. Estaba de pie en el patio interior al lado del hermano más joven de Catrìona, Raghnall, que le aferraba el lateral sangriento y la miraba preocupado. También tenía sangre en el hombro. Como Tadhg tenía una pierna herida, doblada y vendada, un centinela le brindaba apoyo del otro lado. Llevaba puestas las prendas simples de un guerrero de las Tierras Altas: *un lèine croich*, un abrigo acolchado que usaban los guerreros, desgarrado, cubierto de sangre y bastante viejo; una capa de lana le colgaba de los hombros y en la cintura llevaba una espada envainada.

¿De verdad estaba viendo a Tadhg? Lo veía borroso, al igual que los altos muros cortina que los rodeaban y las edificaciones de madera del patio interior.

La esposa de Angus, Rogene, la sostenía del codo y le susurró:

—¿Quién es?

Una ráfaga de viento fresco acarreó el aroma del agua del lago y le despejó la cabeza. Se paró más erguida y su visión regresó a la normalidad.

—El único hombre al que he amado. Mi prometido...

El cabello rubio de Tadhg le llegaba hasta las orejas. Estaba sucio y algunos mechones se le habían pegado a la frente. Tenía parte de la barba incipiente cubierta de sangre seca.

—¿Tu qué? —gruñó Angus al otro lado de Rogene. A pesar de que era el hijo del medio, había sido el protector de la familia durante toda su vida. Eso había cambiado hacía un par de meses, cuando Eufemia de Ross lo secuestró, y Catrìona, Rogene, Raghnall y unos pocos hombres más de confianza se colaron en el castillo de Ross para rescatarlo. Varios hombres de ambos bandos murieron como consecuencia de la batalla.

Aunque Angus se merecía saber la verdad, no tenía tiempo para explicaciones. Era una curandera y ante ella había un paciente que la necesitaba.

Le ordenó a su corazón que se tranquilizara, avanzó hacia Tadhg y le pasó el brazo para brindarle equilibrio del otro lado. Tadhg la miró fijo con un solo ojo abierto de par en par y parpadeando.

Laomann, que se había convertido en *laird* tras la muerte de su padre en 1304, la miró con el ceño fruncido y una extraña expresión de culpa y preocupación. Había algo familiar en eso, algo que a lo mejor había visto una noche hacía nueve años.

Raghnall se volvió y le preguntó:

—¿Está bien que Tadhg se quede con nosotros hasta que se recupere, hermano? Los hombres de Ross me atacaron en el camino de regreso del clan Ruadhrí, y me salvó la vida. Eufemia no nos dejará en paz.

La hermana del conde de Ross quería reclamar las tierras de los Mackenzie porque el clan no había logrado pagar el tributo a su jefe supremo debido a las guerras de independencia de Escocia. A petición de Eufemia, Angus se comprometió con ella para proteger las tierras. Sin embargo, tras enamorarse de Rogene Wakeley rompió el compromiso. Ahora Rogene era su esposa y estaba embarazada. Eufemia había jurado destruir el clan, y era probable que el ataque a Raghnall solo fuera el comienzo.

—Claro —accedió Laomann—. Quédate, Tadhg. Tú también necesitas ayuda, Raghnall.

—Te ayudaré a recuperarte —le dijo Catrìona a Tadhg con más sentimiento del que había deseado. Para remediarlo, se aseguró que le diría eso a cualquier persona que necesitara sus habilidades sanadoras.

—Gracias —repuso Tadhg, y el aliento le quemó el rostro.

Su voz era diferente a como la recordaba. Rasposa, baja y profunda... Era la voz de un hombre y no un muchacho.

Tenía que examinar las heridas de Tadhg y Raghnall rápido. Con la ayuda del centinela, guio a Tadhg hacia la fortaleza, y Raghnall los siguió. Como su hermano siempre estaba en desacuerdo con Laomann, quería ir a ver al padre Nicholas a la aldea de Dornie para que lo tratara. Catrìona estaba agradecida de haber logrado convencerlo de quedarse en el castillo. A pesar de que nunca lo diría, ella sabía más que el sacerdote acerca de las hierbas curativas y los tratamientos y quería asegurarse de que a su hermano no se le pudriera la herida.

Mientras pasaban por el gran salón en el primer piso, Raghnall le aseguró que sus heridas no eran peligrosas y que primero iba a comer y beber algo. Acto seguido, se escabulló por la gran puerta arqueada, y los criados que estaban en el pasillo se sobresaltaron y se pusieron de pie de un salto. Como debía tratar a Tadhg primero de todas maneras, Catrìona no objetó nada.

Cuando llegaron al siguiente rellano y se detuvieron frente a la puerta de su recámara y a la de invitados, le indicó al centinela que ayudara a Tadhg a recostarse sobre la cama. Luego entró en su habitación para buscar la cesta medicinal. Le echó un vistazo a uno de los baúles en los que guardaba los vestidos más bonitos, y un pensamiento pecador le cruzó la mente: deseaba no llevar puesto un vestido simple de entrecasa que parecía una bolsa de cebada.

No. No desearía verse hermosa para Tadhg. Pronto ese tipo de pensamientos no le competerían. Al fin y al cabo, se iría al convento al final del verano.

Regresó a la habitación de Tadhg. Ignoró los ojos verdes que la atravesaban y avanzó hacia la cama sobre la que se había recostado.

Con el corazón latiéndole desbocado en el pecho, apoyó la cesta medicinal sobre la cama. Laomann la siguió, y lo miró sorprendida. La expresión de profunda preocupación que reflejaba su rostro la hizo enderezar los hombros.

—No hace falta que estés aquí, hermano —le aseguró—. He tratado varias heridas antes, y estoy segura de que tienes mucho que hacer para los preparativos de los Juegos de las Tierras Altas.

—¿Los Juegos de las Tierras Altas? —preguntó Tadhg—. ¿Cuándo son?

—En casi dos semanas —le informó Laomann—. No estaba seguro de tu idea, Catrìona, pero supongo que, si logramos reunir suficiente dinero para pagar el resto del tributo, es la solución más pacífica.

—Sí —acordó Catrìona—. También es una buena oportunidad para construir alianzas. Los Cambel, los Ruaidhrí y los MacDonald vendrán y son fuertes, nos ayudarán a protegernos de Eufemia si los necesitamos. Estoy segura. —Le echó un vistazo a Laomann—. Ve, hermano. Tienes mucho que hacer. Estaré bien.

Laomann negó con la cabeza y se mostró decidido. Era una expresión que no veía a menudo en el rostro de su hermano mayor.

—No te dejaré a solas con él.

Sin apartar la mirada de ella, Tadhg dijo:

—No soy un desconocido, Laomann. Tú me has enseñado a luchar con la espada, ¿recuerdas? Hemos crecido juntos. No tienes que preocuparte por mí y Catrìona.

Catrìona no pensaba lo mismo. La mano con la que sujetaba una jarra de arcilla con una cataplasma le temblaba, y la tapa resonaba. Que Dios la ayudara, no quería ni mirarlo. Tenía miedo de romper a llorar o querer arrancarle los ojos. Lo primero era débil, lo segundo iba contra la moral cristiana. Él la había traicionado y la había abandonado. ¿Acaso no se merecía una explicación? Había estado lista para dejarlo todo por él: su clan, sus hermanos...

—No me preocupa quedar en una situación comprometida, hermano.

La mirada de Tadhg le podría haber hecho un agujero en la piel. En algún momento, iba a tener que mirarlo a los ojos, pues era evidente que tenía una herida bajo el vendaje que le cubría un ojo, pero por el momento, se concentraría en el tobillo. La sangre estaba empapando el trapo sucio que lo envolvía. Tomó las tijeras y lo cortó.

A Tadhg se le pusieron rígidos los músculos del tobillo.

—¿No estás casada?

Ante la pregunta, sintió que un puño invisible le apretaba el estómago, y una ola de ira se le subía al rostro. El mango de las tijeras se le clavó en la palma, y los nudillos se le pusieron blancos. Sintió una extraña satisfacción y notó que el ojo de Tadhg se enfocaba en el borde de las tijeras.

«Qué bien. Ten miedo, maldito traidor».

En cuanto el pensamiento le cruzó la mente, supo que estuvo mal en contemplarlo. Que Dios la perdonara, acababa de pecar. Debía ser amable con el hombre herido que tenía enfrente. Bueno, tenía el resto de la vida para rezar por la absolución provocada por la ira.

Catrìona tomó una profunda bocanada de aire.

—No estoy casada —le respondió mirándolo al ojo verde que tenía descubierto—. Y nunca me casaré.

Se sentó en el borde de la cama y se inclinó sobre el tobillo de Tadhg. Deslizó una hoja entre el vendaje y la pierna y lo cortó.

Él se quedó quieto.

—¿Por qué no?

Laomann dejó de caminar de un lado al otro de la habitación.

—No es asunto tuyo.

Tadhg ni siquiera se dignó a mirarlo.

—Te ibas a casar con Alexander Balliol.

Lo volvió a ignorar, arrugó el vendaje que le había quitado y se obligó a tomar bocanadas de aire largas y profundas. Tadhg era el paciente; y ella, la curandera. No podía cometer ningún error.

El vendaje dejó al descubierto un corte en la cara externa del tobillo. Catrìona había visto heridas como esa en muchas ocasiones: a simple vista, parecía un corte de espada. La piel que la rodeaba se veía púrpura, y la sangre aún manaba con lentitud de lo más profundo del corte y emanaba un olor metálico.

La mano que Tadhg tenía apoyada sobre la manta se movió hacia ella.

—Estás tan pálida y delgada, Catrìona...

«¿Y a ti qué te importa?».

Estaba pálida y delgada porque estaba ayunando. Se merecía esa penitencia tras haber roto el mandamiento de no matar en esa condenada torre para salvar a Angus de las garras de Eufemia.

Lo peor era que, en el fondo, no sentía tanto remordimiento como debería. En cambio, se sentía poderosa y agradecida de haber protegido a su familia.

Hizo esos pensamientos lúgubres a un lado y se concentró en la herida que tenía que limpiar. Revolvió la cesta en busca de la cantimplora con *uisge beatha*. Unos juncos le arañaron las manos mientras removía frascos, bolsas y cajas de madera. ¿Dónde estaba? No la veía. Tadhg le nublaba el juicio. Se debió haber olvidado de guardarla en la cesta.

Se detuvo, y un junco se le clavó en la palma al aferrar el borde de la cesta.

—Alexander Balliol murió de camino a la boda. Y nunca me voy a casar porque me voy a convertir en monja.

Tadhg parpadeó.

—¿En «monja»?

Bueno, ya lo había dicho. Una extraña sensación de liberación le despejó el pecho. Él no tenía ningún poder sobre ella. Ya no. Ahora le pertenecía a Dios. ¿Por qué debería importarle si Tadhg en algún momento la amó? ¿O si no era digna de amor para ningún hombre?

Vio la cantimplora en el cinturón de la túnica de Laomann.

—¿Tienes *uisge*? ¿Me das un poco?

Laomann le dio la cantimplora.

—Sí, claro.

Tras tomarla, se volvió hacia Tadhg.

—Esto te va a doler.

Abrió la cantimplora y le vertió un poco de líquido sobre la herida. El aroma intenso del alcohol se le coló por las fosas nasales. Tadhg inspiró hondo mientras le limpiaba la herida con un trapo de lino limpio.

—¿Cómo está tu padre, Tadhg? —preguntó Laomann.

El herido gruñó.

—Mi padre está muerto.

Catrìona alzó la mirada hacia él.

—Lo siento mucho.

—Gracias. Fue hace mucho tiempo. Hace nueve años.

Laomann comenzó a recorrer la habitación de nuevo y a retorcerse los dedos.

—¿Nueve años?

—Sí, luego de marcharnos de Dornie.

Había algo en su voz que Catrìona no lograba discernir: ¿era tristeza, dolor o amargura? Era imposible descifrarlo al verle el mentón tenso y los músculos del rostro tan rígidos que parecía que la piel desgastada, bronceada y dorada le iba a explotar.

No debería ir allí, debería dejar el pasado en paz. Acababa de decidir liberarse de él.

Tadhg entrecerró los ojos para mirarla.

—Lo que no sabes es por qué.

Catrìona tragó con dificultad el doloroso nudo que se le había formado en la garganta.

—¿Por qué?

Laomann se apresuró a ceñirse sobre la cama al lado de ella.

—Es hora de cerrarle la herida, hermana. Mira, está sangrando de nuevo.

Como si estuviera en un sueño, bajó la mirada al tobillo de Tadhg. Laomann tenía razón, la sangre se estaba acumulando en la herida y de a poco fluía por la piel de Tadhg. Con las manos temblorosas, metió la mano en la cesta y extrajo la caja de madera con agujas que parecían anzuelos. Tomó un hilo de sutura largo y, en el quinto intento, logró enhebrarlo.

Laomann estaba en lo cierto, no era el momento de mirar al pasado. A lo mejor ni siquiera debía intentarlo. Pero una parte de ella se moría por hacerlo.

—Ten. —Le entregó la cantimplora de Laomann a Tadhg—. Bebe todo lo que puedas. Lo vas a necesitar.

El ojo se le oscureció cuando le dirigió una mirada cargada de un significado que no logró desentrañar y tomó el *uisge* que le ofrecía.

—Enciende una vela, Laomann —lo instruyó Catrìona antes de inclinarse sobre la herida—. Necesitaré toda la luz que podamos conseguir.

Laomann hizo lo que le pidió y colocó la vela en un cuenco grande a su lado. Luego volvió a recorrer la habitación a sus espaldas. Con la luz que proyectaba la vela sobre la herida, logró ver mejor dónde insertar la aguja.

«Ahora debes ser una curandera y olvidarte de todo lo demás. Él es un paciente que Dios te ha enviado, y es tu responsabilidad ayudarlo. Así es como le sirves a Dios».

Mientras Tadhg la obedecía y bebía el *uisge*, ella le unió los lados del tobillo, se los perforó y lo fue suturando. Trabajó rápido y oyó los gruñidos amortiguados de Tadhg. Cuando terminó, el paciente masculló algo, cerró los ojos y dejó que la cabeza le colgara sobre el pecho. Pronto comenzó a roncar. Catrìona tomó la cantimplora de la mano y se la devolvió a su hermano.

Un criado asomó la cabeza por la puerta.

—Señora, Finn Panza Grande ha llegado y pregunta por usted. Quiere saber si necesita alguna hierba o raíz.

A Catrìona se le iluminó el rostro.

—¿Finn está aquí?

Finn Panza Grande era un herbolario y curandero ambulante. Todos los años iba a Eilean Donan y se quedaba unos días en Dornie para vender hierbas y atender a la gente.

Laomann se ruborizó.

—¿Finn está aquí? —gruñó con el ceño fruncido hasta formar una línea.

Catrìona se incorporó de la cama.

—Sé amable, hermano. Puede que tenga algo mejor para Tadhg y Raghnall. Aún tengo que curarlo, aunque sus heridas no se veían tan graves como las de Tadhg. —Guardó los vendajes viejos y los frascos en la cesta—. Siempre aprende nuevos tratamientos y descubre nuevas hierbas, así que quizás lo vea a Tadhg también.

Laomann soltó un suspiro y avanzó hasta la puerta.

—No se quedará aquí mientras yo sea *laird*.

—Por todos los cielos, Laomann —masculló Catrìona.

Pero Laomann ya había salido de la habitación, y el criado lo siguió. Catrìona soltó un suspiro y apagó la vela. Debía ir a la alacena subterránea para buscar algunas hierbas que pudiera intercambiar con Finn. Recorrió la habitación con la mirada, la ordenó un poco y cubrió a Tadhg con una manta. La tristeza le ciñó el corazón.

Aunque no sabía si estaba triste por los años perdidos sin Tadhg o por haber perdido la fe en el amor.

CAPÍTULO 3

Castillo de Eilean Donan, fines de julio de 1310

James se sentó y clavó la mirada en la oscuridad absoluta. La cabeza le daba vueltas. ¿Qué diablos acababa de ocurrir? Parpadeó y sacudió la cabeza para despejarse el dolor. El aire húmedo olía a polvo y tierra, tal y como lo había olido hacía un rato, antes de que se cayera en la piedra.

«¿Antes de caerme en la piedra?». ¿Acaso era un niño? Creer en la magia sería como regresar a la secta de Brody. Pero ¿cómo podía explicar la sensación de caerse? Debía tratarse de un mareo, nada más.

Necesitaba luz. Extrajo el móvil del bolsillo de los pantalones y apretó el botón. La pantalla no se iluminó.

—¡Maldita sea! —masculló.

Recorrió la pantalla con el pulgar y palpó varias rajaduras.

Maravilloso. ¿Cómo lo contactaría su hermana? Miró alrededor intentando ver algo en la oscuridad plena, pero no logró distinguir ni una sombra.

—¿Sìneag? —llamó. Al oír su propio eco como respuesta, volvió a intentarlo—. ¿Leonie? ¿Alguien me escucha?

Silencio. De pronto, se le ocurrió algo. ¡Tenía un encendedor! Esa debía de ser la única ocasión en la que fumar servía para algo. Lo encontró en el bolsillo, lo extrajo y lo encendió. Nada. Volvió a intentarlo una y otra vez, pero no funcionó. Soltó una maldición y se lo volvió a guardar en el bolsillo. Tendría que moverse palpando en la oscuridad.

¿Dónde diablos estaba Leonie?

—¡Leonie! —la llamó, y el eco de su voz resonó a su alrededor.

Despacio, avanzó hacia donde suponía que había una puerta. Tras dar unos pocos pasos, se tambaleó. Una ola de dolor le explotó en la cabeza al aterrizar sobre una pila de piedras. Algo afilado le perforó la chaqueta y produjo un ruido de desgarro.

Soltó otra maldición, se incorporó y volvió a avanzar con cuidado palpando la oscuridad que lo rodeaba con los brazos. Tras lo que le pareció una eternidad, tocó algo duro, áspero y frío: ¡una pared!

Sin despegar la mano de las piedras, caminó con la otra mano al frente. Se tropezó contra baúles y barriles que olían a alcohol. Qué extraño. No recordaba haber visto nada de eso allí. Sentía como si estuviera en un lugar distinto.

El tiempo perdió todo significado mientras seguía avanzando. Al cabo de un rato, la mano izquierda, que había ido pegada a la pared, se hundió en un espacio vacío y luego tocó una superficie de madera.

La sintió con las dos manos. Tablones de madera, herraje de hierro... ¡Era una puerta! Encontró una manija fría y redonda de hierro y jaló, pero no se movió. Tiró más fuerte, pero tampoco cedió.

La furia, mezclada con la desesperación, lo invadió y lo hizo arder como una llama roja. Tomó el pomo con las dos manos y lo sacudió, lo jaló hacia adelante y hacia atrás gruñendo, rugiendo y gritando.

De pronto, ya no era más un hombre de treintaiún años. No era un detective del Departamento de Investigaciones Criminales que investigaba asesinatos y desapariciones. Era un niño de ocho años, encerrado en la casa que su madre le había arrendado a Maravillas Invisibles y golpeando la puerta de entrada. Su madre lo había dejado para ir a hacer algo con Brody Guthenberg porque Brody sí tenía tiempo para ella. Tenía que hacer algo en la cama de Brody. A sus espaldas, oía los gritos de su hermana de cinco años, que por seguro estaba más asustada de verlo golpeando la puerta, gritando y llorando que de cualquier otra cosa.

Recordó que «ese» había sido el momento en que se dio cuenta por primera vez en su corta vida de que había algo muy perverso en el mundo en el que había nacido.

Ahora no sabía cuánto tiempo había estado golpeando la puerta en la oscuridad. ¿Había perdido el juicio o de verdad oía el bendito sonido de una llave deslizarse en la cerradura? Se quedó completamente quieto sin darle crédito a lo que oía.

De pronto la puerta se abrió, y la luz de la llama de una antorcha lo cegó. Como se había acostumbrado a la oscuridad total, los ojos le dolían mientras miraba hacia la puerta abierta y la vio.

Era rubia, tenía el cabello largo y enrizado que le caía por los hombros. Un rostro hermoso con ojos tan grandes y azules que parecía como si las flores de nomeolvides lo estuvieran mirando. Tenía la piel traslúcida y delicada y los labios abiertos con una expresión de sorpresa. Llevaba puesto un vestido simple de color marrón que caía hasta el piso y parecía un largo costal de arpillera. A pesar de la piel pálida, se le asomó un rubor rosado en las mejillas. Era delgada, tan delgada que quería ofrecerle algo de comer. Y, al encontrarse allí de pie, mirándolo con incredulidad bajo la luz del fuego que le proyectaba sombras bailarinas sobre el rostro, pensó que debía de tratarse de una visión del más allá.

Una sensación de reverencia lo embargó. Alguien había respondido su plegaria y le había enviado a un ángel para que abriera la puerta y lo salvara.

Sabía que no era un ángel; solo estaba desorientado y, a lo

mejor, en estado de conmoción. Quizás se había golpeado la cabeza contra las piedras más fuerte de lo que había pensado.

Se aclaró la garganta.

—Gracias por dejarme salir. Leonie se debe haber olvidado de mí... —En respuesta, la hermosa desconocida frunció el ceño confundida—. Sìneag también.

Anonadada, frunció aún más el ceño.

—¿Quién es?

La rozó en la oscuridad para pasarle por delante.

—Detective James Murray.

La luz de la antorcha se volvió e iluminó las paredes y el largo pasillo. Se volvió hacia ella.

—¿Hay alguna posibilidad de encender las luces?

—«¿Encender las...?».

En el otro brazo, llevaba una cesta tejida, como si fuera la condenada Caperucita Roja de camino a visitar a la abuelita. La diferencia era que no parecía una niña perdida, y unos truenos y unas llamas le bailaban en los ojos.

—Una maldita luz, nada más. ¿Dónde está Sìneag?

De pronto, el fuego de su mirada se convirtió en alarma.

—No sé quién es Sìneag ni quién es usted.

Luego, la expresión de alarma se transformó en duda y por último en una resolución feroz. Con un movimiento más rápido que la velocidad de la luz, extrajo un objeto largo y afilado y se lo apuntó como si fuera una daga. A pesar de que era difícil ver en esa luz, parecían unas simples tijeras hechas de hierro, bastante grandes y duras y... medievales. Parecía un elemento de tortura más que cualquier otra cosa.

Genial, había asustado a la mujer. Alzó las manos en señal de derrota.

—Mira, no hay necesidad de asustarse. Soy oficial de policía. Aquí tienes mi credencial. —Despacio se llevó la mano al bolsillo interno de la chaqueta.

—No se mueva.

Suspiró y bajó los brazos.

Lo miró de arriba abajo.

—¿De dónde viene y por qué está vestido de ese modo?

Con el ceño fruncido, se miró el traje. El hecho era que no llevaba puesto un disfraz medieval y hablaba con acento inglés, mientras que ella hablaba en gaélico.

«Un momento...».

Parpadeó. ¿Gaélico? Si él nunca había aprendido gaélico, ¿cómo podía entenderla? Lo que era más extraño era que él también estaba hablando en gaélico.

«Pero ¿cómo?».

—Soy de Oxford —pronunció las palabras con lentitud para oír el gaélico salir de su boca—. ¿Cómo es que hablo gaélico? ¿Lo sabes?

El rostro se le ensombreció.

—¿Prefiere hablar en latín?

—¿Latín?

¿Qué estaba pasando? Sìneag había dicho algo acerca de los viajes en el tiempo. La antorcha, el vestido de la mujer, la cesta y el idioma resultaban extraños, pero James no era tan crédulo. Lo más probable era que esa mujer estuviera trabajando con Sìneag en alguna especie de recreación histórica. No se involucraría en ese juego.

Negó con la cabeza desconcertado.

—Mira, estoy investigando la desaparición de dos personas. No pretendo causar ningún daño.

Ella frunció el ceño.

—¿Quiénes desaparecieron?

—Rogene y David Wakeley, son herma...

La mujer bajó las tijeras.

—¿Rogene y David han desaparecido? No, eso no puede ser. Los vi esta mañana cuando partieron a caballo con Angus.

James se puso rígido.

—¿Angus Mackenzie?

—Sí, mi hermano.

El suelo se movió bajo sus pies, el único sonido en la alacena oscura era el que provenía del fuego de la antorcha.

Aunque ya podía adivinar la respuesta, le preguntó:

—¿Y tú quién eres?

—Catrìona Mackenzie.

Catrìona Mackenzie. La mujer que, según Sìneag, se suponía que era el amor de su vida. La conmoción de la epifanía le cerró la garganta, y se quedó de pie congelado mirándola a los hermosos ojos, que eran demasiado grandes para su rostro delgado.

Tras un momento de silencio, Catrìona entrecerró los ojos.

—¿Acaso es un *sassenach*?

Por todos los cielos, el hielo de su voz lo podría haber congelado.

—Sí, soy inglés.

En respuesta, apretó las tijeras.

—Debe venir conmigo a ver a mi hermano.

—¿Tu hermano? Mira, si tan solo encuentras a Leonie, te dirá todo. O puedes llamar a la policía en Oxford. El museo debe abrir pronto.

Lo miró como si estuviera hablando tonterías, alzó las tijeras y se las apuntó.

—No permitiré que haya ninguna amenaza *sassenach* en mi castillo. En marcha.

James suspiró y le obedeció. No les tenía miedo a las tijeras de aspecto medieval. Lo cierto era que podría desarmarla con facilidad si quisiera. Pero no quería una confrontación. No a menos que fuera absolutamente necesario.

Subieron las escaleras, que parecían iguales a las que había bajado con Leonie. Pero al atravesar el umbral de una puerta abierta en la planta baja, se detuvo. No había ningún pasillo estrecho con pinturas de acuarela sobre las paredes. En cambio, se encontró mirando una alacena cuadrada. El lugar estaba atiborrado de cajas, barriles, baúles y sacos, además de espadas, lanzas, hachas y escudos que colgaban de las paredes, junto con cascos, cotas de malla y unos abrigos acolchados largos y pesados. No había ninguna ventana, y el interior estaba iluminado con cuatro antorchas sobre los candelabros que había en las paredes.

¿Acaso no se suponía que ese era un pequeño pasillo que conducía a la puerta arqueada de entrada, justo un giro antes de donde se encontraba la sala de banquetes?

Nada de eso le parecía divertido.

—¿Dónde diablos estoy?

—En la planta baja de la fortaleza principal. —El extremo frío, afilado y metálico de las tijeras se le clavó contra la nuca—. Camine.

Anonadado, siguió andando. La fortaleza principal, así se llamaba la edificación.

—¿De Eilean Donan?

—Por supuesto.

Mientras avanzaba entre las cajas y las armas, la mente se le aceleró en busca de una explicación. Esa debía de ser una salida diferente y debía de encontrarse en otra habitación. A lo mejor había varias maneras de entrar y salir de la parte subterránea. Pero entonces, ¿por qué tenía la sensación de estar atrapado otra vez?

Porque parecía real. Alguien se debió haber tomado el esfuerzo de montar una reconstrucción de la fortaleza en el siglo XIV. En una ocasión había visto algo similar. A una de sus exnovias le gustaban los *reality shows* y lo había hecho mirar una serie en la que ponían a varias personas en la reconstrucción de un pueblo victoriano, en alguna parte de Inglaterra, y los hacían vivir allí durante unos días, completamente inmersos; sin teléfonos, ni electricidad y hasta con un agujero en lugar de un aseo. Nunca había entendido el atractivo de vivir sin agua corriente, refrigeración para los alimentos, instalaciones sanitarias o cualquier otra comodidad moderna. Pero la gente tendía a romantizar el pasado.

¿Acaso eso también sería alguna especie de *reality show*? Miró alrededor en busca de los círculos oscuros de las lentes de las cámaras, pero no vio ninguno. De seguro estarían escondidos en alguna de las esquinas o en algún punto de las paredes o los muebles, como las cámaras ocultas.

Ella señaló una apertura a la vuelta de la esquina de la pared donde había visto escaleras que ascendían.

—Por aquí, *sir* James.

—¿A dónde nos conduce la escalera?

—Al gran salón. Mi hermano se encuentra allí en este momento.

—¿Angus?

—No. Laomann, el jefe del clan Mackenzie.

A James se le aceleró la respiración. No quería ir a ningún sitio en el que una puerta pudiera impedirle marcharse. Allí no debía haber ningún clan Mackenzie. El castillo le había pertenecido al clan MacRae durante cientos de años; esa era una de las cosas que Leonie le había contado durante la breve visita.

El frío de su voz lo podría haber congelado como a una escultura de hielo.

—Excelente —contestó y comenzó a subir las angostas escaleras de piedra. Necesitaba un cigarrillo—. ¿Está bien si fumo?

—¿Si qué?

Se detuvo en el descanso, extrajo el paquete de cigarrillos y el encendedor. Ella se detuvo a su lado con la vista clavada en el paquete que le mostraba.

—¿Puedo fumar? —volvió a preguntar.

Como no le respondió, extrajo el último cigarrillo y se lo colocó entre los labios.

—¿Qué hace, *sir* James? —le preguntó alarmada.

Se volvió a guardar el paquete en el bolsillo y tomó el encendedor. Por todos los diablos, si de nuevo no funcionaba... Con un movimiento rápido, giró la rueda, y apareció una llama en la punta.

«Oh, gracias a...».

Antes de que pudiera acercar la llama al cigarrillo, Catrìona jadeó, se hizo la señal de la cruz y dio varios pasos hacia atrás con los ojos abiertos de par en par como si acabara de encender las llamas del infierno. Con el vacío de las escaleras oscuras a sus espaldas, se tambaleó en el borde de un escalón y agitó los brazos. Siguiendo un impulso, James estiró el brazo, tomó un puñado de tela del vestido y la jaló hacia él. Mientras absorbía el impacto, la envolvió en sus brazos. Catriona jadeaba con los ojos abiertos y brillantes. Se hallaba acurrucada en su abrazo, y James no podía recordar nada que se sintiera tan bien.

—¿Te encuentras bien? —le preguntó, sin sentirse capaz de soltarla o apartar la mirada.

Parecía tan pura. Tenía el rostro completamente libre de maquillaje y rasgos delicados y suaves. La imagen de ella que había tenido antes, como si fuera un ángel que desciende a rescatarlo y elimina la oscuridad, regresó.

Parpadeó, frunció el ceño y le apoyó las manos en el pecho para empujarlo. James la soltó.

—Sí.

—Disculpa.

Mientras se alisaba el vestido, miró el encendedor que yacía en el piso con el ceño fruncido.

—¿Qué fue ese fuego? ¿Cómo lo hizo?

James recogió el barato encendedor de plástico naranja y el cigarrillo roto que había aterrizado en la esquina. Se le habían pasado las ganas de fumar, y el pulso le latía acelerado. Guardó el cigarrillo en el paquete para arrojarlo en un cesto cuando viera uno.

—Oh, vamos —le respondió—. Sé que debes seguir alguna especie de guion o lo que sea, pero ¿podemos saltearnos la parte en la que necesito explicar cómo funciona un encendedor?

—Pero no sé...

—¿Podemos reanudar el camino, por favor?

En respuesta, enderezó los hombros y abrió la mano.

—Solo si me lo entrega.

Hablaba muy en serio. Estaba parada con un aire de autoridad tal que su primer instinto fue entregarle el encendedor.

Se rio.

—¿Acaso no se permiten los objetos «modernos» aquí?

—*Sir* James, está hablando en acertijos que no comprendo. Pero no permitiré que me distraiga ni que ningún demonio entre en mi hogar. En esta casa veneramos al verdadero Dios.

«¿Demonios?». ¿Acaso creía que era alguna especie de hechicero?

De no haber estado tan anonadado, se hubiera reído. A él, que había luchado a uñas y dientes contra la secta que había absorbido a su madre... A él, que era el mayor escéptico y, por si fuera poco, un detective de la policía... ¿Lo acusaba de hacer «magia»?

Sin embargo, Catrìona, que se veía adorable tan seria, volvió a extraer las tijeras y le apretó el extremo afilado contra la garganta.

—Deme el «demonio» o le juro por Dios que correrá su sangre.

James frunció el ceño mientras le estudiaba el rostro en busca de alguna señal de actuación o incongruencia: algún tic en un músculo o una elevación apenas perceptible de la comisura de la boca... No detectó nada.

No le temía a una mujer que le apuntaba un objeto afilado, sabía cómo desarmarla con precisión, pero no quería arriesgarse a tener un conflicto antes de estar seguro de su ubicación. La prioridad era encontrar a Rogene y David y lograr que los tres escaparan de esa casa de locos.

Le colocó el encendedor sobre la mano.

—Aquí tienes.

Cuando sus dedos rozaron los de ella, una cálida descarga eléctrica le recorrió el brazo y lo dejó sin aliento. Fue evidente que ella también la sintió. Las pupilas se le dilataron, y los iris se le oscurecieron a un tono azul marino tan profundo que se olvidó de respirar.

A lo largo de su vida, solo en dos ocasiones había estado cerca de experimentar un verdadero milagro. La primera fue cuando vio a su hermana recién nacida. En ese momento, tenía tres años, y ese era uno de sus primeros recuerdos. Recordaba que lo llamaron a una habitación de su cabaña en las instalaciones de la secta. Había tres mujeres alrededor de su madre, que yacía sobre una cama cubierta de sangre y acunaba un paquete en sus brazos. Cuando vio el rostro rosado e hinchado y los dedos diminutos de Emily, se sintió liviano, cálido y tan abierto que podría haber abarcado el mundo entero.

La segunda vez fue cuando la policía hizo una redada en las instalaciones, vio cómo esposaban a Brody Guthenberg y supo que su madre, su hermana y los otros trescientos hombres, mujeres y niños que vivían allí eran libres.

Ahora, con Catrìona, era la tercera vez en su vida. La sensación era liviana, ancha, extensa y cosquilleante, y no podía apartar la mirada ni la mano de las de ella. Ese contacto se sentía bien. Se sentía como si, por fin, hubiera llegado. No lo podía explicar con la mente lógica, pero algo en su corazón supo que todo tenía sentido.

Catrìona apartó la mano.

—No me vuelva a tocar —susurró—. ¿Sabe cuál es el castigo por hechicería?

—No.

—La muerte. Así que si no quiere que le cuente a mi hermano acerca de su magia de amor o lo que sea que sus demonios me están haciendo, no me vuelva a poner un dedo encima.

CAPÍTULO 4

Catrìona clavó la mirada en los músculos fuertes de la espalda ancha de James que se movían bajo la delgada tela de ese extraño atuendo elegante mientras subía las escaleras. El roce que habían compartido le había dejado la dulce sensación de haber sido tocada por un poderoso rayo de luz.

Eso, junto a la culpa de haber vuelto a amenazar a alguien con un arma, la confundía. ¿Qué le pasaba? Aún estaba en penitencia por haber matado a todos esos hombres del clan Ross en el castillo de Delny, ¿y ahora volvía a amenazar a otro ser humano?

Pero no podía permitir que nada malo le ocurriera a su clan, aunque le costara el alma.

A medida que se acercaban, las voces masculinas que provenían del gran salón sonaban más enfadadas.

«Oh, no».

¿Sería Finn o Raghnall quien estaría irritando a Laomann? Cuando Catrìona entró en la habitación, vio a Finn Panza Grande inclinado sobre el hombro de Raghnall y suturándolo. Laomann estaba sentado en la mesa larga junto con varios guerreros más y comía una pata de pollo con ferocidad.

—... y no me digas que lo que me has dado ha sido un accidente —concluyó con la boca llena.

Raghnall soltó una carcajada.

—Lo siento, Finn, pero yo tampoco lo creo, amigo.

La sala grande y cuadrada estaba en penumbras, iluminada por la luz que se colaba por las cuatro ventanas aspilleras. El fuego crepitaba en el enorme hogar frente al cual la familia de Catrìona había pasado muchas veladas. Dos tapices del escudo de armas del clan Mackenzie, unas montañas en llamas, colgaban sobre el hogar, y a Catrìona le cantaba el corazón lleno de orgullo cada vez que los veía. «Brillo, no ardo» era el lema del clan, y siempre le daba fuerza y le hablaba directo al alma.

Finn Panza Grande siempre había sido un hombre grande, desde que Catrìona lo conoció. En general, parecía una sanguijuela grande y blanca, con un estómago que se bamboleaba mientras caminaba y parecía una bolsa de carne gelatinosa.

—Finn quería curarte la piel roja y picosa —le recordó Raghnall.

—¡Pero no le pedí un miembro flácido! —exclamó Laomann—. No pude yacer con mi esposa durante un año.

Los guerreros que se hallaban alrededor de la mesa sofocaron unas carcajadas contra las copas. Hasta el criado que le estaba sirviendo cerveza a Laomann se puso pálido en el intento de mantener la compostura.

El único que no estaba entretenido era James, que miraba la habitación con el ceño fruncido. Parada a su lado, inhaló su aroma: algo fuerte, como humo, pero más acre. Olía como si fuera un chamán de otro mundo que practicaba magia pagana y quemaba hierbas que no existían en el de ella. Olía a eso y a una especie de mezcla agradable de perfume y su aroma térreo y masculino.

La esencia le causó algo: algo cálido y hermoso, como si estuviera en una tina de agua caliente y deseara algo que no debería anhelar.

Se obligó a concentrarse en lo que ocurría a su alrededor.

Finn se rio entre dientes.

—Pero tu piel ha sanado. ¿Cómo iba a saber que tu virilidad iba a ser tan sensible a una pizca de raíz de regaliz?

—Sí, Laomann —intervino Raghnall—. No hacía falta que hablaras mal de Finn por toda Escocia.

A Finn Panza Grande se le petrificó el rostro, apretó los labios hasta formar una línea delgada y continuó suturando a Raghnall, que inhaló fuerte.

—Me han echado de todas las aldeas que rodean Kintail —dijo Finn—. Todos decían que les iba a dejar el miembro flácido. Que era un hechicero que traía demonios y maldecía a hombres inocentes.

Finn hizo un nudo y mordió el hilo con los dientes. Catrìona le echó un vistazo a *sir* James, que tenía el ceño aún más fruncido y miraba a Finn. Sus ojos eran de un tono marrón oscuro tan intenso en la penumbra que se podría hundir en ellos y nunca más hallar el camino de regreso a casa. Era extraño, atractivo y... diferente. Tan diferente que ese rostro iluminado por la luz blanquecina y anaranjada del corredor se le quedaría por siempre grabado en lo más profundo de la mente. El mentón cuadrado, la nariz recta, los pómulos erguidos. Tenía ojos cálidos del color de la miel de trigo sarraceno, una boca ancha y unos labios suculentos y sensuales. Unas pecas apenas visibles le decoraban los pómulos. Tenía el cabello corto, algo que la sorprendió, pues no solía ver a muchos hombres con el cabello tan corto, y el mentón cubierto con una barba de tres o cuatro días.

Su acento... Hablaba gaélico y, aunque el modo en el que pronunciaba le recordaba a algunos guerreros *sassenach* que había conocido a lo largo de su vida, no era exactamente igual a ellos. Llevaba puestas las prendas más delicadas, complejas e imprácticas que había visto. Una chaqueta ajustada le cubría la constitución musculosa de hombros fuertes que formaban un triángulo perfecto, una especie de pantalones anchos que le caían hasta los pies y una camiseta blanca con el cuello alto y botones.

Laomann se volvió hacia ella.

—¡Hermana! ¿Qué haces escuchando esto? Una doncella no

debería estar oyendo charlas acerca de los problemas de los hombres.

Los problemas de los hombres... Nunca había creído ninguno de los rumores que señalaban que Finn era un hechicero. Lo conocía desde que tenía memoria y, al igual que ella, usaba las hierbas para el bien, para curar a las personas y ayudarlas. Además, nunca había oído que la raíz de regaliz pudiera causar algún problema en... bueno... ahí abajo.

Una ola de calor le invadió las mejillas al recordar el órgano masculino que había visto en contadas ocasiones cuando había tenido que tratar alguna herida cerca de la entrepierna o higienizar a algún guerrero inconsciente. Se había preguntado si lo utilizarían del mismo modo en que lo hacían los animales, si se endurecía y...

Negó con la cabeza una vez y se aseguró de mirar a Laomann en señal de reprobación.

—Soy curandera, hermano. Sé cómo funciona la anatomía masculina.

Era una mujer soltera en el gran salón y estaba rodeada de una treintena de hombres, y cada uno de ellos, excepto Finn, se veía incómodo. «Qué bueno».

Solo *sir* James la miraba con una mezcla de diversión, respeto y aprecio.

—¿Quién es ese? —preguntó Laomann mirando a James con el ceño fruncido.

De repente alerta y sin ponerse la camiseta, Raghnall se puso de pie sin apartar la mirada penetrante de James. Apoyó una mano sobre la espada que tenía sobre la mesa. El resto de los hombres siguió la reacción de Raghnall y se alarmó: algunos se llevaron una mano a la empuñadura de la espada, mientras que otros dejaron la comida sobre las bandejas y otros se pusieron de pie. Antes de entrar en el gran salón, Catrìona había bajado las tijeras porque sabía que el sitio estaría lleno de hombres armados.

—*Sir* James Murray me ha dicho que está buscando a Rogene y David. Al parecer, es de Oxford.

—¿De Oxford? —repitió Raghnall—. ¿Eres un *sassenach*? —La hostilidad de su voz era palpable. Había luchado en las guerras contra los ingleses al lado de Roberto I.

—Sí, soy inglés —le respondió con calma.

Raghnall se volvió hacia Laomann.

—Debemos llevarlo al calabozo. He vivido en Inglaterra y conozco a los ingleses. He perdido a muchos amigos y hermanos de armas por los bastardos *sassenach*. Vamos, hermano, eres el *laird*. No seas el mismo cobarde de siempre. ¡Da la orden!

La palabra «*laird*» sonó amarga, como un insulto, y Catrìona se estremeció. No podía soportar la animosidad entre sus dos hermanos. No era la culpa de Laomann que Kenneth Og hubiera echado a Raghnall del clan cuando apenas era un muchacho con edad suficiente como para pelear. No habían visto a Raghnall durante años, aún más años de los que habían pasado desde que Tadhg se había marchado. Raghnall regresó el invierno pasado con Angus, y Catrìona quiso darle la bienvenida a la familia. Laomann, por su parte, aún no lo había declarado miembro oficial del clan. Siempre había seguido las directivas de su padre y parecía inclinado a seguir haciéndolo aún luego de la muerte del monstruo.

Laomann miró a Raghnall con el ceño fruncido.

—No me digas lo que tengo que ordenar y dejar de ordenar. Ya no eres miembro del clan.

El silencio pendió del aire tan pesado que el crépito del fuego sonó como truenos. Todos contuvieron el aliento. Los guerreros se quedaron petrificados, con trozos de pan o copas de cerveza de camino a la boca.

Raghnall inhaló profundo y soltó un suspiro. Fulminó a Laomann con unos ojos que parecían dos nubes de tormenta.

—¿Así que ya no soy miembro del clan? —preguntó con la voz estruendosa—. En ese caso, ¿para qué me gasto en proteger al clan?

Las comisuras de la boca de Laomann se curvaron hasta formar una mueca amarga.

—Creo que sé por qué has regresado. Y no es para cuidar de nuestros intereses. Es porque quieres cierta propiedad que te hubiera pertenecido si nuestro padre no te hubiera echado.

Raghnall se puso pálido. A Catrìona le dolió el corazón. Sabía que Raghnall debía querer un hogar luego de pasar tantos años en la calle haciendo quién sabía qué. Pero no era un hombre calculador. Era su hermano y amaba a su familia, aunque no lo hubiera visto desde que era una muchacha.

—Un hombre deplorable me echó hace muchos años. Mi único crimen fue desafiarlo una y otra vez, y ahora eres tú quien me sigue castigando por eso. —Soltó otro suspiro y negó con la cabeza—. No soy el enemigo. —Señaló a James—. Él sí.

Laomann se volvió hacia James y lo miró con los ojos entrecerrados.

—¿Por qué está buscando a Rogene y David, *sir* James?

James hizo un gesto amplio con un brazo.

—Porque su familia y sus amigos los están buscando.

Laomann se frotó el estómago con una mueca de dolor.

—Pero creí... Creí que los ingleses habían quemado y robado las tierras de *lady* Rogene.

James suspiró.

—Cree lo que quieras para tus juegos, amigo.

—¿Juegos? —repitió Laomann—. Los Juegos de las Tierras Altas comenzarán en dos semanas. *Lady* Rogene estará allí con David y Angus.

Raghnall chasqueó la lengua.

—¿Por qué le dices eso? Es el enemigo.

Laomann se estremeció, pero en lugar de responder, bebió un sorbo de cerveza de su copa.

Los Juegos de las Tierras Altas requerían muchos preparativos. Ese día tenían que enviar a los mensajeros a varios clanes y terratenientes.

—No soy el enemigo —repuso James—. Al menos, no todavía.

Raghnall tomó la daga y avanzó hacia *sir* James como un lobo que quería olfatear a una presa potencial.

—¿Ah, sí? —le preguntó al detenerse frente a él—. ¿Y de qué depende eso?

—De lo bien que se encuentren Rogene y David Wakeley. De si los retienen aquí en contra de su voluntad, de si se encuentran en buen estado de salud y de si quieren regresar a casa conmigo.

—Eso es lo que dice —señaló Raghnall con los ojos oscuros e intensos—. ¿Cómo puedo estar seguro de que sea su verdadera intención, *sir* James? Su modo de hablar, sus prendas y sus modales son muy extraños. No tenemos ninguna prueba de dónde viene o de si es peligroso o no.

Catrìona podía mencionar el «encendedor» en ese momento, pero algo en su interior la hizo dudar. No confiaba en él, bajo ningún punto de vista. Pero si les contaba a Laomann y Raghnall acerca de la hechicería, lo condenaría a muerte. No podía hacerlo. Ya había acabado con suficientes vidas y le había apuntado con las tijeras a la garganta, lo que iba contra su penitencia. Pero, a la vez, no podía permitir que un potencial enemigo anduviera por el castillo.

Todo eso era suficiente para que tuviera que rezar por su alma por el resto de la vida.

—Es peligroso —dijo de repente con la voz baja y carente de emoción—. Es un *sassenach*, y no deberíamos confiar en él.

James la miró con los ojos abiertos. Catrìona le sostuvo la mirada y, a pesar de su animosidad, una ola de excitación la embargó por completo.

Fue una sensación similar a cuando la salvó de caerse por las escaleras. La había sostenido en sus brazos, y le hizo sentir que hasta la última gota de sangre y la última parte de su ser cobraba vida. Se sintió como una campanilla de invierno abriendo los pétalos al sol luego de que los primeros rayos de luz divina derritieran la nieve. Como si hubiera habido una cuerda en alguna parte profunda de su ser que no tenía idea de que existía. Y con tan solo un roce, ese extraño, ese... hechicero... la había tocado.

Y, por todos los cielos, le había encantado el sonido que emitió.

¿De qué otra cosa podría tratarse si no de magia? Tanto la Iglesia como la ley condenaban la magia, pues ponía en peligro el bienestar de las personas y al mismo Dios.

Se volvió hacia Laomann.

—Enciérralo, hermano.

Laomann observó a James durante unos largos instantes, luego soltó un suspiro y se volvió hacia los hombres que estaban en la mesa con una mueca de dolor deformándole el rostro.

—Llévenlo al calabozo.

Mientras los hombres avanzaban hacia él, la expresión de James cambió a una de pánico y perplejidad. Lo arrastraron por las escaleras, y Catrìona sintió arrepentimiento en la boca del estómago. Se dijo que debían encerrarlo hasta saber con certeza quién era y de qué era capaz.

Cuando desapareció, le agradeció a Dios que ya no se encontrara en su proximidad.

Nunca había sentido nada tan poderoso como lo que él le había hecho sentir. Ni siquiera su fe en Dios.

CAPÍTULO 5

—Estás ardiendo. —Catrìona apretó el revés de la mano contra la frente de Tadhg.

Antes de responderle, cerró los ojos.

—Mmm, se siente bien, Cat.

«Cat». Solía llamarla así cuando estaban comprometidos.

Retiró la mano tan rápido que la luz que proyectaba la vela cercana a la cama sobre las paredes ásperas saltó con intensidad. A excepción de la vela, la habitación de Tadhg se hallaba en completa penumbra, y cuando volvió a abrir los ojos, le brillaban como un mar tormentoso.

—No te apartes, Cat. Por favor.

Se movió en la cama para tomar la jarra de agua que le había llevado. Durante el día, mientras se encargaba de las tareas del castillo, había ido dos veces a llevarle agua y ver cómo se encontraba. La primera vez, había estado dormido, pero la segunda lo encontró despierto. No se había quedado más tiempo del necesario. En las dos ocasiones le pareció que se encontraba bien.

Finn Panza Grande le había vendido una planta exótica que se llamaba adelfa. Crecía en el Mediterráneo y era buena para los problemas de la piel, como el que tenía Laomann. También le había comprado polvo de corteza de algarrobo y frutos del mismo árbol para los problemas digestivos. Por conveniencia, también había adquirido grosellas negras disecadas porque se le habían acabado y eran buenas para las diarreas de Laomann. Su hermano no se había sentido bien en todo el día; había padecido dolor de estómago, y Catrìona le preparó una tisana fresca de grosellas negras y algarrobo.

Antes de retirarse a dormir, había ido a ver a Tadhg y descubrió que se encontraba peor.

Vertió agua en una taza y se la acercó a los labios.

—Bebe.

Alzó un poco la cabeza y, cuando tomó la taza, le rozó los dedos con los suyos, que ardían como carbones.

—Y no me llames Cat —le ordenó—. Para ti soy *lady* Catrìona.

Le devolvió la taza y se apoyó contra la almohada.

—Sí, *lady* Catrìona. Al fin y al cabo, no soy ni tu prometido, ni tu esposo.

Se puso de pie para examinarle la herida de la cabeza, pero se quedó quieta.

—¿Y quién tiene la culpa de eso? Te esperé. Me escabullí del castillo y fui al embarcadero, lo arriesgué todo, aguardé con la vista clavada en la oscuridad, lista para ser tu esposa, como habíamos acordado.

No pudo contener las palabras cargadas de dolor. A pesar de que había decidido soltar el pasado, olvidar que él pudo haber sido la parte más importante de su vida y recordar que Dios era su camino, el dolor seguía allí. Y ahora que podía ver a su atormentador frente a ella, algo se deshizo en su interior.

—¿De verdad? —Pronunció las consonantes largas y arrastrándolas.

Con la vela en una mano, se inclinó para mover el vendaje que le cubría el ojo y examinar la herida.

—Sí, de verdad. Como una tonta. ¿Por qué no pudiste reunir el coraje de venir a decirme que habías cambiado de parecer?

Por fortuna, la herida se veía bien. Estaba hinchada, sin

dudas, pero no lo suficiente como para indicar ningún tipo de infección.

—Porque no cambié de parecer —le respondió.

Dio un paso hacia atrás y exhaló con tanta fuerza que la llama de la vela titiló con ímpetu.

—Entonces, ¿por qué te marchaste? Me dijeron que tú y tu padre se habían ido.

Tadhg suspiró.

—Porque tu padre se enteró de lo nuestro. Esa noche fue a matarme.

A Catriona le dio vueltas el mundo y tuvo que sentarse en la cama.

—¿Cómo se enteró?

—Laomann nos oyó hablando.

Catriona cerró el puño alrededor de la falda de su vestido. De modo que no había sido culpa de Tadhg, sino de Laomann.

Tadhg siguió hablando.

—Esa noche fueron a nuestra casa. Yo estaba preparando los caballos para nosotros. Nunca le dije a mi padre porque no me dejaría actuar en contra de su *laird*. Tu padre desenvainó la espada y me ordenó a los gritos que saliera. Salí del establo listo para luchar por ti. Para luchar por nosotros. Por todos los cielos, de haber tenido que morir por ti, lo hubiera hecho.

Catriona estaba desgarrada. Una parte de ella no quería saber, no quería oír nada de eso porque no cambiaría nada las cosas, porque era mejor creer que no estaba en su destino vivir una vida secular. Que la voluntad de Dios era que le sirviera a Él. Pero la otra parte, la pecadora en ella, la mujer simple que una vez anheló tener un marido e hijos, deseaba oír lo que tenía que contar. Deseaba saber que, al fin de cuentas, no la había rechazado.

Tadhg hizo una mueca mientras se incorporaba sobre la almohada en el intento de sentarse. Un temblor visible lo atravesó, probablemente escalofríos a raíz de la fiebre.

—Pero mi padre interfirió. Se detuvo entre tu padre y yo y demandó saber por qué su *laird* estaba atacando a su único hijo.

—Tu padre siempre ha sido uno de los guerreros favoritos de mi padre.

—Sí, uno de los más leales. Tu padre gritó que yo planeaba secuestrarte y casarme contigo sin su consentimiento. Aseguró que lo consideraba traición no solo contra él, sino también contra el clan y que el único castigo era la muerte.

—Es exactamente lo que tanto temía —susurró Catrìona al tiempo que la preocupación y el entusiasmo que había sentido hacía nueve años se agitaban en su interior y removían sentimientos y esperanzas que había prometido olvidar en esa noche de tormenta.

—Sí, bueno, mi padre no permitió que *laird* Kenneth Og me tocara. Alzó la espada contra su *laird*, el hombre al que había jurado servir y proteger. Rompió el juramento de lealtad y lo hizo por mí.

Y, de forma indirecta, por ella.

—Lucharon —continuó Tadhg—, y tu padre hirió al mío. Lo hubiera matado, pero Laomann le rogó que no lo hiciera. Le pidió que nos dejara marchar por todo el servicio y el bien que mi padre había hecho a lo largo de los años. Kenneth Og nos ordenó que nos marchemos y nunca más regresemos. No podía dejar a mi padre herido, de lo contrario habría ido en tu búsqueda de todas maneras.

A raíz de la fiebre y los recuerdos dolorosos, lo recorrió un temblor visible, y a Catrìona le dolió el corazón.

—Nos marchamos. Como mi padre tenía familia distante en el clan Ruaidhrí, fuimos allí, pero en el camino se le infectó la herida. Al cabo de unos días bajo la lluvia incesante de las Tierras Altas, falleció.

Algo cálido y húmedo le recorrió la mejilla a Catrìona al recordar al padre de Tadhg. Tenía el mismo cabello dorado de su hijo, era un guerrero de sonrisa amable y ojos tristes. Siempre le había agradado.

—Lo siento mucho, Tadhg —le dijo—. Ahora se encuentra con Dios.

La nuez de Adán le subió y bajó.

—Sí, lo sé. Tu madre también. Ambos fueron víctimas de un tirano.

En respuesta, asintió. Volvió a sentir la conexión, la razón por la que se había enamorado de él en el pasado. Tadhg había sido muy amable con ella y había rezado a su lado por su madre.

—Luego de enterrarlo en la cuesta de la montaña en la que falleció, emprendí el regreso a Eilean Donan, determinado a recuperarte, a encontrar el modo de sacarte de allí y llevarte lejos de él.

Se llevó la mano al cuello, donde tenía la cruz. El semblante de Tadhg se tornó triste. Ambos sabían lo que era. La cruz que le colgaba del cuello ya no era la misma que Tadhg le había dado.

—Pero cuando estaba por llegar, me crucé con un grupo de guerreros Mackenzie que no habían oído acerca de nuestro exilio del clan. Me dijeron que tu boda con Alexander Balliol era en unos días.

—Oh —logró decir Catrìona al tiempo que unas lágrimas le nublaban la vista y el pecho se le llenaba de dolor.

Tadhg se metió la mano bajo la túnica para aferrar su cruz.

—Ya no eras mía, ya no me amabas, porque me habías asegurado que nunca te casarías sin amor. De modo que supe que debías de amar al otro hombre.

Con las mejillas humedecidas, negó con la cabeza.

—Como no viniste, como te marchaste, pensé que no me querías. ¿Qué importaba con quién me casaba? Tenía el corazón demasiado roto como para entregárselo a alguien. Mi padre arregló el casamiento con Alexander Balliol, pero mi prometido falleció de camino a Eilean Donan.

—Había pensado que me habías traicionado, Cat.

Al oír el apodo, inhaló profundo, pero no logró corregirlo. No había sido culpa de él, ni de ella, que no hubiera ido a buscarla como le había prometido. Había sido la culpa de su padre.

—No te traicioné.

El corazón le latía acelerado. Se había equivocado; él la había querido. La pregunta era: ¿qué debía hacer ahora con esa información?

Tadhg se volvió a estremecer. Cerraba y abría los párpados pesados lentamente y tenía la frente más caliente que antes.

—Por todos los cielos, Tadhg, tienes mucha fiebre. Te haré unas compresas. Recuéstate.

La obedeció mientras ella abría la cesta con medicamentos y buscaba un trapo de lino limpio. Luego lo humedeció en la jarra con agua y se lo apoyó en la frente.

—Oh... —Se volvió a estremecer y se cubrió con la manta.

—Tengo una bebida de milenrama y corteza de sauce blanco para la fiebre. —Buscó una botella de arcilla en la cesta. Vertió la bebida en una taza y se la acercó a la boca—. Ten, bebe.

Mientras bebía y hacía una mueca por el sabor amargo, se volvió a sentar en la cama.

—Tengo que examinarte el muslo, Tadhg.

—De acuerdo, Cat.

Cuando le apartó la sábana y le levantó la venda, encontró el motivo de la fiebre. La herida se veía demasiado hinchada y roja. Se le había formado un punto amarillo, y cuando lo apretó, Tadhg gruñó de dolor.

—Regresé al clan Ruaidhrí —siguió hablando con la boca apretada. Sin dudas, los temblores de la fiebre lo hacían estremecerse—. Y me quedé con ellos durante todo este tiempo. Comercialicé en sus barcos y viajé por el mundo. Fui a Galicia, a Francia, a Noruega y a las Islas Orcadas. Gracias a Dios me encontré con Raghnall. Los hombres del clan Ross lo habrían matado. —Alzó la vista hacia ella—. Gracias a Dios te volví a encontrar, Cat.

Se quedó congelada con el trapo de lino en las manos.

—Reza conmigo —le pidió con la voz ronca—. Como lo hacíamos antes. Reza conmigo, por favor.

Al oír sus palabras, tragó con dificultad.

—Debo limpiarte la herida, no se ve nada bien.

Tadhg se recostó.

—Entonces, rezaré por los dos.

Catrìona le apoyó el trapo de lino humedecido contra la piel roja y comenzó a limpiar la herida.

—Oh, Dios, quien por la gracia del Espíritu Santo le ha dado la bendición del amor al corazón de sus fieles... —comenzó en un murmullo.

Catrìona colocó miel y grasa de oso sobre otro trapo de lino y susurró las palabras con él. La conexión con Dios le iluminó todo el ser.

—... concédenos a todos tus sirvientes bajo tu piedad la salud del alma y del cuerpo para que podamos amarte con toda nuestra fortaleza...

Con una sonrisa en el rostro, sintió que la fuerza le regresaba al cuerpo y comenzó a poner una nueva venda sobre la herida.

—... y que podamos satisfacer tu placer con perfecto cariño, por Jesucristo, nuestro Señor.

—Amén —dijeron al unísono, y Tadhg cerró los ojos.

Su «amén» fue débil, como si apenas hubiera logrado susurrar la palabra antes de caer en estado de inconsciencia.

Catrìona suspiró aliviada, con el espíritu liviano y llena de esperanza. ¿De verdad conocía a Tadhg? ¿Qué había detrás de ese atractivo rostro curtido? Era posible que fuera el hombre que mejor la entendía en el mundo.

Al parecer, las circunstancias los habían separado hacía nueve años. ¿Debería arrepentirse de su decisión de convertirse en monja?

Jaló de la manta para cubrir a Tadhg y guardó los suministros médicos en la cesta. Sería mejor que se sentara a esperar a que la fiebre cesara. Mientras se acomodaba en la silla que había al lado de la ventana y observaba la llama de la vela titilar por la suave brisa que se colaba a través de las persianas, se preguntó si aún lo amaba.

¿Cómo podía saberlo? Cuando miraba a ese lobo dorado, sentía algo cálido en el centro del pecho. El dolor leve del recuerdo del amor y la confianza que había perdido. Con él, se volvía a sentir a salvo. Ahora que sabía por qué había desaparecido en realidad, los sentimientos de familiaridad y seguridad habían regresado como una especie nube cálida.

Pero ya no sentía el calor, el entusiasmo y la atracción que había sentido hacia nueve años. No por Tadhg. No como *sir* James se los hacía sentir.

«¡No!». ¿Cómo podía ser tan volátil con su corazón? ¿Cómo podía sentir algo por el hombre al que acababa de conocer cuando su prometido había regresado a su vida? Cualquier sentimiento de pena por el hombre que era el enemigo, el hombre que podría ser un hechicero, era censurable. Y, lo que era aún más importante, ya había jurado entregarle su corazón y su alma a Dios.

De modo que debía bloquear cualquier sentimiento hacia *sir* James o Tadhg. Debía olvidarlos a los dos. Pronto le pertenecería a Dios.

CAPÍTULO 6

—No PIENSE que puede hacer alguno de sus trucos de magia —le advirtió Catriona al aparecer en la oscuridad del calabozo como una visión.

Una pared de rejas de hierro los separaba. La antorcha que había sobre el candelabro en la pared a sus espaldas le hacía brillar el cabello como si fuera oro bajo el sol. James entrecerró los ojos para verle el hermoso rostro iluminado por otra antorcha que llevaba en la mano derecha.

Catriona tenía el mentón erguido, y los ojos grandes parecían dos zafiros: duros y azules. Los pómulos elevados le sobresalían de las mejillas sonrosadas, y James no supo si el rubor se debía al calor de la antorcha o a otra cosa.

James se levantó del banco frío de madera.

—No hago magia.

Catriona arqueó una ceja y le apuntó una daga con la mano izquierda.

—En esta ocasión, no utilizaré tijeras.

A James se le tensó en mentón y miró la cesta que le colgaba del codo. ¿Cuánto tiempo había estado en el calabozo? ¿Una noche? ¿Veinticuatro horas? Como no tenía ningún reloj y su móvil estaba roto, el tiempo era como un pantano gigante que lo absorbía y lo ahogaba.

Como cuando era un niño pequeño. Recordó la casa en la que había nacido, las paredes ásperas, los viejos muebles de madera que olían dulces y polvorientos, como la miel seca. Recordó a su madre, delgada y pálida, con el cabello largo de color chocolate oscilándole mientras intentaba despegarse las manos de James de la falda que ella misma había confeccionado.

—Mamá tiene que ir a hacer unas cosas... Tienes que quedarte aquí. ¡James, suéltame!

Acto seguido, se arrodilló delante de él y lo observó con los ojos café tan brillantes de la manía que parecía febril.

—¿Para qué sirves, pedazo de bastardo? ¿Para qué te di vida si tu padre sigue sin reconocerme? Te he dicho que te quedes aquí y dejes de quejarte.

Cuando le tomó la mano y se jaló de la falda para quitársela de los dedos, el movimiento fue tan doloroso que le quemó la piel. Su madre cerró la puerta de tal portazo, que la ráfaga apagó la única vela, y la habitación quedó en penumbras. Oyó a Emily, de cuatro años, romper a llorar en la cama sobre la que estaba sentada. Desesperado por el amor de su madre, porque lo rescatara y lo defendiera, corrió hacia la puerta y comenzó a jalar del pomo y golpearla, pidiendo ayuda a los gritos. Pero ¿quién vendría por él si ni su propia madre lo haría? Había necesitado que su madre fuera una mamá y no una fanática con el cerebro lavado.

Esa no había sido la primera vez que los encerraba en la casa para ir a ver a Brody, pero había sido la primera vez que había sido tan cruel, la primera vez que él se dio cuenta de lo que estaba ocurriendo.

Sin embargo, ahora no importaba. No debería hacerlo. Era un hombre de treintaiún años. A pesar de eso, las paredes ásperas de piedra, la oscuridad y el olor le desencadenaban demonios que se arrastraban desde los rincones más recónditos de su psiquis. Con la parte racional de la mente, sabía que era inmaduro. ¿A qué le temía? ¿A la falta de luz?

No obstante, todos esos sentimientos de desesperación, de impotencia y de dolor ocasionado por el rechazo eran como el peso de una piedra sobre las costillas, uno que había acarreado consigo a lo largo de su infancia y adolescencia, hasta la muerte de su madre.

Luego de que desmantelaran la secta, su madre cayó rápido en el alcoholismo. Una Navidad, se marchó de la casa de sus abuelos ebria y caminó hasta el único bar en el pueblo que seguía abierto. Era una de las noches más frías en los últimos cincuenta años, y debió de sentir frío bajo el corto abrigo de piel. En algún momento, le habrían dado ganas de recostarse a dormir. Al día siguiente, la encontraron acurrucada en una esquina, a unos metros del bar, cubierta de nieve.

Se le cerró el pecho. Nunca había necesitado tanto un cigarrillo como en ese momento. Pero el último que tenía se había dañado cuando había impedido que Catrìona se cayera.

Intentando mantener el nivel de su voz, la miró a los ojos.

—¿Qué tengo que hacer para que me dejes salir?

Ella frunció el ceño.

—Si me está ofreciendo libras, *sir*...

—Sí, de acuerdo, libras, dinero. ¿Cuánto? —Se metió la mano en el bolsillo interno de la chaqueta y extrajo la cartera. Pero cuando la abrió, se le hundieron los hombros—. Maldita sea... —No tenía ningún billete. Al fin y al cabo, en el mundo de las tarjetas de crédito y los pagos móviles, ¿quién necesitaba dinero en efectivo?

Catrìona se acercó a las rejas y observó la cartera con curiosidad y recelo.

—Le agradecería que no maldijera, en especial cuando saca cosas. ¿Cómo sé que no está invocando a un demonio?

James se mofó y le ofreció la cartera.

—Mírala si quieres. Solo tiene mis tarjetas del banco y mi carnet de identificación, además de mi placa de policía.

Quédate con la cartera si tiene valor suficiente para ti. Es de cuero.

En respuesta, se inclinó más cerca y estudió el brilloso material de cuero con el ceño fruncido.

—Sí, se ve costosa y sofisticada, como sus prendas. Pero no la tocaré.

James se la volvió a guardar en los pantalones y se cruzó de brazos.

—De acuerdo. No tengo dinero. ¿Qué otra cosa te puedo ofrecer para que me dejes salir?

Catriona alzó la cabeza.

—Le pediré al *laird* que lo libere cuando sepa con certeza que no representa ninguna amenaza para el clan.

—No soy ninguna amenaza.

—Ya lo veremos.

James suspiró y se apoyó contra la barra fija de la celda con ambos brazos. Al menos el calabozo tenía espacio suficiente. Aunque no tenía más instalaciones que una pequeña bacinilla y un banco, no le faltaba el espacio. El suelo era de tierra, parte de las paredes era de piedra tallada, probablemente de la isla, y la otra parte de piedras ásperas y argamasa. Una pared estaba hecha de un enrejado de madera. Como el aire estaba estancado y húmedo, había esperado que la madera estuviera podrida, pero la pared no había cedido a pesar de las patadas fuertes que le había dado.

La celda vacía hacía que su departamento de un ambiente pareciera grande. Echaba de menos los muebles simples y cómodos de madera que le había comprado a la arrendataria anterior, una enfermera de sesenta años que había vivido en el departamento durante treinta años porque trabajaba en el hospital John Radcliffe y se había mudado luego de retirarse. Lo único que necesitaba era una cama, una cocina y un baño. Ni siquiera tenía un televisor, y, en las cortas relaciones que había tenido en el pasado, sus exnovias se habían quejado de tener que mirar películas y series en su ordenador.

Pensar en un ordenador parecía tan extraño como pensar en extraterrestres.

—He venido a curarle la herida —le informó Catrìona—. A fin de cuentas, soy una curandera, no una carcelera. También le traje comida y agua.

James se tocó la cabeza, donde la sangre se le había cuajado.

—Ah.

Alguien le había llevado *bannocks* secos y agua hacía muchas horas, y ya tenía hambre. Eso debió haber sido la noche anterior. A pesar de la falta de ventanas, su cuerpo le decía que debía ser de mañana.

—Gracias —añadió.

—Abriré la puerta para entrar, pero no me tocará ni hará ningún movimiento, mucho menos nada mágico. De lo contrario, le cortaré la garganta. Y no será el primer hombre al que tenga que matar.

Los ojos le brillaban con tanta ferocidad que supo que hablaba en serio. ¿Había «matado» a alguien? Sonaba tan... tan desconectado de la realidad que conocía que, por un instante, llegó a creer que había viajado en el tiempo. No oía ese tipo de cosas en Oxford a diario, ni siquiera en su trabajo de policía. Podía encontrarse atrapado en una celda con una asesina. La idea lo inquietó aún más. No, era una actriz talentosa, eso era todo. Se había sumergido por completo en el papel.

—De acuerdo —aceptó—. No haré ningún truco de magia.

Ella asintió, colocó la antorcha en un candelabro en la pared opuesta y extrajo una llave de hierro gigante. Tras abrir la puerta, le apuntó con la daga, y la hoja destelló y reflejó el fuego de la antorcha.

—Siéntese en el banco.

Los ojos de color zafiro destellaron. Qué mujer más extraña, determinada y hermosa. Sostenía la daga propiamente y parecía que sabía qué hacer con ella.

—*Sir* James... —añadió con tono de advertencia.

Él se rio.

—Por supuesto.

Mientras avanzaba hacia el banco y se sentaba, consideró todos los modos de liberarse. Podía desarmarla: en su línea de trabajo, había tenido que desarmar a algunos vándalos con cuchillos. Y tendría que evitar que gritara a todo pulmón.

Catrìona colocó la cesta en el suelo y, con una mano, la abrió, extrajo media hogaza de pan y se la entregó. Durante un momento, la mente se le quedó en blanco y se olvidó de cualquier pensamiento de escape al sentir la esencia aromática del pan recién horneado. Se dio cuenta de que tenía mucha hambre. Tomó el pan y lo mordió. Era pan de cebada, primitivo y simple, pero delicioso.

—Gracias —le dijo con la boca llena.

—Quédese quieto —le instruyó antes de inclinarse contra su cabeza para estudiarla sin bajar la daga.

—Bueno —comenzó James—, esto es bastante bizarro. Se supone que eres una médica y me estás apuntando con una daga. ¿No es algo contradictorio?

Catrìona se detuvo y lo miró a los ojos. Luego se rio y, por primera vez desde que lo conoció, le sonrió.

James dejó de masticar, de moverse y de respirar. La sonrisa era ancha, dulce y tan hermosa que quiso tomarle una fotografía. De repente, se había convertido en la tercera fuente de luz del calabozo, y en la más intensa.

—Sí que lo es —acordó y soltó una risita. Luego la diversión desapareció—. Ojalá el paciente no fuera una amenaza para mi familia.

James tragó y volvió a masticar. Cuando le tocó la herida con los dedos, hizo una mueca del dolor agudo que lo atravesó.

—Tengo que limpiarla —le informó—, no querrás que se te infecté.

—Gracias. Si tienes algún antiséptico, creo que bastará. No parece nada serio.

—¿«Antiséptico»? —le preguntó con el ceño fruncido.

—Oh, claro. De seguro no deberías de conocer esa palabra. ¿Y quién se supone que eres? ¿La curandera de la familia?

Se arrodilló delante de él, extrajo una cantimplora y vertió agua en un cuenco. A continuación, con un movimiento experto, humedeció un trapo limpio y le lavó la herida de la sien con suavidad. James se retorció cuando el dolor lo atravesó.

—Sí, soy la curandera de la familia.

—Asumo que utilizas hierbas y esas cosas. ¿Cómo te convertiste en curandera?

Le echó una mirada rápida llena de dudas como si estuviera decidiendo si se estaba burlando de ella.

—Yo... Tuve que hacerlo. Alguien tenía que cuidar de los moretones y los huesos rotos de mis hermanos y de mi madre.

Se quedó petrificado. Eso sonaba a violencia doméstica.

—¿A causa de tu padre?

Ella encogió el hombro del brazo con el que sostenía la daga.

—Sí, a causa de mi padre.

—Por todos los diablos en el infierno... Lamento que tuvieras que pasar por eso.

Sus movimientos se volvieron más suaves y débiles.

—Sí, en el infierno... es donde debe estar mi padre ahora.

De modo que su padre estaba muerto. Al menos ya no corría peligro debido a ese hombre violento.

—Supongo que curar es una destreza útil en la actualidad —comentó—. La gente siempre tiene algo, ¿no?

—Sí, es lo que quiero. Ser útil. Ayudar. No hay mejor sitio para mí que el convento.

No había creído que pudiera volver a asombrarlo, pero lo hizo.

—¿Convento? ¿Eres monja?

Ella lo miró con una expresión entretenida que parecía decir: «¿De dónde has salido? ¿De un bosque?».

—No, todavía no soy monja. Pero me mudaré al convento para prepararme para convertirme en monja al final del verano.

—De acuerdo. ¿Por qué al final del verano?

Lo volvió a mirar como si estuviera decidiendo si debía decirle o no.

—Supongo que no hay ningún peligro en responderle. Nuestro padre falleció hace seis años, y Laomann se convirtió en *laird*. Yo ya sabía que quería ser monja, pero Laomann me pidió que esperara; él se iba a casar con Mairead, y como desde entonces han sido muy felices, me dijo que a lo mejor cambiaba de parecer si conocía a alguien. Prometí esperar seis años, pero mi decisión no ha cambiado. Me marcharé luego de los Juegos de las Tierras Altas.

No se podía imaginar a esa mujer hermosa, feroz y amable con el hábito de una monja. El corazón le gritaba que no le permitiera renunciar a su libertad o a su futuro, que no permitiera que le lavaran el cerebro. Abrió la boca para preguntarle por qué no había encontrado a alguien, cuando oyeron unos pasos acelerados que provenían del otro lado de la puerta. Una figura apareció en el umbral.

—¡Señorita! —exclamó un hombre jadeando—. ¡Oh, gracias a Dios, está aquí! ¡Venga rápido!

Catrìona bajó la mano con la que apuntaba la daga.

—¿Qué sucede?

—¡El *laird* está muerto!

CAPÍTULO 7

JAMES OBSERVÓ como el rostro de Catrìona perdía el color. En varias ocasiones había tenido que informarle a alguien acerca de la muerte de un familiar, y la primera reacción siempre era la conmoción: la piel pálida, los ojos y la boca abiertos. Ella mostraba cada uno de esos signos.

Recordó su propia conmoción cuando un policía le informó acerca de la muerte de su madre. La noticia le había producido incredulidad, dolor e ira. ¿Cómo se podía haber muerto cuando la había salvado de las garras de Brody Guthenberg? Había luchado para liberarla, para darle, por fin, la oportunidad de vivir una vida libre de los controles, el lavado cerebral y la manipulación. ¿Cómo se podía haber muerto sin más?

Catrìona se puso de pie y dejó que el trapo humedecido cayera al suelo. La mano con la que sostenía la daga le colgaba sin fuerza.

—¿Muerto? ¿Cómo?

—No lo sé, solo sé que mejoró luego de la diarrea de anoche. Pero tras beber más de su tisana, vomitó, tuvo diarrea y gritó a todo pulmón aferrándose el estómago. Luego, fue como si el corazón le hubiera fallado... Cayó muerto.

Catrìona exhaló.

—¿Tras beber mi tisana?

James frunció el ceño. Eso sonaba a envenenamiento o a una reacción alérgica grave. Pobre Catrìona. Si había envenenado a su hermano sin querer, debía estar consternada.

No, se recordó que eso no era real. Su hermano no podía estar muerto. Todo formaba parte de alguna especie de *reality show*. O, quizás, de un juego de misterio.

A pesar de eso, la mente se le aceleró curiosa. Como cada vez que se encontraba frente a un misterio o a un problema para resolver, todo su ser anhelaba hacerlo.

—¿Señora? —la llamó el criado.

—Ve, ve, ya voy. —El criado salió del calabozo, y volvieron a quedarse a solas. Con una expresión anonadada en el rostro, se volvió hacia la cesta—. Debo juntar las cosas... —murmuró mientras se arrodillaba delante de la cesta.

Quizás ese era el pie para que James hiciera algo en ese juego. A lo mejor, si estaba en una sala de escape, tenía que actuar. Y, como ella parecía tan conmocionada, nunca tendría una oportunidad mejor. La necesidad familiar de saber la verdad, de develar el misterio y poner orden en el medio del caos lo embargó y lo llevó a tomar acción, a hacer preguntas y a pensar.

Sin prestar atención, Catrìona apoyó la daga en el suelo y guardó el trapo húmedo y la cantimplora en la cesta. Ese era el momento. O lo aprovechaba o perdía la oportunidad para siempre. James tomó la daga, le pasó los brazos por los hombros y le apuntó la hoja contra la garganta. Ella jadeó indignada.

—No tengo ninguna intención de lastimarte —le susurró al oído. El dulce aroma a hierbas le hizo sentir un cosquilleo en la nariz y le desató un fuego en la sangre—. Pero, de otra manera, no me dejarás salir, ¿no?

En lugar de responder, se retorció en sus brazos intentando liberarse.

—Solo quiero ayudar. Por lo que oí, parece que alguien envenenó a tu hermano. Soy detective, me gano la vida resolviendo misterios. Déjame ayudar.

Antes de hablar, gruñó.

—¿Acaso me está obligando a dejarlo ayudar?

—Tú me has obligado a permitirte que me trataras la herida. Ahora estamos a mano, ¿no crees?

—No se atreva...

—Solo llévame con tu hermano fallecido. Te prometo que puedo ayudar.

Como respuesta, le hundió el codo en el estómago y le hizo soltar un gruñido del dolor que le recorrió todo el cuerpo.

—Jamás.

—Como desees. —Le apretó la hoja aún más contra la piel, lo suficiente como para amenazarla sin llegar a lastimarla—. En marcha.

Le dio un empujón, pero no se movió, sino que le pisó el pie con tal fuerza, que le explotó de dolor.

—¡Por Dios! —Jadeó y la sostuvo con más fuerza—. ¿Puedes parar? Vamos.

Cuando le volvió a clavar la daga, se movió a regañadientes. Salieron de la celda al pasillo del calabozo. Mientras se acercaban a las escaleras que conducían a la alacena subterránea, intento liberarse y recuperar la daga, pero James la sostuvo con más fuerza. Cuando por fin subieron las escaleras y se detuvieron frente a la alacena, se detuvo.

—No soy ninguna amenaza —susurró—. Solo llévame hasta él y déjame hacer algunas preguntas. Por favor.

Durante unos instantes, no le respondió nada.

—¿No va a huir? Allí está la puerta, podría marcharse.

—No. Y si quisiera lastimarte, ya te habría matado.

Catriona exhaló.

—De acuerdo. No sé por qué querría ponerse bajo más centinelas, así que supongo que puedo asumir que de momento dice la verdad.

—Eres una mujer inteligente. Ahora te soltaré.

Le dirigió una mirada furiosa, pero detrás de su fuerza, James vio los resquicios de su psiquis y el comienzo de la derrota.

—Debo darme prisa, *sir* James. Devuélvame la daga si de verdad no quiere hacerme daño.

Sintió que se le tensaban los músculos de la mandíbula. Detestaba devolver el poder que había adquirido de manera inesperada.

—No —se rehusó—. No hasta que no comprenda qué ha ocurrido.

Se guardó la daga en el cinturón, y subieron las escaleras. Varias personas comían en silencio en el gran salón con expresiones sombrías en el rostro. Siguieron subiendo. En el siguiente piso, había una puerta grande semiabierta que daba a una habitación que se encontraba vacía. Había una mesa grande en el centro, un hogar y varias sillas de madera grandes frente a él. También había un telar antiguo y una especie de cuna para un bebé.

James siguió subiendo detrás de Catrìona. Cuando llegó al último piso de la torre, cruzó una de las puertas y la siguió. Entraron en una habitación grande que parecía atestada con cinco personas paradas alrededor de la cama de dosel. Con el rostro pálido, Catrìona se apresuró al lado de Laomann y le apoyó una oreja contra el pecho.

Raghnall tenía la mano apoyada sobre la empuñadura de la espada y avanzó hacia James.

—¿Qué hace aquí el prisionero, Catrìona?

James no le prestó atención a nadie más que a la mujer de cabello dorado.

—¿De verdad está muerto? —le preguntó.

Ella parpadeó.

—No.

Raghnall le dirigió una mirada pesada a James y se volvió hacia Laomann. Era evidente que estaba anonadado de oír que estaba vivo.

—Catrìona, el prisionero no debería estar aquí, ni involucrarse en nuestros asuntos.

—Puedo ayudar —aseguró James—. Soy policía... detective.

Sé cómo investigar crímenes.

Miró a Catrìona a los ojos.

—Déjame ayudar.

Era importante. No podía entender por qué; al menos, la parte lógica de su mente no podía. Pero algo en él sabía que tenía que estar allí y debía hacer algo.

—Déjame ayudar —repitió.

Ella resopló y asintió antes de volverse hacia Laomann. James entró en la habitación y tomó un lugar en el círculo de gente que rodeaba la cama. Conocía a Catrìona y Raghnall, pero no a la mujer que sostenía un bebé balbuceante de unos diez meses. La otra persona presente era Finn, el curandero que había conocido el día anterior.

—¿Qué pasó? —preguntó James.

—Ayer se sintió mal todo el día —respondió Catrìona—. Lo oí quejarse del estómago.

—¿Quién es este hombre? —preguntó la mujer que sostenía al bebé y miraba a James.

—Un forastero. Un *sassenach* —respondió Raghnall con el ceño fruncido.

—Está buscando a *lady* Rogene y David —añadió Catrìona.

—El clan Mackenzie se muestra cauteloso frente a los forasteros. —Finn se rio entre dientes. Su parecido a un sapo gigante nunca había sido más llamativo—. Laomann ni siquiera confía en mí.

—Tú no eres ningún forastero —le aseguró Catrìona.

—Y, aun así, Laomann se enfermó luego de ingerir tu poción —señaló la mujer con una mueca.

—Mairead, fui yo quien le dio la poción —le dijo Catrìona con un temblor en la voz—. Si quieres culpar a alguien del estado en que se encuentra tu marido, deberías culparme a mí.

Mairead, quien al parecer era la esposa de Laomann, negó con la cabeza.

—No lo creo, Catrìona. Tú has sido víctima del plan de este hombre. —Con el dedo, señaló a Finn—. Él te dio la nueva hierba y la nueva receta para la poción. No podías saber que le haría daño. Nunca harías nada que le causara daño a tu hermano.

James frunció el ceño.

—¿Qué síntomas tiene?

Mairead soltó un suspiro.

—Tenía dolor de estómago, dijo que sentía como si le estuvieran dando unas puntadas de cuchillo en los intestinos. —El bebé comenzó a hacer berrinche, y lo meció hacia arriba y abajo contra la cadera—. Catrìona le dio la nueva poción que Finn Panza Grande había recomendado. Laomann no sabía eso, de lo contrario no la hubiera tomado. —Negó con la cabeza, y los ojos se le llenaron de lágrimas—. Al principio, se sintió mejor. Pero a la noche, empeoró. Le dio diarrea y vomitó. Se sostenía la cabeza como si le estuviera por explotar por dentro. En un momento, ya no pudo respirar.

Gimoteó mientras una lágrima le caía por la mejilla.

—Luego se cayó y comenzó a temblar. Le salió espuma de la boca y no dejaba de retorcerse. Tenía el cuerpo más rígido que un árbol. Y de pronto... se quedó quieto, y creí que había muerto.

James solo estaba entrenado para brindar primeros auxilios, pero tenía suficiente conocimiento como para notar que todo eso sonaba a envenenamiento. Avanzó hasta el costado de la cama y sintió el pulso de Laomann en el cuello. Era débil y lento, pero estaba allí. Acto seguido, le levantó uno de los párpados.

—¿Alguien llamó a la ambulancia? —preguntó.

La pupila estaba fija. Se movió para permitir que la luz que se colaba por la ventana iluminara a Laomann, pero la pupila no cambió de tamaño.

—¿A quién? —preguntó Raghnall.

—No importa. ¿Qué hicieron para recuperarlo?

Un escalofrío le recorrió la columna vertebral cuando se dio cuenta de que eso no era ningún acto. El hombre de verdad se encontraba en coma. O inconsciente bajo los efectos de alguna droga fuerte. Algo le había ocurrido. Y si James aceptaba la explicación imposible de haber viajado en el tiempo y encontrarse en el siglo XIV, o al menos en un mundo reconstruido para asemejarse a la Edad Media hasta el más mínimo detalle, no había medicina del siglo XXI disponible.

—Nada —respondió Finn—. No responde. Es probable que ya esté de camino a la tumba.

Mairead volvió a lloriquear y rompió a llorar. Catrìona fue a su lado y la abrazó por los hombros.

—No lo sabemos con certeza, Finn —lo contradijo Catrìona—. Aún está vivo. Tú y yo lo traeremos de vuelta, cueste lo que cueste.

—¿Qué comió y bebió ayer? —le preguntó James a Mairead.

—Lo de siempre. Lo mismo que comen y beben los otros. Pollo. Cerveza. *Bannocks*. Gachas. *Uisge*.

—¿Comió algo más que los otros no ingirieron? —continuó James.

—Solo la poción de Finn —dijo Raghnall.

—¿Y qué tenía la poción?

—Es una tisana normal para tratar los malestares estomacales —respondió Finn—. Pero, en el pasado, Laomann tuvo una reacción bastante extraña a una raíz de regaliz. Quizás volvió a ocurrir algo similar con esa poción.

—Podría ser alérgico a alguno de los ingredientes —señaló James—. ¿De qué constaba la poción en concreto?

—De grosellas negras, espinas de zarzamora y polvo de algarrobo —respondió Catrìona.

—¿Y alguno de esos ingredientes pueden causar lo que tiene Laomann? —prosiguió.

Catrìona y Finn intercambiaron una mirada y luego miraron a Laomann en silencio.

—¿Y bien? —indagó Raghnall.

Catrìona se movió.

—Las grosellas y la zarzamora no. Pero no sé lo suficiente acerca del algarrobo. ¿Puede ser venenoso, Finn?

James entrecerró los ojos para observar al hombre cuyos ojos oscuros de sapo lo miraban sin temor. En el transcurso de su carrera, le habían asignado dos casos de envenenamiento y era completamente diferente tener un laboratorio forense disponible para analizar muestras de sangre. En uno de los casos, una mujer había asesinado a su marido con veneno para ratas. Era un caso clásico de asesinato para cobrar un seguro de vida. El dato interesante había sido que la mujer aseguró que todo había sido idea del marido. En el otro caso, como en varias novelas policiales populares, se utilizó arsénico para liberarse de un jefe molesto. Había sido un caso de venganza.

Se preguntó si ese también sería un caso de venganza. Lo cierto era que Finn tenía un buen motivo... y los medios para llevarlo a cabo. Podría haber engañado a Catrìona y haberle dado la hierba equivocada para la poción. Pero eso sería demasiado obvio.

Finn miraba a James sin parpadear.

—Nunca oí que el algarrobo causara algún daño.

James se volvió hacia Catrìona.

—Me gustaría hablar contigo en privado. Después, me gustaría hablar contigo, Finn.

Todos le clavaron la mirada con expresiones de confusión e irritación en el rostro. Pero sabía que su voz era lo suficientemente autoritaria como para que lo obedecieran.

—De acuerdo —dijo Catrìona—. Si sirve para comprender qué le pasó a mi hermano.

Se volvió para salir de la habitación, pero Raghnall la tomó del antebrazo.

—Hermana, iré contigo. No deberías estar a solas con él.

—Será mejor que hable con las personas a solas —intervino James.

—Está bien —le aseguró Catrìona—. Sé protegerme. No te preocupes por mí, hermano.

—Ven conmi... —Mientras se volvía hacia la puerta, la mandíbula se le cayó al suelo.

En el umbral, vestido como un guerrero medieval, se encontraba David Wakeley.

CAPÍTULO 8

JAMES SABÍA que la mandíbula le colgaba como la de un condenado burro.

Las incontables fotografías que había visto en las redes sociales sumadas a las de la boda de Karin Fischer y los rasgos faciales que había estudiado una y otra vez para asegurarse de conocerlos bien cayeron en lugar en su mente cuando vio al chico que había estado buscando.

—¿David? —lo llamó.

En el disfraz medieval, con la barba sin afeitar de varios días que ya casi le cubría el mentón y un corte de cabello moderno que parecía necesitar un recorte, David tosió y recorrió la habitación con la mirada. Luego sus ojos se enfocaron en James.

—Sí —respondió. Con cautela, entró en la habitación—. ¿Quién eres?

«Santo Cielo, qué combinación más extraña», pensó James al oír que el muchacho respondió en gaélico, pero con acento estadounidense.

James miró a los Mackenzie que tenían el ceño fruncido mientras los observaban a él y a David. Tenía que descubrir qué estaba ocurriendo y si David se encontraba en peligro. Quizás el adolescente no quería hablar de eso en presencia de los otros, pero podría abrirse si se encontraban a solas. Tomó a David del codo y lo condujo afuera de la habitación.

—No te muevas —gruñó Raghnall—. David, este hombre...

—Soy el detective James Murray —lo interrumpió en inglés moderno—. He venido a buscarte. Y no solo a ti, sino también a tu hermana.

Catrìona lo miró con el ceño fruncido.

—¿Qué ha dicho, *sir* James?

David se puso pálido.

—Está bien —le dijo en gaélico a Raghnall—. Lo conozco. No hay riesgo. Está bien.

—¿De verdad lo conoces? —preguntó Catrìona.

—Sí —respondió David—. Y debo hablar con él a solas. Luego les explicaré todo. Vamos, detective.

A pesar de las miradas pesadas y anonadadas, David condujo a James fuera de la habitación, por las escaleras angostas y el gran salón. A pesar de que había algunos hombres presentes, David no les dedicó una segunda mirada. Llevó a James a una esquina alejada de los oídos curiosos.

David lo miró de arriba abajo.

—¿Eres policía?

James asintió.

—Del Departamento de Investigaciones Criminales. Estoy investigando tu desaparición y la de Rogene.

David se rio y le dio una palmada en el hombro.

—Gracias por venir, hombre. No me podía ir de este maldito siglo sin importar lo que intentáramos con esa piedra. Creí que se había roto o algo. Vine de casualidad, ¿sabes? Nunca debí haber venido aquí. Pero ahora has venido a buscarme... —Soltó un largo suspiro y negó con la cabeza—. Quizás sigue funcionando.

James tosió.

—¿La piedra picta con el tallado?

—Sí.

Todo eso sonaba como si David creyera el disparate de haber viajado en el tiempo, de los portales y los ríos del tiempo o lo que fuera.

—¿Y dónde crees que estás en concreto? —le preguntó.

David lo soltó y dio un paso hacia atrás, de pronto serio.

—En el siglo XIV, obvio. ¿Tú dónde crees que estamos?

James se aclaró la garganta.

—No hablas en serio.

David lo miró durante un largo instante como si estuviera intentando decidir cómo decirle a un demente que había perdido el juicio. Luego suspiró.

—Ven conmigo. Eres policía. Debes ser más cabezadura que yo.

David bajó las escaleras.

—¿A dónde vas? —le preguntó mientras lo seguía.

—A la piedra. ¿A dónde más? —La espalda ancha de David se oscureció mientras descendía en las sombras de la escalera angosta—. Si has venido a buscarme, estoy aquí. Y te puedo asegurar que no pasaré aquí otro día. Tengo una beca y debo regresar antes de que me la quiten.

—Pero ¿qué pasó? ¿Quién te trajo hasta aquí? —le preguntó mientras descendía los lisos escalones de piedra detrás del muchacho.

—Nadie. —David dio vuelta en una esquina y entró en la alacena. Las antorchas encendidas proyectaban sombras sobre las cajas, los baúles y las bolsas—. Bueno, lo del viaje en el tiempo es real, hombre. Sé que suena disparatado, y yo tampoco me lo creí durante un tiempo. Pero he estado varado aquí durante dos semanas. Así que quizás puedes volver a probar la piedra, y yo viajo contigo.

David tomó una antorcha del candelabro y abrió la puerta que conducía a la zona subterránea. Mientras descendían, James anheló tener un cigarrillo.

—¿De qué hablas? —le preguntó mientras seguía la antorcha

ardiente que llevaba David en la oscuridad. Los aromas familiares de piedras húmedas y tierra lo envolvieron. De poder evitarlo, no quería regresar al sitio donde lo habían tenido prisionero hacía menos de media hora—. ¿Acaso me estás diciendo que crees que has viajado en el tiempo?

—Sí, lo creo —respondió David antes de entrar en la gran habitación. Una oscuridad fría y pétrea los envolvió por todos los frentes.

—Oh, vamos, ¿de verdad? —indagó—. Bueno, entiendo que todo parece demasiado realista y todos son excelentes actores, pero, en serio, no puedes creer en la magia.

David suspiró. La antorcha crepitaba con suavidad en su mano.

—No sé qué decirte. Es cierto. He buscado sin cesar señales de algún tipo de recreación, pero lo cierto es que estamos en el año 1310.

David abrió la puerta que daba a la otra recámara. Cuando entraron, la condenada piedra picta lo miró como burlándose de él. Los tallados comenzaron a saltar y bailar al tiempo que la luz de la antorcha caía sobre ellos. Dándole la espalda, James preguntó:

—¿Me puedes contar todo desde el comienzo?

David colocó la antorcha sobre el candelabro que había sobre la pared y observó la piedra picta con anhelo.

—¿Te lo puedo contar en el 2021?

James gruñó.

—Estamos en el 2021.

—No. Estamos en el 1310.

—Está bien. Demuéstramelo. Cuéntame.

—¿Y luego me llevarás de regreso?

—Por supuesto que te llevaré de regreso. Aunque no sepa de regreso a «dónde», pero por eso estoy aquí: para investigar a dónde fueron tú y Rogene y ayudarlos a regresar.

David sonrió.

—Excelente. Es una pena que no me pueda despedir de Rogene, pero le dejaré una nota.

—¿Dónde está?

—En Ault a'chruinn, la propiedad de Angus. Los tres partimos ayer, pero regresé porque se olvidó su libro de hierbas.

James suspiró. Una sensación de frío comenzaba a invadirlo y se puso tenso.

—Cuéntamelo desde el comienzo. ¿Qué les pasó a ustedes dos?

David le relató la historia que Rogene le había contado a él tras regresar. Se había enamorado de Angus Mackenzie, que estaba por casarse con Eufemia de Ross. Y, a pesar del peligro que traería romper el acuerdo matrimonial, Angus lo había quebrado para estar con Rogene. Pero como ella no había querido alterar el trascurso de la historia, había regresado al siglo XXI. Allí, se dio cuenta de que había cometido un error y que había renunciado al amor de su vida. En consecuencia, regresó al año 1310 y, mientras David intentaba detenerla, terminó atravesando la piedra con ella. Y ahora David no podía regresar a su siglo, sin importar cuántas veces lo hubiera intentado.

—Quizás es porque no debería de estar aquí. —David caminó hacia la piedra y la fulminó con la mirada—. Aunque no la he visto a Sìneag como para preguntarle. Pero, créeme, rogaría, sobornaría, haría lo que fuera para regresar. Tengo una vida allí, hombre. Y aquí... —Miró alrededor—. Siempre hace frío, siempre está húmedo, y la comida... Bueno, es que el simple hecho de poder encender una luz o de utilizar un lavabo es un lujo. Uno no aprecia nada de eso cuando está en el siglo XXI, pero ahora... Nunca volveré a tomar por sentado el hecho de poder abrir un congelador, extraer una pizza y meterla en un horno eléctrico.

—Claro. —James se frotó la barba del mentón—. ¿Y no se te ocurrió que este podría ser otro castillo en algún sitio remoto de Escocia, en el que reconstruyeron una escenografía fiel a la época y contrataron actores?

David recogió una pequeña piedra con el zapato puntiagudo y la pateó. Rebotó con suavidad contra la piedra picta.

—Al principio, sí. Algo similar. Pero no es solo este sitio. Es todo. Los barcos, los caballos, los bosques que están prácticamente intactos. No hay carreteras de asfalto, ni rastros de aviones en el cielo, todos hablan gaélico... El dinero... tienen libras escocesas, chelines y peniques. Son monedas metálicas. Monedas de plata. Todo es real, sin importar lo mucho que no quieras creerlo.

James negó con la cabeza. A lo mejor, una pequeña parte de él podía imaginar la posibilidad de que todo eso fuera cierto. Pero el niño que llevaba dentro, el que había sobrevivido a la maldita secta, el que había deseado todos los días que su mamá abriera los ojos y se liberara de todos los que creían en la magia y en las habilidades sobrenaturales de su líder, se negaba a creerlo. El policía que tenía dentro no quería permitir que una ilusión lo aprisionara. Y debía ayudar a David a ver que todo eso era una locura.

—Aún no me crees —señaló David.

James suspiró y sonrió con tristeza.

—Cuando encuentre al bastardo responsable de lavarle el cerebro a tantas personas inocentes como tú, me aseguraré de que vaya a prisión de por vida.

Estiró la mano y David la tomó.

—Solo para tranquilizarte y demostrarte que la idea de caerse en una piedra y terminar en otro siglo es un disparate —le dijo. Caminaron hacia la piedra, James se arrodilló y clavó la mirada en ella.

Sin embargo, como cuando Sìneag había estado allí, el tallado comenzó a brillar. James se quedó quieto, y David exclamó:

—¡Mira, funciona!

—No, esto es algún tipo de pintura brillante o algo. —Estiró la mano para tocar el tallado y ver si tenía pintura. Pero mientras acercaba la mano, sintió la vibración, la sensación de caerse y de que algo jalaba de su mano hacia la piedra. Cuanto más se acercaba la mano, más se intensificaba.

David le apretaba la mano con más fuerza.

—Eso es. Solo apoya la mano contra la huella.

James tenía la palma cerca de la huella, y la atracción magnética era tan fuerte como diez aspiradoras succionando aire. De pronto, supo sin lugar a dudas que, a pesar de lo que creyera o dejara de creer, eso era muy real. David estaba en lo cierto. Había viajado en el tiempo, y si se soltaba y apoyaba la mano contra la huella, regresaría a casa en el siglo XXI. No solo eso, sino que también podría llevar a David a casa, y esa aventura descabellada llegaría a su fin.

Regresaría con su hermana, cuyo bebé nacería en cualquier minuto. Y ni siquiera tenía idea de si el bebé se encontraba bien. ¿Y si había necesitado una cesárea de emergencia? ¿Y si algo iba mal con el bebé? No podía dejar que su hermana lidiara con el parto sola.

Pero si se marchaba ahora, no podría hablar con Rogene Wakeley y preguntarle su versión de la historia. Permitiría que la persona que había envenenado a Laomann Mackenzie quedara en libertad. Jamás volvería a ver a Catrìona.

No. Se quedaría. Regresaría a casa pronto. No tendría que pasar más de uno o dos días allí para poder ayudar a Catrìona a resolver el misterio y averiguar quién había envenenado a Laomann. Después de eso, tanto ella como su familia estarían a salvo.

Y, por más que quisiera que fuera diferente, el pensar en Catrìona lo había ayudado a utilizar toda la fuerza que tenía para apartar la mano de la piedra.

Tanto David como él se tambalearon en el suelo, y unas piedritas le lastimaron la cabeza. David se incorporó jadeando y cubierto de tierra.

—¿Por qué diablos hiciste eso? —le preguntó con el rostro ruborizado—. ¡Ya casi nos habíamos largado de aquí! ¡No lo puedo creer!

James se puso de pie y se quitó el polvo y la tierra del traje.

—Yo tampoco lo puedo creer. Pero aún no me puedo marchar.

David abrió los brazos para formar un gran arco.

—Pero ¿qué diablos?

—¿Y no querías escribirle un mensaje a tu hermana?

David se frotó la frente con la vista clavada en la piedra con impotencia.

—Sí, pero... ¡Al diablo! Por favor, detective, yo también lo sentí. Hubiera funcionado.

James negó con la cabeza y se quitó polvo y arena del cabello.

—Lo siento, David. No me puedo marchar todavía. Debo descubrir qué está ocurriendo.

—Entonces ¿ahora crees que has viajado en el tiempo?

James sintió que se le tensaban los músculos del mentón. ¿Lo creía? Detestaba admitirlo si no estaba completamente seguro, pero lo cierto era que sabía que algo extraño estaba ocurriendo. No podía negar la potencia de la fuerza que había sentido de la piedra. No era como si algo lo estuviera absorbiendo, sino más bien como una especie de imán, y también había sentido una vibración en el aire... En ese momento, supo que la piedra tenía algo.

—Al parecer, sí.

David cerró los puños, avanzó hacia la piedra y apoyó la palma contra la huella. Nada. Gruñó, le asestó un puñetazo a la piedra y gritó de dolor sacudiendo la mano.

—¡Maldita sea!

James le apretó el hombro.

—Mira, no regresaré ahora, pero lo haré muy pronto. No te desesperes. Te llevaré de regreso.

—¿Y cuándo será eso?

—En cuanto sepa que los Mackenzie están a salvo.

—¿A salvo?

—Lo más probable es que alguien haya envenenado a Laomann.

David parpadeó.

—¿Envenenado? ¿Hablas en serio?

—No estoy seguro. No tengo un laboratorio forense aquí, pero los síntomas coinciden. Si lo envenenaron adrede, el culpable sigue suelto. Y Laomann podría seguir en peligro. Si ha sido un intento de homicidio, hay un asesino en el castillo. Y puede que no se detenga ante una sola víctima.

A David se le agrandaron los ojos.

—Tengo que decírselo a Angus.

—Sí, estoy de acuerdo.

David se pasó una mano por el cabello.

—De acuerdo, detective. Mira, si vas a hacer esto, será mejor que te camufles. Tienes un traje bonito y todo, pero la gente estará más dispuesta a hablar contigo si vas vestido como uno de ellos. Además, tu acento... Eres inglés, ¿no?

—Sí.

—Ya habrás adivinado que por aquí no quieren demasiado a los ingleses.

—Sí.

—Te aconsejo que intentes no causar más problemas de los necesarios, y no muestres ningún objeto moderno que tengas.

—Catrìona ya pensó que soy un hechicero.

David se rio.

—Con Catrìona está bien. No te traicionará. Pero Rogene me dijo que creen en los demonios, las brujas y los magos, y que a veces los juzgan y hasta los matan. Ten cuidado, detective.

James miró por última vez a la piedra.

—Siempre tengo cuidado.

—Iré a ver cómo se encuentra Laomann y les preguntaré si necesitan algo. Luego regresaré a Ault a'chruinn para contarles a Angus y Rogene lo que está pasando.

James asintió, tomó la antorcha de la pared y sintió el calor que radiaba de la llama contra la mano.

—Vamos.

Se volvió para emprender el camino, pero David le apoyó una mano en el hombro y lo detuvo.

—Prométeme que no te marcharás sin mí.

James le dio una palmada en el hombro.

—No te preocupes, David. Soy un policía, incluso aquí. Te prometo que no te dejaré.

CAPÍTULO 9

—Cat, ¿eres tú? —La voz de Tadhg le llegó desde el otro lado de la puerta que apenas había abierto para atravesar el umbral.

David y *sir* James habían regresado a la habitación de Laomann, y James le había pedido que fuera con él y le permitiera hacerle algunas preguntas. Se encontraba a sus espaldas cuando giró hacia la habitación de Tadhg. Tadhg se encontraba de pie aferrado al marco de la puerta con el rostro sonrojado y la piel de color ceniza.

Se detuvo y se apresuró a su lado. Le pasó un brazo por el torso y le permitió que se apoyara sobre ella.

—¿Qué haces de pie, Tadhg? —lo regañó antes de llevarlo de regreso a la cama—. Deberías estar descansando.

Mientras caminaba con el hombre lesionado y absorbía todo el peso de un guerrero adulto, sintió la mirada de *sir* James sobre ella.

—Apenas lograste sobrevivir la noche. —Dejó que Tadhg se sentara en el borde de la cama, y el herido intentó sofocar un gruñido de dolor al tiempo que observaba a *sir* James con el ceño fruncido.

—¿Quién es ese, Cat?

Ignoró el uso del apodo que le había pedido específicamente

que no utilizara más, a pesar de que al oírlo pronunciarlo se sentía como la muchacha que alguna vez había sido, la misma que había amado a un dulce muchacho y había soñado un futuro como su esposa y la madre de sus hijos. Se recordó que esa vida ya no era para ella.

Apretó el dorso de la mano contra la frente de Tadhg. Seguía caliente, pero no ardía como la noche anterior. Se había pasado la noche entera al lado de su cama hasta que se quedó dormida en la silla y se despertó con los vómitos continuos o los gruñidos de dolor de Tadhg.

—Es *sir* James de Oxford —le respondió.

Tadhg estaba fulminando a *sir* James con la mirada de un perro rabioso. Se metió a la cama a regañadientes y preguntó:

—¿Un *sassenach*?

—Sí —respondió—. ¿Cómo está la pierna?

—¿Quién es este hombre? —preguntó *sir* James. Catrìona lo miró por encima del hombro.

—Tadhg MacCowen —respondió y se aclaró la garganta. ¿Quién era Tadhg para ella? —Es un antiguo miembro del clan. Un amigo del clan.

—De acuerdo —dijo *sir* James con un tono más calmado. Sin embargo, le oyó una nota de acero en la voz que no comprendió.

—¿*Sassenach*? —repitió Tadhg mirándola solo a ella.

Catrìona le levantó el vendaje de la cabeza y echó un vistazo por debajo.

—La herida se ve bien. Déjame ver la otra. ¿Me muestras la pierna, por favor?

—Sí. —Se quitó la manta que le cubría las piernas y se arremangó los pantalones. Catrìona sintió que se le encendían las mejillas; al fin y al cabo, estaba a punto de inspeccionar los muslos desnudos de un hombre. Con cuidado, le levantó el vendaje y olfateó. Se veía menos colorado. Y ahora veía la capa de pus blanca que no olía a nada.

Era una buena señal. La presencia de pus significaba buena salud; su cuerpo era lo suficientemente fuerte como para luchar contra las enfermedades. Tenía que extraer el pus y cambiarle la venda. Le colocaría un poco de miel para prevenir una infección.

—Se ve mejor —le informó a Tadhg—. ¿Quieres algo? ¿Agua? ¿Comida?

—Quería hablar contigo.

Sir James, que estaba de pie en una esquina, la estaba quemando con la mirada.

—No puedo hablar ahora, Tadhg, lo siento. Le pasó algo a Laomann, y *sir* James nos está ayudando a descubrir qué es y cómo ayudarlo a recuperarse.

El rostro de Tadhg se puso serio y sus ojos salieron disparados hacia los suyos.

—¿Qué le pasó a Laomann?

—Se enfermó y ahora yace inconsciente.

A Tadhg se le agrandaron los ojos.

—¿Va a sobrevivir?

—Eso espero, y por eso le rezo a nuestro Señor, Jesucristo. —Se hizo la señal de la cruz y besó el crucifijo. Tadhg imitó el gesto y susurró una plegaria rápida.

En unos instantes, se puso aún más pálido, y una mueca de dolor le cruzó el rostro. Se aferró el estómago. Pobre Tadhg, era probable que volviera a vomitar. Había pensado que los vómitos eran un indicio extraño de inflamación, pero como los bebés tendían a vomitar cuando tenían fiebre, no le pareció algo inaudito.

—¿Qué pasó? —preguntó Tadhg a través de un gruñido—. ¿Alguien lo atacó? ¿Puedo ayudar?

James entrecerró los ojos para mirarla, y algo en su interior se estremeció, se agitó y se ciñó de forma deliciosa.

—Catrìona, ¿podemos hablar ahora, por favor? —le preguntó con una voz tan ronca que le hizo sentir una ola de cosquilleos en todo el cuerpo. ¿Qué era eso?

Tadhg le tomó la mano.

—¿Es seguro que estés con él? —le preguntó en un tono bajo.

¿Qué estaba pasando? Ahora que estaba a punto de convertirse en monja, ¿por qué tenía la sensación de que los dos hombres estaban jalando de ella y luchando por su atención? Eso no podía ser cierto, ¿o sí? Ninguno de los dos estaba interesado en ella. Pero entonces, ¿por qué sentía calidez y temblor en las articulaciones al verlos?

Tadhg era el hombre que podría haber sido su marido, el único hombre al que había amado en su vida. Y *sir* James... El modo en que la hacía sentir no se parecía a nada que hubiera experimentado antes. Como si mucho más fuera posible, más de lo que jamás se pudiera haber imaginado.

Tadhg le interrumpió los pensamientos cuando se dobló y se retorció de dolor. Catrìona frunció el ceño.

—¿Te encuentras bien?

—Es solo un pequeño dolor y...

No terminó la oración, sino que se volvió hacia el costado y vomitó en el piso.

Catrìona sintió que la sangre le abandonaba el rostro. Se apresuró a su lado, colocó el orinal al lado de la cama y le dio unas palmadas en la espalda mientras seguía devolviendo. Le entregó un trapo limpio para que se secara la boca.

—La cabeza... —Se apretó la cabeza entre las manos.

—¿Qué comiste y qué bebiste? —le preguntó James.

—Solo pan, *uisge*, agua y...

—¿La tisana que te preparé? —preguntó Catrìona.

Tadhg asintió.

—Sí.

Catrìona tragó con dificultad.

—La hice siguiendo la recomendación de Finn.

James negó con la cabeza.

—Tengo que hablar con Finn. Catrìona, sería bueno que estuvieras presente durante la charla.

A Catrìona le temblaron las manos.

—Estoy segura de que, si alguien tiene la culpa, soy yo. Debo haber mezclado algunas hierbas o bayas... Finn no ha sido más que un buen amigo.

—Aun así. Ven. Debemos buscarlo.

—No puedo dejar a Tadhg, *sir* James. Si el corazón le deja de latir...

James asintió.

—Por supuesto. ¿Puedo ayudar? ¿Necesitas que te traiga algo? ¿O tú, Tadhg?

Catrìona se relajó. El súbito cambio de humor fue enternecedor.

—De hecho, sí. Me ayudaría que me trajeras la cesta medicinal. Y una jarra con agua limpia del pozo.

—Por supuesto.

James se marchó de la recámara cuando Tadhg comenzó a vomitar de nuevo. Entre los episodios, le dijo que había comenzado a tener diarrea esa mañana y que había tenido mucha vergüenza de decirlo delante de *sir* James. Todos los síntomas se parecían demasiado a los de Laomann como para ignorarlos. Al cabo de un tiempo, Tadhg estaba tan exhausto que se quedó dormido.

Sir James regresó pronto con la cesta medicinal. Mientras Tadhg dormía, decidió encender el hogar. Como aún no lo habían limpiado, tomó el cuenco para las cenizas y comenzó a juntarlas.

—Y bien —comenzó James—, ¿quién es Tadhg MacCowen y cómo resultó herido?

—Tadhg ayudó a Raghnall hace dos días cuando un grupo de hombres del clan Ross lo atacó de camino al clan Ruaidhrí. Los dos resultaron heridos y regresaron aquí anoche, porque es más cerca que la Isla de Skye, donde habita el clan Ruaidhrí.

Sir James se detuvo al lado de ella.

—Permíteme ayudarte —le dijo con delicadeza—. Puedo encender el hogar.

Catrìona alzó la vista y lo vio de pie, alto y misterioso en ese traje gris y sedoso de tierras exóticas. Daba un aire de aventura y vida.

—De acuerdo —aceptó y se puso de pie sin poder resistirse a él—. Gracias.

Se arrodilló y tomó la fajina del cesto que había al lado del hogar. Colocó tres trozos de leña en el hogar.

—¿Y Raghnall conocía a Tadhg?

Notó que los baúles alineados contra las paredes estaban polvorientos. Se metió las manos en los bolsillos ocultos del vestido hasta que encontró uno de los trapos limpios que siempre llevaba consigo. Como curandera, le venía bien tenerlos. Humedeció el trapo en la jarra de agua y comenzó a limpiar la superficie de uno de los primeros baúles frotando con meticulosidad entre las figuras talladas que exhibían una batalla.

La actividad física la ayudaba a sentirse mejor, a sentirse útil. Su madre siempre decía que hacer las tareas del hogar era como cubrir la casa de bendiciones de Dios. A Catrìona siempre le había encantado la idea, aunque no creía que eso funcionara en todas las ocasiones, pues sin importar lo mucho que su madre limpiara, barriera o trabajara en el hogar, su padre jamás había cambiado. Nunca había dejado de ser fuerte, peligroso y temperamental.

—Tadhg estuvo en nuestro clan hasta los diecisiete años. —Limpió el rostro de un guerrero tallado que sujetaba una lanza en la mano—. Era mi prometido.

—Tu... —*Sir* James tosió. No lo miró, pero de algún modo supo que se había quedado congelado—. Prometido.

—Sí, nos comprometimos en secreto.

Durante un instante, reinó el silencio.

—¿En secreto?

—Sí, nadie lo sabía. Mi padre se oponía. —Como la superficie ya estaba limpia, avanzó al siguiente baúl—. Por eso lo mantuvimos en secreto.

—Pero ahora quieres ser monja —señaló—. ¿Qué pasó?

Tomó el trapo con las dos manos y comenzó a frotar la superficie con vigor. El fuego comenzó a crepitar en la habitación y la llenó de aroma a leña. El aire cálido que surgía de las llamas le besó la mejilla y le revolvió los mechones de cabellos sueltos por el rostro. Una imagen extraña se le vino a la mente: James frotando los nudillos contra su mejilla con la misma suavidad del aire. Un cosquilleo cálido la recorrió entera y se estremeció.

Santo cielo, ¿qué era eso?

Se aclaró la garganta.

—Lo amaba —le respondió, y las palabras le supieron extrañas en la lengua—. Pero las circunstancias estaban en nuestra contra, y nunca nos casamos. Él se marchó hace nueve años y ahora es parte del clan Ruaidhrí.

Con el agradable crepitar del fuego en el hogar, de pronto sintió a *sir* James a su lado, ciñéndose sobre ella y cubriendo la luz como una montaña.

—¿Te arrepientes de que se fuera? —le preguntó con la voz ronca y baja.

Catrìona se congeló, apretó el trapo con ambos puños sin poder liberarse del cautiverio de esos ojos oscuros, que eran cálidos como las orillas de tierras distantes que nunca había visto.

¿Se arrepentía? No podía pensar, tenía la mente nublada y en blanco.

—¿Lo está haciendo otra vez? —le preguntó.

Él se acercó un paso más y le hizo sentir una ola de calor.

—¿Qué cosa? —le preguntó al tiempo que le cubría una mano con la suya.

—La hechicería.

Abrió la boca para responderle, pero cambió de parecer y se acercó hasta que, con el cuerpo, le rozó la longitud de todo el brazo.

Pero antes de que pudiera hacer nada que contribuyera aún más a su ruina, apartó la mirada y la liberó del hechizo.

—No debería entrometerme —dijo—. No es asunto mío. ¿Crees que podemos ir a hablar con Finn pronto?

Finn debía de estar en la recámara de Laomann. Antes de marcharse, le había dicho que le haría una sangría a su hermano porque era lo único que podría ayudar, considerando que Laomann estaba inconsciente y no podía ni tragar.

Pasó la mirada por las prendas lujosas de *sir* James.

—Sí, pero quizás sea mejor que le dé algunas de las prendas de Laomann porque sus finas prendas están arruinadas, *sir* James.

Mientras él se pasaba la mirada por las zonas desgarradas y sucias del traje, Catrìona se mordió el labio e intentó, en vano, deshacerse de la imagen de él cambiándose.

Quizás sí era un hechicero después de todo, porque su mente parecía quedarse en blanco cada vez que lo tenía cerca.

CAPÍTULO 10

Al día siguiente...

Catriona aceptó la mano grande que le tendió *sir* James para ayudarla a bajar del bote. La misma corriente de energía la recorrió, seguida de un rayo que le despertó la sangre.

—Gracias, *sir* James —murmuró.

Le resultó curioso que, cuando le soltó la mano, la dejó sin aliento. ¿Cómo podía afectarla tanto? ¿Cómo podía hacer que el corazón se le acelerara en el pecho como un caballo desbocado? Se enderezó en el embarcadero y tomó unas profundas bocanadas de aire para calmarse.

Cuando regresaron a la recámara de Laomann el día anterior, Finn se había marchado. Tadhg se había despertado al poco tiempo, y Catriona se había pasado el día cuidándolo. Le había pedido a Ruth que averiguara dónde estaba Finn, pero lo único que descubrió la criada fue que debía de estar en Dornie.

Esa mañana, Tadhg se encontraba mucho mejor, y Catriona por fin pudo dejarlo. Además de encontrar a Finn, tenía que ocuparse de muchos recados en Dornie para los preparativos de los Juegos de las Tierras Altas. Tenía que pedirles a los cazadores que cazaran ciervos y a los curtidores que prepararan cuero para las tiendas de campaña. El herrero necesitaba saber cuántos clavos tenía que hacer para la construcción de los puestos, y tenía que contratar hombres para que comenzaran a talar árboles alrededor del claro donde tendrían lugar los juegos.

Esas eran todas las cosas que tenía que hacer, pero había algo que «quería» hacer primero.

—Debo hacer una parada —le informó— antes de buscar a Finn y de encargarme de los otros recados.

—No me molesta —le aseguró—, te esperaré.

Mientras caminaban por el embarcadero hacia la aldea, James observaba todo lo que lo rodeaba con los ojos de un halcón.

Una llovizna caía del cielo sobre la aldea, y el barro burbujeaba bajo los pies de Catrìona. Mientras pasaban por delante de las casas con techos de paja y pequeñas cercas esquivando a las gallinas y los gansos que correteaban por doquier, inhaló el aroma familiar de la aldea: el barro, la leña y el dichoso aroma a comida.

A pesar de los aromas y los paisajes reconfortantes, los sentimientos de preocupación por su hermano y por su clan se le asentaron en el corazón como una nube oscura. La sangría no había ayudado a que Laomann se mejorara. ¿Deberían estar encargándose de los preparativos para los Juegos de las Tierras Altas cuando su hermano se encontraba en su lecho de muerte?

«¿En su lecho de muerte? ¡No!». Se negaba a creer que ese era el final de Laomann.

—¿A dónde tienes que ir? —le preguntó *sir* James.

—A la iglesia —le respondió—. Quiero rezar.

—Ah.

Su tono la hizo sentir como si acabara de decir algo tonto.

—¿Acaso rezar está mal? —le preguntó.

Su perfil se mostraba imperturbable, como cada vez que lo miraba. Se había puesto las prendas de los *highlanders*. Mairead había tenido la amabilidad de prestarle algunas prendas de Laomann, aunque las mangas eran algo cortas para la altura de James, y la túnica le quedaba demasiado apretada en los hombros. Tenía las mangas arremangadas, y a Catrìona se le aceleraba el pulso cada vez que reparaba en sus antebrazos musculosos. No había nada que pudiera hacer con los hombros, la tela se estiraba con cada uno de sus movimientos y las costuras amenazaban con abrirse.

Se quedó sin aliento al verlo andar a su lado con la gracia masculina y la seguridad de un guerrero. ¿Qué le estaba pasando?

—No... —respondió—. Pero rezar no lo ayudará.

—¡*Sir* James!

Se detuvo en seco, en medio de la llovizna y en medio de la calle. La iglesia se encontraba a unos pocos pasos de distancia.

—¿Qué sucede?

—No puede hablar en serio. No puede decir esas cosas frente a la casa de Dios.

—Mira, quizás sea mejor que no discutamos acerca de la religión. Lamento haberlo mencionado. Vamos, terminemos con esto.

Cuando reanudó la caminata, se apresuró a seguirlo.

—¿Qué es lo que hay que discutir? —le preguntó—. Tenemos a nuestro Señor, Jesucristo. ¿Qué más hay que decir?

Él siguió andando, y el mentón se le tensó bajo la barba incipiente. Los músculos bajo los ojos se le crisparon.

—¿*Sir* James?

—Olvídalo, Catrìona.

—¿Por qué?

Se detuvo de repente y se volvió hacia ella con una mueca de dolor.

—Porque no creo en Dios.

La respuesta fue un jadeo.

—¿Cómo puede no creer en Dios?

—Es muy fácil.

—No, quiero decir, es *sassenach*, pero tiene la misma iglesia en Oxford, ¿no? No son musulmanes ni judíos.

—No creo en ningún Dios. Soy ateo.

Sintió como si algo le hubiera apretado el pecho, y una ola

caliente y burbujeante de ira se le formó en el interior. Eso era absurdo. Todos creían en Dios, ¿qué otra cosa había?

—No puede decir esas cosas.

—Mira, olvidemos las diferencias, ¿sí? Todos tenemos derecho a tener nuestras creencias y opiniones.

Se volvió para seguir caminando, y ella lo miró con el ceño fruncido. Nunca había oído a nadie decir nada semejante, pero le agradaba la idea de respetar diferentes creencias y opiniones.

—Pero lo pueden considerar un hereje si dice abiertamente que no cree en Dios —señaló.

—En ese caso, supongo que será mejor que averigüe qué le pasó a Laomann y me largue de aquí.

—Pero ¿qué lo hizo ser así? ¿Qué lo hizo abandonar a Dios?

Habían llegado a la puerta de la iglesia, y James se volvió hacia ella. Tenía las pestañas oscuras, largas y humedecidas, y parpadeaba de forma adorable para liberarse del agua que le caía. Catrìona anheló estirar la mano y quitarle la lluvia del rostro.

Sin decir una palabra más, abrió la puerta y le hizo un gesto para dejarla entrar.

—¿Acaso tu Dios no desaprobaría este tipo de conversaciones en frente de «su casa»?

—No lo sé —admitió—. Nunca hablé con el padre Nicholas acerca de las dudas.

—Bueno, quizás sea hora de que lo hagas, porque si sigues hablando conmigo puede que te lleve por el camino equivocado.

Al oírlo, alzó el mentón.

—Eso no me preocupa. Cuanto más se complican las cosas, cuantos más desafíos y obstáculos presenta la vida, más siento la presencia de Dios conmigo.

Con el corazón latiéndole acelerado, entró. La penumbra familiar la rodeó, fría y calmante. Recorrió el pasillo de la iglesia hacia el altar. Como siempre, pudo sentir la presencia de Dios iluminándola por dentro y dejándola maravillada ante la existencia de un ser tan grande que representaba todo lo bueno y lo que estaba bien en el mundo.

Al sentir los ojos de *sir* James sobre ella, miró hacia la entrada. La observaba desde las sombras, como una figura oscura de otro mundo. Podría haber parecido amenazante: era alto y musculoso y tenía un aura de confianza y de peligro controlado que emanaba de él.

Sin embargo, no sintió miedo. En lugar de eso, le vio una profunda preocupación en los ojos, como si creyera que podría haber alguna especie de amenaza cerca. Como si ella pudiera estar en peligro, y él estuviera cuidándola...

¿Qué peligro podría haber en una iglesia? ¿La estaba cuidando de Dios? ¿Qué le podría haber ocurrido que lo perturbara tanto? A pesar de no conocer la respuesta, podía ver con claridad que algo lo había perturbado. Por eso, rezaría por él también. Aunque él no creyera en eso.

Con una sensación de ansiedad, James observó la figura delgada en extremo de Catrìona al tiempo que se adentraba en la iglesia. Sus miradas se encontraron cuando ella miró hacia atrás, y pudo jurar que el corazón le latió a trompicones. No vio ningún dictamen en su mirada, solo compasión y bondad. El amor brillaba en sus ojos, aunque de seguro no era amor por él. Se trataba del amor que parecía emanar como un aura... si uno creía en cosas como las auras.

Se arrodilló frente al altar simple de piedra en el extremo opuesto de la iglesia e inclinó la cabeza por encima de las manos que juntó para rezar. Sobre la pared frente a ella, había una cruz grande de madera. James la observó: se veía quieta y solemne, iluminada por la luz de dos velas pequeñas a ambos lados del altar. Debía ser una ilusión de la luz, pero su vestido humilde parecía destellar en la penumbra.

Con el aroma del polvo y el incienso que lo rodeaba, se sorprendió de la simpleza del interior de la iglesia. En comparación a lo que había visto en las catedrales y abadías, allí no había casi nada. Ni oro, ni bancos, ni decoraciones. Unas pequeñas ventanas cuadradas cerca del cielorraso permitían el ingreso de una luz grisácea y opaca que caía sobre el suelo limpio de losa de piedra.

Ver a alguien con el cerebro lavado y entrenada para creer en algo que podría hacerle daño, como le había ocurrido a su madre, a su hermana y a él, le preocupaba. Esa creencia ciega, esa manipulación de masas... nunca lo comprendería ni lo aceptaría. Ni siquiera debería estar allí, pero la necesidad de asegurarse de que Catrìona se encontraba bien era más fuerte que cualquier recuerdo o dolor que se le viniera a la mente.

Se alegraba de vivir en el siglo XXI, donde la mayoría de las personas podían elegir en qué creer o no creer y se impartía justicia a los charlatanes. Recordó las reuniones semanales para rezar y meditar en la sala de estar de la antigua casa de estilo victoriano de Brody. Alrededor de cien personas se juntaban y abarrotaban la sala, y el aire se espesaba con el olor a sudor. Hombres, mujeres y niños iluminados por el hogar y las velas inclinaban la cabeza, como había hecho Catrìona, y rezaban mientras escuchaban a Brody leer las plegarias como un sacerdote.

Emily siempre había hecho todas esas cosas siguiendo fielmente el ejemplo de su madre. Los niños pasaban los días en una pequeña escuela, donde el segundo al mando de Brody había adoptado el papel de maestro. El gobierno creía que todos eran «educados en casa», pero las creencias de la secta estaban presentes en cada clase.

Toda la secta se reunía a almorzar y luego todos se iban a realizar las tareas que tenían asignadas. Algunos se encargaban de la huerta y cocinaban. James iba a cazar con su arco. Emily ayudaba en el jardín, pero a veces iba con él.

Emily... El recuerdo de su hermana hizo que se le tensara el estómago. ¿Cómo habría salido la ecografía? ¿Estaría todo bien? Debía de estar muy preocupada por él desde que se marchó y no regresó de Escocia. La culpa le ardía en el interior. Debía regresar lo antes posible, pero su consciencia no le permitiría dejar a esa gente en peligro. En especial a una persona.

Cuando Catrìona se puso de pie y se volvió para mirarlo, tenía el rostro más iluminado y relajado. Caminó hacia él con su gracia simple y femenina y el cabello tan rubio que destellaba. Una vez más, vio la imagen de un ángel que avanzaba hacia él para iluminarlo en medio de la oscuridad.

Con el pulso acelerado, tragó el nudo que se le había formado. Cuando se detuvo delante de él, pequeña, frágil y hermosa, el corazón le dio un vuelco y sintió el anhelo abrumador de tomarla en sus brazos y llevársela lejos.

—¿Estás lista? —le preguntó, y la voz le salió como si se hubiera tragado una piedra.

—Sí —le respondió caminando por delante de él—. También recé por usted.

James la siguió afuera, hacia la aldea que, sin lugar a dudas, se encontraba en el siglo XIV. Al cruzar el umbral, se tuvo que detener un momento para asimilar la idea de haber entrado en otro mundo. La llovizna había cesado, y el sol brillaba sobre la aldea e iluminaba las casas, las personas y los animales mojados con sus tonos dorados.

El barro bajo los pies destelló, al igual que lo hacían las hojas de los árboles que había cerca. La nube del aguacero se había alejado, como una preocupación distante, y James tuvo la sensación de que la plegaria de Catrìona había causado eso.

—¿Rezaste por mí? —le preguntó siguiéndola—. ¿Por qué?

—Porque es un alma perdida, *sir* James. —Alzó la mirada hacia él, y los ojos azules destellaron con su luz interior—. Y porque tiene secretos oscuros.

Un estremecimiento de desasosiego lo embargó.

—¿Cómo dices?

—Tiene secretos oscuros que le perturban el alma.

Diablos. Tenía razón, pero eso podía ser como una de esas lecturas de horóscopo que le aplican a todo el mundo.

—¿Qué te hace pensar eso?

—Lo veo en sus ojos.

¿Lo veía en sus ojos? Ese era el tipo de patrañas que los gurús y los tarotistas le decían a la gente. Lo cierto era que no veían nada en los ojos. En el mejor de los casos, tenían habilidades deslumbrantes a la hora de leer el lenguaje corporal. En el peor, se limitaban a adivinar.

—Bueno, al menos Dios no te lo ha dicho en un susurro —murmuró.

Catrìona abrió la boca para decir algo, pero oyó unos gritos que provenían de la casa de al lado. Alguien estaba gritando de dolor.

—Allí se está quedando Finn... —susurró Catrìona.

Tras intercambiar una mirada de preocupación, se volvieron y emprendieron la marcha.

Un grupo de cinco hombres rodeaba a Finn Panza Grande. Dos sostenían horquetas, uno, una daga y los otros dos tenían palos y piedras en las manos. Finn se encontraba de pie al lado de una carreta llena de bolsas y baúles. Había un caballo atado a la carreta que miraba alrededor como si estuviera ansioso de partir.

Finn se aferraba un brazo, que le colgaba inútil, y tenía la boca de sapo abierta y curvada hacia abajo para formar una mueca de dolor y temor. Estaba inclinado hacia adelante en una pose de plegaria.

—Por favor... —suplicó—, no hago hechizos, ni invoco demonios. Soy un simple curandero.

—Sé lo que le hiciste al *laird* —soltó uno de los hombres apuntándole con la horqueta a Finn, que dio un paso hacia atrás y se cayó en el barro—. Le has hecho un hechizo y ahora se está muriendo por tu culpa. Y ahora intentas escapar.

—No escaparás, demonio —le aseguró el que sostenía la daga en la mano. Le escupió encima y luego miró a sus amigos—. Yo digo que lo matemos para liberar al *laird* de la maldición.

CAPÍTULO 11

A Catrìona se le congelaron las manos y los pies. Se apresuró hacia ellos, abrió la boca para gritarles que se detuvieran, pero la voz poderosa de James sonó como un cuerno de guerra.

—¡Alto! —exclamó mientras avanzaba hacia el grupo—. Deténganse ya mismo.

Los hombres se volvieron hacia él con los ceños fruncidos y los ojos amenazantes; destellantes miradas oscuras y profundas. Catrìona echó a correr y se arrodilló al lado de Finn para ayudarlo a levantarse, pero el curandero se limitó a aferrarse a ella con un solo brazo. Olía a hierbas, barro, sudor y... sangre. Le quitó los dedos del brazo y vio una herida profunda en el antebrazo de la que manaba sangre sin cesar.

—Ven, te ayudaré —le dijo.

Uno de los hombres le apuntó la horqueta a Catrìona.

—No tan rápido, señora. No querrá involucrarse con el invocador de demonios.

—Finn no es ningún invocador de demonios —le aseguró—. ¿Cómo te atreves, Ailig? Ayudó en el parto de tu hijo hace cinco años, ¿y así es cómo se lo agradeces?

Ailig bajó la mirada al suelo.

—Eso no cambia el hecho de que odia al *laird* y lo ha maldecido. Lo quiere ver muerto.

James se cruzó de brazos.

—¿Y qué pruebas tienes, amigo?

—No hace falta ninguna prueba para reconocer a un hechicero —repuso Gille-Criosd, el hombre que sostenía la daga—. La gente habla.

—Bueno, te equivocas —señaló James—. Debes demostrar que alguien ha cometido un crimen, de lo contrario estarías matando a un hombre inocente. Y si es inocente, estarías quebrando un mandamiento: «No matarás». Eso significa que, en el día del Juicio Final, tu Dios no te permitirá entrar al cielo, ¿no? Porque habrías cometido el pecado del asesinato, ¿no?

Los hombres lo fulminaron con la mirada.

—¿Y tú quién eres, *sassenach*, que hablas con tanto conocimiento de Dios, el Juicio Final y todo eso? ¿Y por qué proteges al hechicero?

James sonrió con suficiencia. ¡Con suficiencia!

—Un *sassenach*, ¿no lo has dicho? —respondió—. Un desconocido, un forastero. Amigo, no tienes ni idea. —Soltó una extraña risa algo amarga—. ¿Cómo sabes que no soy «yo» el hechicero?

Catrìona sintió una ola de horror que le recorría la columna vertebral. ¿Qué estaba haciendo?

—James... —comenzó.

—¿Tú? —intervino Gille-Criosd al tiempo que se volvía hacia James y comenzaba a avanzar hacia él despacio apuntándole con el arma y listo para atacar.

—Sí. Yo. Culpas al hombre que trajo a tu hijo al mundo, al que probablemente conoces hace años y que suele venir a tu aldea para ayudar con malestares y enfermedades. Y, sin embargo, no tienes ninguna prueba, ¿pero lo golpeas de todos modos y lo quieres matar en base a un rumor? ¿Cómo sabes que no soy yo quien le hizo eso al pobre Laomann?

Los hombres intercambiaron miradas de confusión y luego se enfocaron en él.

—No le presten atención... —les instruyó Catrìona.

Los brazos y las piernas se le convirtieron en témpanos mientras observaba a los cinco hombres que se volvían hacia James y lo rodeaban en un semicírculo.

—¿Quién eres? —demandó uno.

—Oh —repuso James—, bueno, un amigable viajero en el tiempo. He venido del futuro para asesinar a su *laird*.

—¡James! —exclamó Catrìona horrorizada.

Finn entrecerró los ojos y frunció el ceño mientras estudiaba a James.

—Ay, por favor —soltó uno—. Un viajero en el tiempo...

—Sí, puedo hablar con las hadas de las Tierras Altas y he nacido cientos de años en el futuro. ¿Qué les parece? ¿Creen que es una prueba de que los demonios existen y que están matando a su *laird*?

—Sí —respondió uno de los que sostenían una horqueta—. De hecho, sí.

—Además, no nos agrada que los *sassenachs* anden por aquí —añadió Gille-Crìosd—. Nos han estado matando durante años.

Le apuntó la horqueta a James, que saltó a un lado, tomó el mango y la jaló hacia él. El hombre perdió el equilibrio, soltó el arma y se cayó sobre el barro boca abajo. Uno de los hombres le arrojó una piedra a James, y la rechazó con el palo de la horqueta. El hombre con la daga avanzó hacia él cortando el aire enfrente de izquierda a derecha.

James tomó las puntas metálicas del arma y le clavó el palo de madera en el estómago. Se cayó en el barro y soltó una maldición.

—¡Detengan esta tontería! —exclamó Catrìona—. Él no es ningún hechicero ni ningún invocador de demonios. —¿Se lo creía de verdad? No lo sabía. Pero tenía la certeza de que debía protegerlo, porque él estaba protegiendo a su amigo—. Y les puedo asegurar que no es ningún viajero en el tiempo tampoco. Es un invitado del clan y me está ayudando a encontrar al verdadero asesino.

A pesar de lo que decía, nadie le prestaba atención. Los hombres siguieron luchando, y Gille-Crìosd intentaba incorporarse.

«Dios, perdóname». Catrìona le quitó la daga y se la apretó contra la garganta.

—Diles que se detengan, Gille-Crìosd. Soy la hermana del *laird* y de Angus Mackenzie, por quienes has luchado toda tu vida. Le debes lealtad a mi hermano, y te digo que debes detenerlos antes de que lastimen a un invitado del clan.

Una parte de ella se preguntaba qué estaba haciendo al amenazar a un miembro de su clan mientras hacía penitencia por la violencia en la que había incurrido en el pasado, pero no podía permitir que viera la duda en su interior.

Gille-Crìosd gruñó y negó con la cabeza.

—Oigan, deténganse, muchachos.

Los hombres se quedaron quietos y lo miraron.

—Así es, deténganse. Es un invitado del clan. —Catrìona asintió y estiró la mano para ayudarlo a incorporarse.

—¿Y desde cuándo el clan invita a *sassenachs*? —murmuró Ailig.

Catrìona ayudó a Gille-Crìosd a incorporarse y le devolvió la daga. Acto seguido, se limpió las manos que se le habían embarrado al tocarlo.

—Y no se atrevan a lastimar a Finn —añadió—. No le hizo nada a Laomann.

Si alguien le había hecho algo, era ella. Ella había preparado y le había dado la tisana que casi lo había matado.

—Sí, señora —dijeron con las cabezas inclinadas, pero reflejando desafío e ira en los ojos.

—Dios nos mostrará quién invoca demonios —añadió Ailig por encima del hombro antes de que comenzaran a alejarse—. Y el hechicero arderá en el infierno.

Si alguien iba a arder en el infierno, esa sería ella. James había citado el mandamiento «No matarás», y ella había matado a muchos hombres en el castillo de Delny hacía unas semanas para rescatar a Angus. También les había apuntado una daga en la garganta a James y a Gille-Crìosd. ¿Cómo podía ser tan predispuesta a la violencia y, al mismo tiempo, planificar servirle a Dios como monja? Al ritmo que iba, estaría haciendo penitencia por el resto de la eternidad.

James se acercó y le extendió una mano a Finn para ayudarlo a levantarse.

—¿Te encuentras bien? —le preguntó a Catrìona.

—Sí, por supuesto —respondió ignorando sus emociones en conflicto—. ¿Qué te pasó, Finn? ¿De verdad intentas marcharte?

Finn suspiró, y se le encorvaron los hombros. Luego asintió con la cabeza.

—Sí.

Cuando James colocó una mano sobre la carreta, los fuertes músculos del antebrazo se le tensaron bajo la manga arremangada de la túnica.

—Si te soy sincero, eso no se ve bien para ti, Finn. Te hace parecer culpable.

Pero no lo dijo como si culpara a Finn, sino como si sintiera pena por él. Catrìona se dio cuenta de que era muy bondadoso. Aunque no creyera en Dios, era amable. Notó que había intentado no lastimar a los otros hombres, sino desarmarlos para proteger a Finn. Y la había salvado de caerse por las escaleras. Además, quería encontrar a la persona que había envenenado a Laomann.

¿Quién era ese hombre? Ese hombre inteligente, bondadoso y agnóstico que creaba fuego con una caja anaranjada, olía a tierras distantes y le hacía sentir unos tenues truenos al tocarla. ¿Era un hechicero? ¿Era un guerrero?

De una cosa estaba segura: era un misterio. Un misterio que le estaba poniendo el mundo patas para arriba. No necesitaba eso. No cuando Tadhg había regresado, se acababa de enterar de que la amaba y había intentado ir tras ella hacía nueve años. No cuando la vida de su hermano corría peligro. No cuando se estaba preparando para ir al convento.

Lo que necesitaba era concentrarse en descubrir qué había pasado. Y, si Finn se marchaba, eso sería imposible.

Colocó una mano sobre el codo de Finn.

—Debes quedarte, Finn. Debes limpiar tu nombre y responder nuestras preguntas. Debes venir con nosotros al castillo y no te puedes marchar hasta que no descubramos la verdad.

Los ojos grises de Finn se agrandaron de terror.

—Muchacha...

—Tiene razón —intervino James—. Me gustaría arrestarte por tu propio bien, pero no puedo. Así que te sugiero que vengas con nosotros y colabores.

«¿Arrestar?». Catrìona frunció el ceño. Quizás eso era lo que hacían los oficiales en Oxford. James tenía una manera de hablar extraña.

Finn asintió, pero no le gustó la mirada de derrota en el rostro de su querido amigo. Mientras emprendían la marcha hacia el castillo, se preguntó si era posible que fuera el asesino después de todo.

CAPÍTULO 12

—¡Catrìona! ¡Se ha despertado!

Con las faldas al vuelo, Mairead corrió hacia James, Catrìona y Finn, que cruzaban el patio hacia la fortaleza. Catrìona les había dado órdenes a los centinelas de que no le permitieran a Finn salir y que se aseguraran de que se encontrara a salvo.

Mairead tenía el rostro colorado y los ojos abiertos como un búho cuando se detuvo delante de ellos.

—Se ha despertado —repitió casi sin aliento.

Catrìona jadeó y miró a James. Se aferró a su brazo y le sonrió del júbilo. Los ojos le destellaban de alegría, y a James se le ciñó el pecho hasta causarle un dolor dulce. Antes de poder detenerse, le cubrió la mano con la suya. Algo en su interior se volvió más liviano al verla sonreír de ese modo.

No solía permitir que una mujer se le acercara tanto, y ese gesto se sintió de lo más íntimo. Era como si compartieran una alegría, como si fueran un equipo... Nunca antes se había sentido parte de ningún equipo con una mujer. De hecho, les había advertido a las pocas novias que había tenido que no buscaba una relación a largo plazo. Tanto el trabajo de policía, que siempre requería que antepusiera el deber a todo, como la peculiar infancia, de la que nunca hablaba con nadie excepto Emily, eran grandes obstáculos que superar.

Siempre había pensado que cuando apareciera la mujer indicada, se abriría, pero las mujeres venían y se iban. Se ilusionaban, y él les rompía el corazón. Una exnovia le había dicho que su falta de disponibilidad emocional era el motivo por el que moriría solo y miserable. Otra lo había acusado del cliché de estar casado con el trabajo.

Sin embargo, en ese momento, no parecía carecer de disponibilidad emocional ni había priorizado su trabajo. Se había quedado para proteger a Catrìona y ayudarla.

Y, para su sorpresa, Catrìona le provocaba una corriente de emociones que se le arremolinaban en el estómago como un enjambre de abejas. Nunca se había sentido así con ninguna de las mujeres con las que había estado en su propio siglo. Eso lo entusiasmaba y lo preocupaba al mismo tiempo.

A pesar de las diferencias, que eran enormes sin importar la era, le gustaba. Como su religiosidad y su ateísmo terco. Aunque ella también era terca: se rehusaba a creer que sus amigos podían cometer actos malvados. Y él se negaba a aceptar cualquier creencia religiosa o espiritual y estaba determinado a encontrar lógica mientras Catrìona se guiaba por su fe.

—¡Ven rápido! —la urgió Mairead.

Cuando le soltó la mano, James se sintió extrañamente vacío. Catrìona se levantó la falda del vestido y corrió colina arriba hacia la torre. Él la siguió y subió las escaleras lo más rápido que pudo a sus espaldas.

Al llegar a la recámara de Laomann, respiró entre jadeos. El *laird* estaba pálido y, a juzgar por los labios secos y agrietados, también se encontraba deshidratado. Tenía unos círculos oscuros bajo los ojos y parecía algo aturugado.

—¡Gracias a Dios! —exclamó Catrìona mientras se hacía la señal de la cruz y besaba el crucifijo de madera que le colgaba del cuello—. Dios Todopoderoso, gracias por traerlo de regreso... —susurró y los ojos se le humedecieron.

Se sentó en la cama de Laomann y le tomó la mano. Mairead sonreía con las manos apoyadas sobre el pecho.

—Hermana... —comenzó Laomann con la voz ronca.

—¿Cómo te sientes? —le preguntó James.

Laomann lo miró con el ceño fruncido.

—Hummm... —Se aclaró la garganta—. No muy bien.

—Claro —intervino Catrìona—. No hables todavía, debes recuperar las fuerzas. Debes beber y comer si logras ingerir algo.

—De acuerdo.

—Sería genial si pudiera interrogarte —añadió James.

—Aquí tienes un poco de agua —dijo Mairead y le entregó una jarra de arcilla y una copa a Catrìona—. Si quieres, puedes darle de beber mientras le voy a pedir a un criado que nos traiga algunos *bannocks*.

—Sería mejor un caldo —le recomendó Catrìona—. Necesita algo líquido que el cuerpo pueda ingerir con facilidad.

—De acuerdo. —Mairead le dio un beso en la frente a Laomann—. Iré a buscar caldo.

Cuando se marchó, Catrìona le entregó la copa de agua a Laomann y le sostuvo la cabeza mientras bebía unos sorbos.

—¿Cuánto recuerdas? —le preguntó James.

—¿Quién eres? —contestó Laomann retorciéndose.

—Es *sir* James de Oxford —le explicó su hermana—. ¿Recuerdas algo del día en que te enfermaste? Ya lo has conocido.

Laomann frunció el ceño y clavó la mirada en la distancia.

—Yo... no lo sé.

¿Podría haber sufrido daño cerebral? James no sabía lo suficiente como para determinar si había estado en estado de coma o no.

Los intensos ojos de Catrìona se posaron en los de James.

—Puedes confiar en él.

Al oír esas palabras simples, James sintió que el corazón le podría haber explotado. La sombra de una sonrisa le tocó los labios, y la expresión le podría haber abierto el pecho para llenárselo de luz. Como Brody Guthenberg y la secta le habían enseñado a no confiar en la gente con facilidad, su confianza era el regalo más preciado.

—¿Puedes intentar recordar algo? —le preguntó James—. Algo de ese día. Si te han envenenado, quien haya cometido el crimen sigue libre, lo que significa que podrías seguir en peligro tanto tú como otros.

Como Catrìona... El pensamiento le produjo un escalofrío.

Laomann se aclaró la garganta.

—Recuerdo la mañana. Raghnall y Tadhg llegaron por la mañana y estaban heridos. Luego Catrìona atendió a Tadhg. Me acuerdo de eso.

—¿Eso fue en la habitación en la que se encuentra Tadhg ahora? —prosiguió James.

—Sí —respondió Catrìona mientras volvía a acercar la copa de agua a la boca de Laomann.

¿Se lo imaginaba o ella parecía evitar mirarlo?

—¿Qué hiciste allí, Laomann? —preguntó James.

Laomann se volvió a aclarar la garganta y se apoyó contra las almohadas.

—No lo sé con exactitud. Sabía que no podía dejar a Catrìona a solas con él. Y al final fui de utilidad. Le di mi cantimplora con *uisge* a Tadhg.

Catrìona lo miraba fijo con las manos apretadas y guardaba silencio. Laomann estaba haciendo una mueca y parecía como si se estuviera concentrando para recordar. Por su parte, ella parecía que no quería compartir nada. Y, en su experiencia, cuando un testigo no quería hablar de algo, ese era el punto preciso del que debían hablar. El trabajo de James era hacerlos hablar, pero en esta ocasión no estaba seguro de querer saber lo que Catrìona tendría que decir. Se acercó a la cama y se sentó en el borde mirándola. Cuando por fin lo miró a los ojos, supo con certeza que ocultaba algo.

—Catrìona —comenzó James con suavidad—, veo que no me

quieres contar algo... Pero si quieres ayudar a tu hermano y proteger al resto del clan, debes decírmelo. Por favor.

Antes de responder, inhaló profundo.

—No es a ti a quien no quiero contárselo.

James miró a Laomann, que estaba concentrado en su hermana y fruncía el ceño. Al oírla, la expresión dio paso a una de epifanía.

—¿Lo sabes? —le preguntó en un susurro.

Ella asintió con los labios apretados en una línea delgada.

—¿Qué cosa? —preguntó James.

—Oh, Catrìona... —masculló Laomann y se cubrió el rostro con las manos para masajeárselo—. Lo siento mucho.

—¿Qué cosa? —repitió James con el corazón palpitándole. Esa era la pista, lo sentía.

Le recordó a cuando tenía catorce años y grabó a Brody diciendo en un repentino arrebato de orgullo que se había convertido en un hombre adinerado gracias a las donaciones de los miembros de la secta y que él nunca comprendería el poder de las sugerencias o del carisma. Porque James no era nadie para él. Nunca lo había considerado su hijo, solo alguien a quien había engendrado. «Como Dios engendró a toda la humanidad», le había dicho Brody. «Dios no conoce a todos los humanos que engendra». Y Brody tampoco conocía a todos los hijos que había procreado.

James había sentido el dolor del rechazo combinado con el entusiasmo de haber conseguido una prueba de vital importancia que por fin acabaría con Brody Guthenberg y su secta.

—¿Qué pasó?

Catrìona suspiró.

—Laomann descubrió que estaba comprometida con Tadhg.

Laomann asintió con una expresión de dolor.

—Los oí haciendo planes para huir y casarse y se lo conté a nuestro padre.

La idea de Catrìona con Tadhg aún le sabía como el ácido, al igual que la primera vez que se lo había contado. Pero no sabía qué era peor: si imaginársela con otro hombre o convertida en monja. Le había dicho que Laomann quería que esperara y que guardaba la esperanza de que cambiara de parecer. ¿Sería que podría hacerlo? Si decidía casarse, era probable que Tadhg fuera la mejor opción.

—¿Lo amabas? —le preguntó con la voz ronca y la garganta adolorida.

De pronto, la respuesta a esa pregunta se volvió crucial, aunque no sabía por qué. Para su supervivencia. Para su cordura. Para el caso.

Con la boca curvada en una línea tensa y triste, alzó la vista hacia él. La tristeza que reflejaban sus ojos le partió el corazón.

—Sí —respondió.

De modo que en algún momento de su vida había estado enamorada, comprometida y lista para tener una familia y una vida normal. Con Tadhg. El mismo hombre que había regresado y se hallaba en una habitación cerca con ojos de lobo y, sin lugar a dudas, sintiéndose posesivo con ella... «Cat». James no había oído a más nadie llamarla así.

Laomann gruñó.

—¿Te encuentras bien? —le preguntó Catrìona.

—La cabeza... —comenzó—. Me duele como si alguien me la estuviera martillando.

—¿Acaso Tadhg no dijo lo mismo? —preguntó James.

—Sí —repuso Catrìona—. Se quejó de fuertes dolores de cabeza. Pero ya se le pasaron.

—¿Qué más sentiste, Laomann? —siguió indagando James.

—Antes de perder la consciencia, todo se volvió borroso. El corazón me latía tan acelerado que pensé que me rompería el pecho. Tenía la boca seca y en llamas, aunque no dejaba de beber y después... disculpa, hermana, pero era difícil orinar.

Catrìona hizo un ademán para quitarle importancia al pudor de su hermano.

—Tadhg también mencionó el ardor en la boca y el corazón acelerado.

James asintió pensativo.

—¿Se quejó de alguna dificultad para orinar?

—Sí, pero no dijo nada de ver borroso.

—Pero él no entró en estado de coma. Si ingirió el mismo veneno, es probable que fuera en menor cantidad. ¿Algo más, Laomann?

Laomann suspiró y clavó los ojos bien abiertos en un punto.

—Vi demonios. Demonios que volaban a mi alrededor como nubes negras y supe que me querían quitar la vida y llevar mi alma al infierno.

—Alucinaciones... —murmuró James—. Puede que se trate de algo con efecto alucinógeno. Pero Tadhg no alucinó, ¿o sí?

Catrìona negó con la cabeza.

—No mencionó nada acerca de visiones.

Laomann siguió hablando.

—También tuve un entumecimiento y unos cosquilleos que me recorrían los brazos y las piernas, pero no podía mover ni un dedo. Aún no puedo...

James miró a Catrìona.

—Tadhg también se encontraba muy debilitado, ¿no? Debemos averiguar si experimentó algún entumecimiento. Pero, por el momento, podría ser el mismo veneno. ¿Sabes qué puede causar todos esos síntomas?

Despacio negó con la cabeza.

—No, no sé nada de venenos. A lo mejor Finn...

Laomann volvió a gemir y se aferró la cabeza.

—Bueno. —Catrìona se aclaró la garganta—. Iré a buscar mi cesta medicinal. Enseguida regreso. Te daré algo para el dolor.

Laomann la miró con los ojos aún más abiertos.

Catrìona se puso de pie.

—Hermano... —comenzó—. No te haré daño.

—No, por supuesto que no... Debió de ser Finn.

Su rostro se tornó feroz al tiempo que alzaba el mentón con obstinación.

—Tengo la certeza de que no fue él. Lo sé porque tengo fe.

Esas palabras lo golpearon como un rayo: «Lo sé porque tengo fe». Su madre solía decir exactamente lo mismo cuando le preguntaba por qué formaban parte de la secta cuando, tras tantos años de haber recibido promesas de éxito, seguían comiendo ardillas asadas que James había cazado con el arco y las flechas y unos nabos cosechados sin demasiado conocimiento. Lo único que tenía eran afirmaciones diarias, plegarias y meditaciones grupales. El sueño de convertirse en estrella de cine no significaba nada. Seguía viviendo en una casa antigua que olía a moho y no tenía ni electricidad ni calefacción central. Ni siquiera se presentaba en alguna audición.

«Fe...». La palabra había sido la corrosión de su alma durante catorce años. La palabra significaba que su madre los dejaría tanto a él como a su hermana encerrados solos en la casa. La palabra que para James significaba confianza ciega, manipulación y, al final, adicción y locura. Al menos así era como había terminado para su madre.

Su hermana y él eran producto de esa creencia. Su hermana embarazada solo lo tenía a él y lo necesitaba de regreso en el siglo XXI como nunca antes.

—No puedes hablar en serio, Catrìona —sostuvo—. Debes ver los hechos. No puedes creer en cualquier cosa a ciegas. El conocimiento yace en los hechos y las pruebas.

Ella se limitó a parpadear y lo miró con el ceño fruncido y los ojos llenos de lágrimas.

—A veces, *sir* James, la fe es el único modo de saber. Porque a veces, los hechos y el conocimiento son cosas que podrían destrozar a una persona.

Se marchó de la habitación a paso acelerado. James se preguntó cómo era posible que una mujer fuera tan distinta a él. Y tan intrigante.

CAPÍTULO 13

AL DÍA SIGUIENTE...

CATRÌONA DEJÓ LA COSTURA A UN LADO, SE PUSO DE PIE Y avanzó hasta Mairead, que hacía rebotar a Ualan en una rodilla.

—Permíteme cargarlo —le dijo—. Estás exhausta. Todas las madres necesitan descansar un poco.

Mairead soltó un suspiro y le sonrió. *Sir* James estaba cuestionando a un Raghnall irritado en el otro extremo de la habitación privada del señor, alzó la mirada para mirarla y dejó de hablar. Cuando estaba cerca de él, tenía la sensación de que estaba pendiente de todos sus movimientos, como si estuviera observándole hasta la respiración, pero no de forma sospechosa. Por el contrario, era como si la estuviera adorando y admirando. Se sonrojó ante la idea de que ese hombre atractivo y misterioso pensara en ella de ese modo.

Mairead le dio un beso a Ualan, que le ofreció una encantadora sonrisa mostrándole los cinco dientes que tenía y soltó un chillido.

—Sí, necesito dormir un poco, hermana —repuso Mairead—. No descansé nada, estaba pendiente de la respiración de

Laomann. No sabía si iba a dejar de respirar. Es un milagro que esté vivo y haya regresado a nuestro lado. Dios es muy bondadoso.

Catrìona alzó a Ualan y le hizo cosquillas. Encantado, el pequeño soltó una risita de bebé dulce. Era un bebé tranquilo y, cuando Catrìona apoyó el cuerpo pesado y cálido contra el suyo, sintió un tirón en el corazón. Como monja, nunca sostendría a su propio hijo. Nunca podría sentir una vida creciendo y floreciendo en el vientre. Nunca sostendría la mano de su marido mientras observaban dormir a su hijo o a su hija en la cuna.

Al volver a sentir la mirada de *sir* James sobre ella, alzó la mirada y se quedó quieta al encontrar sus ojos. No logró descifrar la intensidad con la que la observaba sostener al bebé. Había una mezcla de anhelo y pérdida. ¿Tenía esposa? ¿O un hijo propio? ¿Quería algo de eso?

Mairead interrumpió el silencio que se había formado entre ellos y pasó por delante de Catrìona.

—Hoy no lo he llevado afuera. ¿Puedes llevarlo al patio?

—Lo llevaré al bosque cerca de la aldea. Tengo que recoger hierbas para mi cesta medicinal.

—Pero ¿cómo harás para sostenerlo mientras recoges las hierbas? —le preguntó Mairead.

Sir James se puso de pie del banco al otro lado de la sala, y Raghnall lo fulminó con la mirada al verlo dirigirse a su hermana.

—Te ayudaré. De cualquier modo, no te dejaré ir sola.

Raghnall negó con la cabeza.

—Si alguien debe proteger a mi hermana, soy yo, no tú, *sassenach*.

Catrìona arqueó las cejas.

—Hermano, no necesito tu protección. *Sir* James se olvida de que nadie le pidió que me deje hacer nada.

Raghnall se puso de pie y avanzó hasta la puerta, pero antes de marcharse se volvió hacia James.

—Mi hermana tiene razón. Nadie te pidió que hagas nada. Así que quizás sea mejor que te marches.

Tras decir eso, salió de la habitación.

James soltó un suspiro largo mientras observaba al guerrero partir y luego se volvió hacia Catrìona. Se rio entre dientes y le ofreció una sonrisa orgullosa.

—Quise decir que, con un asesino suelto, no me gustaría que tú y el bebé estuvieran solos y desprotegidos.

Los ojos de Mairead se iluminaron traviesos.

—Es una buena idea, hermana. Sí, *sir* James, muy bien pensado. ¿No te parece, Catrìona?

A Catrìona no se le ocurrió ni un solo motivo para decirle que no. Estaba en lo cierto; el asesino aún estaba suelto, y ella y el bebé estarían vulnerables.

—Sí —acordó—. Puede venir. Gracias. Pero llevaré mi daga por las dudas. No correré ningún riesgo con mi sobrino. —Le rezó a Dios para que la perdonara por proteger a la criatura pequeña e inocente si se llegaba a presentar la necesidad.

Sir James se detuvo delante de ella y estiró los brazos para tomar a Ualan.

—Ven aquí, muchacho. —Ualan lo miró con desconfianza, pero cuando *sir* James le ofreció la sonrisa más grande que Catrìona había visto hasta el momento, Ualan se mostró amistoso y le devolvió la sonrisa. Para su sorpresa, estiró los brazos regordetes hacia James, que lo tomó, se lo apoyó contra la cadera y se volvió hacia Catrìona.

—Está bien —dijo y, para distraerse de la debilidad que experimentaba en las rodillas y del latido acelerado del corazón al verlo con el niño, se dirigió a uno de los baúles con hermosos tallados y buscó un canguro—. Ve a acostarte, Mairead.

Tras besar a su hijo en la mejilla, Mairead se marchó de la habitación. Mientras James sostenía al niño, que le exploraba la barba incipiente que a Catrìona le parecía que le quedaba muy bien, la muchacha juntó las cosas: el canguro para cargar a Ualan, una cesta para recolectar hierbas, algo de comida para Ualan y una cantimplora. Por último, se aseguró de que la daga estuviera asegurada en el cinturón.

Mientras ayudaba a James a ponerse el canguro y a colocar a Ualan en él, los roces ocasionales contra los brazos y el pecho del hombre fueron como llamaradas de fuego. Cielos, ¿cómo podía afectarla tanto? Durante un momento, tuvo una imagen de ella y James preparándose para salir con su hijo. La idea le hizo sentir un cosquilleo cálido en todo su ser, pues era una especie de sensación de hogar, amor y seguridad. Paz y tranquilidad. Y de que todo estaba bien en el mundo.

Qué extraño. No debería sentir nada semejante hacia un hombre al que solo conocía hacía unos días, ¿cierto? Había tantos motivos para mantenerse alejada de él, para proceder con cautela. Era *sassenach* y tenía objetos de lo más raros, como esa caja anaranjada que producía fuego y las prendas costosas y poco prácticas. Además, no creía en Dios, y para ella su fe definía quién era.

Si fuera a decidir no convertirse en monja, la opción de marido obvia era Tadhg. Lo conocía, confiaba en él y en una época lo había amado, así como él la había amado a ella y ahora había regresado. Al igual que ella, era *highlander* y había sido parte del clan hasta que su padre lo echó. En ese sentido, tenía mucho en común con Raghnall. A menudo, su hermano tenía esa mirada oscura y misteriosa que la hacía preguntar qué había vivido durante los años que había pasado lejos de casa. Lo cierto era que ya no lo conocía. Si iba a pensar en niños y en casamiento, debería ser con Tadhg. No con James. Negó con la cabeza y se recordó que no debería estar pensando en ningún hombre de ese modo.

Cuando Ualan estuvo asegurado en la espalda de James, le colocó un sombrero de lana y le ató las tiras bajo el mentón. Ualan frunció el ceño y jaló de las tiras. Luego encontró un borde y se lo metió en la boca con expresión de profunda concentración. Catrìona sonrió. El muchacho le derretía el corazón. James la miró por encima del hombro, y sus ojos se volvieron a encontrar. Los de él eran suaves y brillaban. Una especie de comprensión y conexión los embargó, y les fue imposible apartar la mirada.

—¿Estás lista? —le preguntó.

En el intento de romper el hechizo que le provocaba su mirada, se aclaró la garganta.

—Sí.

Fueron al embarcadero, donde uno de los hombres que había llevado leña de Dornie y estaba por emprender el camino de regreso a la aldea los llevó en su bote. Mientras recorrían las calles de Dornie, la aldea a su alrededor estaba viva, y la gente hablaba de los Juegos de las Tierras Altas por encima del rítmico martilleo del herrero y el clamor de las gallinas, los gansos y los patos.

Cuando llegaron al bosque, Ualan se había quedado dormido con la boca rosada abierta y se veía de lo más adorable. Catrìona tuvo que contener el impulso de llenarle el rostro regordete de besos.

Muchos árboles altos sobresalían del horizonte y se erguían hacia el cielo, y varias piñas decoraban el suelo herboso. A excepción de las aves que cantaban y el viento que movía las hojas, en el bosque reinaba el silencio. Mientras se adentraban en la arboleda, las ramas secas se quebraban bajo sus pies. Contenta, inhaló el aroma familiar a césped fresco, savia y flores.

—¿Qué estás buscando en concreto? —le preguntó James.

—Grosellas negras.

—Debe ser agotador ir a buscar cosas cada vez que se te acaban.

Lo miró.

—Alguien tiene que hacerlo. No aparecen en mi cesta por arte de magia.

La palabra «magia» le pesó en el pecho.

James pasó por encima de un delgado árbol caído.

—Claro. No siempre va a haber un vendedor de hierbas ambulante alrededor. ¿Así pasaste tu niñez? ¿Recolectando hierbas y flores?

—Sí, es algo que solía hacer con mi madre. Entre otras cosas, como coser, bordar, administrar los suministros de comida, organizar a los criados y asegurarnos de que el castillo estuviera lo más limpio posible.

James asintió.

—¿Qué le pasó a tu madre?

—Se... Volvió a quedar embarazada. Y ya no era joven. En ese entonces, yo tenía catorce años y soy la menor. El niño llegó muy pronto y lo perdió, pero la herida del vientre no sanó. Perdió mucha sangre, estaba pálida y tenía fiebre. Al cabo de unos días, falleció.

—Lo siento mucho.

Se agachó delante de un arbusto de grosellas negras y comenzó a recolectar hojas y bayas.

—Ahora está con Dios. Tadhg me ayudó mucho en ese entonces. Rezaba y hablaba conmigo. Mis hermanos guardaron luto a su manera, y lo cierto era que no podía contar con mi padre. ¿Su madre está viva? ¿Tiene familia en Oxford?

Mientras quebraba los tallos y las hojas, el aroma a grosellas negras le llenó las fosas nasales.

—Mi madre también falleció —respondió y de pronto se puso serio—. Mi padre nunca quiso tener nada que ver conmigo. Tengo una hermana que está embarazada. Se llama Emily.

Dejó de recoger bayas unos instantes y lo observó.

—¿Qué lo hizo ser...? ¿Cómo le dice? ¿Detective? Debe ser algo que hace la gente en Oxford.

Como James estaba parado sin moverse, no mecía más a Ualan, que soltó un sonido débil en sueños. Fue entonces que James comenzó a moverlo con delicadeza.

—Algunas personas —respondió—. Me gusta ser detective porque me gusta resolver misterios. Me gustan los hechos, los números y la información. Los problemas de mi madre me llevaron a querer mantener la calma y pensar con lógica. A cuestionar si las cosas son lo que en verdad parecen y a encontrar orden en medio del caos.

Catrìona suspiró. Los hechos y los números... Ella ni siquiera sabía escribir. Siempre había querido leer la Biblia y escribir recetas de hierbas que había aprendido de su madre, de Finn y de la abadesa Laurentia en el convento de Santa Margarita.

—Pero ¿no es aburrido? —le preguntó—. ¿Puros hechos y números y nada de enigma?

Como respuesta, se rio.

—Ayudo a las personas. Eso es lo que me gusta de mi trabajo. Ayudo a los que se encuentran en problemas, o han sido atacados, o sufrieron un robo o necesitan protección.

Catrìona lo miró a los ojos.

—A mí también me gusta ayudar a las personas. Ese es el motivo principal por el que quiero ser monja. Para sanar a la gente, servirle a Dios, cuidar a quienes necesitan ayuda y no tienen a nadie más que los asistan. Me gustaría ser esa persona.

James parpadeó, y los ojos se le tornaron oscuros y brillantes.

—Creo que nunca he conocido a nadie como tú. No tienes ni un ápice de maldad en el cuerpo, ¿no, Catrìona?

Aunque las palabras habían sido dulces y cálidas, le pesaron en el corazón y apartó la mirada antes de que las lágrimas comenzaran a arderle en los ojos. Aún había muchas bayas por recoger del arbusto, pero se incorporó porque si se quedaba en un sitio, se desmoronaría.

—Se equivoca, *sir* James. —Se clavó la mirada en las manos y enderezó los hombros antes de verlo a los ojos—. He pecado seriamente. He roto una promesa que me hice a mí misma.

Sin decir nada, avanzó hasta ella. Sus ojos eran como miel cálida sobre su cuerpo, y Catrìona comenzó a respirar con más facilidad.

—¿Hablas de los hombres que has matado?

—Sí.

—Pero lo has hecho para...

—Para salvar a mi hermano. Estoy segura de que debió haber habido un modo mejor de resolverlo. Uno más pacífico. Debería haberlo buscado.

—Pero de seguro no te arrepientes de salvar a tu hermano, ¿no? Has ayudado a tu familia. El caso es que no anhelabas derramar sangre o quitarles la vida a esos hombres.

—Sí, lo sé, *sir* James.

—Ven, siéntate aquí —le dijo con suavidad y le tomó la mano en la suya para conducirla hacia un tronco caído.

El contacto con su mano grande y cálida le hizo sentir un cosquilleo en el brazo y el pecho. Algo aturdida, lo siguió. Cuando se sentaron en el tronco, Ualan se removió un poco, pero luego suspiró y se relajó tranquilo en la espalda de James.

James le sostuvo la palma entre sus manos. La piel le ardía y se le derretía. La miró profundo a los ojos.

—He conocido asesinos, Catrìona, gente que ha matado a otros por algún tipo de ganancia. Tú no eres una de ellos. Eres una de las personas más hermosas que he conocido. Por dentro y por fuera.

Al oír el cumplido, las mejillas se le encendieron. Inspiró hondo y le pidió perdón a Dios por disfrutar de las palabras de ese hombre y por lo que estaba a punto de confesar.

—Lo cierto es que, en lo más profundo de mi ser, no me arrepiento. Me gustó sentirme fuerte y poderosa para proteger a mi familia. Tanto es así que una parte de mí quiere más. Quiero ser siempre así de poderosa. Quiero valerme por mí misma en lugar de obedecer a una abadesa, un sacerdote o un marido. Quiero ser mi propia persona y vivir mi vida como lo desee.

Los ojos de James brillaban con respeto y aprecio.

—Es probable que seas la mujer más extraordinaria que he conocido en mi vida.

Nunca nadie le había dicho que era extraordinaria. Nadie le había dicho que era hermosa por dentro. Le gustaba ser extraordinaria y le gustaba ser hermosa por dentro. ¿Cómo se sentiría saber todos los días que era las dos cosas? ¿Cómo sería su vida si supiera que era importante y que tenía valor sin importar si alguien la necesitaba para algo o no? ¿Querría ser monja?

James le había elogiado la fortaleza, algo que todos los

hombres que conocía condenarían. Una mujer debía ser modesta. Debía servir a un hombre siempre. Ella no debería ser extraordinaria ni asumir el papel de guerrera para proteger a su familia. Esas tareas les correspondían a los hombres. Aun así, quería sentirse fuerte, y él apreciaba a las mujeres independientes.

Los brazos anhelaban enredarse en su cuello. Los labios le dolían por besarlo. Pero eso era una tentación. Era lujuria. Y si cedía, cometería otro pecado.

Con gran dificultad, interrumpió el contacto, se puso de pie y avanzó en el bosque sin mirar hacia atrás por temor a echar a correr a sus brazos.

—Se equivoca, *sir* James. No tengo nada de extraordinario. Nací para servirle a mi padre y mejorar su posición en el mundo. Tras haber fracasado, le serviré a Dios y mejoraré la vida de otras personas de cualquier forma posible.

CAPÍTULO 14

AL DÍA SIGUIENTE...

JAMES JALÓ LA CUERDA DEL ARCO Y DISFRUTÓ DEL ARDOR QUE el ejercicio le hacía sentir en los músculos. La sensación de sostener esa arma en las manos era extraña y estimulante. No había tocado un arco ni una flecha en diecisiete años. Ese arco era grande, el tipo de arma de un verdadero guerrero y no el pequeño instrumento de caza que había tenido de niño.

La arquería siempre se le había dado de forma natural. Cuando un miembro de la secta le dio un arco y le enseñó a disparar, aprendió con facilidad. De niño y adolescente, lo había disfrutado mucho; el ejercicio físico y la concentración profunda que requería esa actividad le permitían desconectar. Acertar en el blanco casi todas las veces que disparaba le producía alegría y satisfacción.

Tras la disolución de la secta, abandonó el deporte. La arquería se convirtió en uno de esos recuerdos que quería olvidar, junto con el resto de su experiencia.

Ahora que se encontraba rodeado de arqueros en el castillo, le pidió a uno de los centinelas que le prestara el arma por un rato y por eso se encontraba de pie en el medio del muro cortina. Sostuvo la flecha en la luz tenue del atardecer deseando encontrar un blanco para poder soltarla. Negó con la cabeza y recordó el anhelo curioso que había sentido al ver el castillo por primera vez en su siglo. Si hubiera sabido lo que le esperaba...

A unos seis metros a la derecha se encontraba la torre de la fortaleza, que estaba conectada al muro cortina, y a unos diez metros a la izquierda, una torre pequeña con algunos centinelas. Cinco metros abajo, lo único que había era césped y algunos arbustos. No había ningún blanco a la vista.

—¿A quién intentas dispararle? —le preguntó un hombre a sus espaldas.

James bajó el arco y se volvió.

Era Tadhg MacCowen, que se valía de un palo como suerte de muleta para caminar. Tenía una pierna vendada, y era obvio que no quería poner peso sobre ella, pues los dedos apenas rozaban el suelo. Se había quitado el vendaje que le cubría el ojo y tenía un corte suturado por encima de la ceja.

James apoyó el arco y la flecha contra el parapeto.

—Solo estaba sintiendo el arco. ¿Qué haces aquí? ¿Te encuentras bien como para estar de pie y caminar por el muro?

—Estoy bien —gruñó Tadhg—. Estoy buscando a Catrìona.

Diablos. Había pasado el día anterior con ella, pero no la había visto demasiado desde entonces. Cada vez que se la había cruzado, el corazón se le había agitado como un condenado barco en plena tormenta. Por su parte, ella apenas le había dirigido la mirada y hasta parecía evitar el contacto visual. Sin lugar a dudas, se debía a la conversación que habían tenido en el bosque.

—Claro —dijo intentando parecer despreocupado—. ¿Hay algo que pueda hacer por ti?

Tadhg le dirigió una mirada sospechosa.

—No, solo quería preguntarle si se encuentra bien. Ha estado todo el día de aquí para allá.

—¿El día que llegaste notaste algo extraño?

—No. Me llevaron a la recámara de inmediato. Catrìona me

cosió y me limpió las heridas. Después quedé ebrio y me dormí. Apenas me podía mover.

—¿Vino alguien más contigo y con Raghnall?

—No.

—Entonces ese día, cuando comenzaron los síntomas de Laomann, las únicas personas nuevas en el castillo eran tú y Raghnall.

—Y Finn —añadió Tadhg—. Y tú.

Sí, por supuesto. Finn y él también. Todos habían aparecido en la misma fecha, hacía cuatro días.

Cuatro días... La culpa lo apuñaló en las entrañas al pensar en Emily. ¿Cómo se encontraba? Le había prometido que estaría a su lado para el nacimiento del bebé y aún tenía tiempo. Pero jamás se perdonaría si se hallaba en problemas y no estaba a su lado.

Aun así, las personas del castillo lo necesitaban. Había vidas en peligro, y el asesino seguía suelto. Finn era un sospechoso, pero James no sabía mucho acerca de Raghnall.

—En el pasado, eras un miembro del clan —comenzó—. Debes haber visto cómo se llevaban Raghnall y Laomann. ¿Sabes si Raghnall guarda resentimiento hacia su hermano?

Tadhg arqueó las cejas.

—Claro que sí. A Raghnall lo echaron del clan, y Laomann sigue sin restituirlo, a pesar de que su padre ha muerto. Si Angus fuera el *laird*, estoy seguro de que las cosas serían diferentes. Esos dos siempre han sido como uña y carne.

Ahora James podía ver con mayor claridad por qué Raghnall y Laomann no concordaban.

—Y el día que llegaste, Laomann estaba en la habitación mientras Catrìona te trataba, ¿no?

—Sí.

—¿Cómo estaba?

Tadhg se encogió de hombros.

—No lo sé, no lo he visto en nueve años.

—Laomann dijo que te dio su cantimplora con *uisge*, que es

algo que nadie más ha tocado, excepto ustedes dos. ¿Te supo distinto el *uisge*?

Tadhg parpadeó.

—¿Crees que el veneno estaba en el *uisge*?

—Podría ser. También ingeriste la tisana de Catrìona, ¿no? Pero es probable que no fuera la misma que preparó para Laomann porque tenías otros síntomas.

Tadhg clavó la mirada en la oscuridad y se volvió a encoger de hombros.

—El *uisge* tenía el sabor de siempre.

—Oí que encontraste a Raghnall cuando le estaban tendiendo una emboscada y que lo ayudaste.

—Sí.

—¿Me puedes hablar de ese día? ¿Dónde ocurrió eso? ¿Qué pasó con exactitud? Me gustaría confirmar algunos detalles.

Raghnall le había relatado con brevedad lo que había pasado, pero su desconfianza no le había permitido ahondar en los detalles, sino que había parecido querer ponerle fin a la conversación rápido.

Tadhg le sostuvo la mirada durante unos instantes y luego asintió. Se volvió para mirar la puesta de sol. El crepúsculo se intensificaba con cada minuto que transcurría.

—Regresaba de la isla de Skye, donde vive mi clan.

—El clan Ruaidhrí, ¿no?

—Sí.

—¿No eras parte del clan Mackenzie antes? —Se aclaró la garganta—. Cuando estabas comprometido con Catrìona.

Tadhg lo observó con arrogancia masculina.

—Sí, así es.

—¿El compromiso tiene algo que ver con tu partida del clan?

Tadhg soltó un suspiro profundo y pasó los dedos por la piedra áspera del parapeto.

—Sí. Para resumir, su padre se enteró y me echó del clan. Su padre, el *laird* Kenneth Og, era un... hombre malo —concluyó.

—De acuerdo... —dijo James con el ceño fruncido. Él era experto en padres malos.

—Quería casarla con un hombre rico de la nobleza. Nunca la trató bien. Siempre la vio como una posesión, una cosa hermosa que utilizaría para expandir su posición en Escocia.

James tragó un nudo duro como una piedra.

—¿Qué le hizo? —preguntó con un gruñido.

Entre los diecinueve hijos de Brody, había doce niñas y siete niños. Todos los años, para el cumpleaños de Brody, debían reunirse y mostrarle cómo habían utilizado sus creencias y sus métodos de meditación para avanzar en la vida, aunque era difícil imaginar cómo un niño, ya fuera bebé o adolescente, fuera a avanzar en la vida a través de la meditación y el poder de la fe. Todos debían deslumbrar al hombre que había contribuido a su concepción. Era una especie de concurso de talentos. Los niños cantaban, bailaban y le mostraban sus pinturas. Y, basándose en el criterio que le pareciera, Brody escogía a uno para que se sentara en su regazo y hablara con él durante toda la velada.

James había reconocido la necesidad enfermiza de impresionar al hombre que no significaba nada en absoluto para él, a pesar de la competencia injusta y de las peticiones irrazonables de perfección. Su hermana, que era más joven y no tenía la mente fría como él, había estado aún más capturada. Había querido impresionar a su padre tanto que todos los años había llorado luego de que no la escogiera. Ni siquiera le dirigía la mirada. Y, aun así, seguía repitiendo las afirmaciones con su madre todas las noches.

Si Kenneth Og se había parecido en algo a Brody, y en base a lo que Catrìona le había dicho, James suponía que era peor porque era un hombre violento, se alegraba de que Tadhg hubiera estado allí para protegerla de él.

—Todo lo que te puedes imaginar —le respondió sombrío—. Le pegaba a su madre y a sus hermanos. A ella también. Vi los moretones, pero sé que su hermano Angus recibió la mayoría de los golpes que iban dirigidos a ellos. Luego su madre falleció, y comencé a rezar con ella. Rezábamos todo el tiempo. Es lo único que la ayudó a superarlo. Así es como nació nuestro amor.

«Amor...». La palabra le perforó el pecho como una hoja de afeitar. Se habían enamorado. Y mucho más. Compartían las mismas creencias espirituales. Conectaban profundo en ese nivel. Era el nivel más profundo posible. Un nivel íntimo. Y vulnerable. La religión era una parte importante de su vida, mientras que James la rechazaba por completo. Era un hombre racional. Sabía que las personas que no compartían las mismas creencias religiosas estaban condenadas.

También sabía que parte de su rechazo a la espiritualidad y cualquier cosa sobrenatural era emocional. Tenía que ver con la forma en que lo habían criado, y cómo él, su hermana y su madre se vieron manipulados. Sin embargo, comprender eso y hacer algo al respecto eran dos cosas distintas. Irónicamente, había viajado en el tiempo con la ayuda de un hada de las Tierras Altas. Su padre se hubiera regocijado.

—Cuando te echaron, ¿fuiste a la isla de Skye?

Tadhg tomó una piedra pequeña del parapeto y la arrojó al otro lado de la muralla del castillo. Tenía el cabello rubio oscuro y un rostro atractivo que seguro lo hacía popular con las mujeres. Sin dudas, con Catrìona.

—¿Por qué? —le preguntó James.

—Tengo familia distante allí.

—¿Y te aceptaron?

—Sí, le juré lealtad al clan. Le conté al *laird* toda la historia. Luego serví en los barcos comerciales, porque los Ruaidhrí son comerciantes. Tienen raíces vikingas y barcos fuertes con los que controlan el mar irlandés. Trabajé en esos barcos durante muchos años.

—¿Y cómo fue que te encontraste con Raghnall ese día?

Tadhg tomó otra piedra y la arrojó hacia el vacío gris. Guardó silencio. Solo los grillos cantaban en la distancia, y la piedra silbó antes de aterrizar en algún punto en las hojas que cubrían el suelo.

—Iba de camino a comerciar en Evanton.

—¿A caballo? ¿No es más fácil llegar en bote?

Tadhg negó con la cabeza y fue evidente que estaba perdiendo la paciencia.

—Mira, amigo, no sé qué buscas. Quizás yo debería estar haciéndote preguntas a ti.

—¿A mí?

—Sí, apareces de la nada con prendas extrañas y una forma de hablar muy rara. Nadie te conoce, y el mismo día, Laomann se enferma y casi muere. Al menos yo solía ser miembro del clan. Además, jamás haría nada que lastimara ni a Catrìona ni a su familia. Pero tú... Puede que seas un espía *sassenach*. Puede que seas un asesino que envió Eufemia de Ross para acabar con el *laird* del clan Mackenzie en el peor momento posible. Al fin y al cabo, ¿quién te conoce?

James se aclaró la garganta al oír el arrebato de Tadhg y se quedó sin habla.

—Cuanta más información tenga, más posibilidades hay de descubrir al verdadero asesino.

Tadhg lo miró fijo.

—Sí, el verdadero asesino.

Unos hombres salieron de la fortaleza y recorrieron el muro en dirección a la otra torre. Era probable que se tratara del cambio de guardia. Aún no había cenado, y el aroma de la comida salía de la cocina que se encontraba debajo de la muralla, en el patio interior. Los guerreros que le pasaban por delante le rozaron el hombro con brusquedad.

—¿Todo bien? —les preguntó, pero lo ignoraron. ¿Acaso creían que era el asesino? —Gracias por cooperar —le dijo a Tadhg—. ¿Necesitas ayuda para regresar?

—No, puedo solo.

Sin decir otra palabra, James recogió el arco y la flecha y recorrió la muralla hacia la torre de la fortaleza preguntándose cuánto de todo lo que le había dicho Tadhg era cierto. Deseaba ser de ese siglo porque había muchas cosas que no sabía cómo funcionaban allí. Antes de entrar en la torre, miró a Tadhg por última vez. Su silueta se veía negra contra el cielo del atardecer, y tenía la vista perdida en la distancia.

Cuando comenzó a descender, notó una figura alta que se movía en la torre del extremo opuesto de la muralla. Debía tratarse de uno de los centinelas.

CAPÍTULO 15

El grito de un hombre perforó el aire en algún punto afuera de la ventana vertical del gran salón.

Catrìona alzó la vista de la bandeja que contenía un solo *bannock*, lo único que cenaría esa noche por la penitencia. Los hombres miraron alrededor y se llevaron las manos a los mangos de las espadas. Tenían los rostros sombríos en la luz anaranjada del fuego que ardía en el hogar y de los braseros que había entre las mesas.

Catrìona soltó el *bannock*, que cayó sobre la mesa.

—Oh, santo cielo, Laomann...

Se incorporó del banco de un salto, se recogió la falda y echó a correr hacia la puerta del gran salón.

—Señora, espere... —Varios hombres la siguieron, y los pasos pesados resonaron contra el piso.

Mientras Catrìona corría hacia el rellano oscuro, el grito se volvió a repetir, pero con menos intensidad. Mairead se asomó por la esquina del rellano del siguiente piso. La antorcha que sostenía le iluminaba la cabeza.

—¿Qué pasó? —preguntó Mairead.

—¿No es Laomann?

—No, está durmiendo.

Por todos los cielos, ¿sería James? A Catrìona le comenzó a latir tan fuerte el corazón, que le causó dolor.

—¡Alguien se cayó de la muralla! —gritó un centinela desde afuera.

Catrìona se estremeció. «¡Oh, por favor, que no sea James!».

—¡Vayan! —les instruyó a los hombres a sus espaldas—. Iré por mi cesta medicinal.

—Vayan, muchachos —dijo uno de ellos—. Yo la esperaré, señora. No puedo permitir que camine sola en la oscuridad.

Tras tomar la cesta, se apresuraron a bajar las escaleras, cruzar el patio corriendo a todo pulmón hacia la multitud de antorchas donde los centinelas debían de haber encontrado a la víctima. El estómago se le tensó de preocupación, y rezó por no encontrar a James allí.

Cuando se unió al círculo de hombres, vio que Tadhg yacía en el suelo y se aferraba un lateral mientras se retorcía de dolor. Sintió que la embargaba una ola de vergüenza al no haber considerado que podría haber sido él y sentirse aliviada de que no se tratara de James quien estuviera herido o muerto. Se apresuró a examinar a Tadhg, pero no vio ninguna herida abierta ni extremidad rota.

—Llévenlo de regreso al castillo —instruyó—. ¡Con cuidado! Y que alguien vaya a buscar a Finn.

Cuando regresaron a la recámara de Tadhg, Catrìona lo pudo examinar de manera adecuada.

—Costillas rotas... —murmuró.

La luz intermitente de la vela bailaba contra los músculos duros del torso y el estómago de Tadhg, que estaban cubiertos de plateadas heridas de batalla que contrastaban con la piel pálida. Vio un moretón púrpura del tamaño de una mano bajo el músculo pectoral derecho. Le apretó la zona con delicadeza, y Tadhg inspiró hondo. Al menos no estaba duro, lo que significaba que la costilla no había perforado ningún órgano y no había ninguna hemorragia interna.

Mientras palpaba el moretón de Tadhg, el herido soltó un gruñido de dolor largo. El atractivo rostro perdió color.

—Sí —confirmó y se puso de pie—. Quizás estén rotas. Se abrió la herida, así que tendré que volver a coserla. Por lo menos no te rompiste un brazo o una pierna. ¿Te duele la cabeza?

Negó en silencio y la miró con una especie de emoción intensa: dulce, amorosa y tan obvia que quiso darle la espalda.

—¿Todo bien? —preguntó una voz masculina.

Se volvió hacia la puerta abierta y vio a James de pie en el umbral. La luz de la antorcha que había en el rellano a sus espaldas proyectaba sombras sobre su hermoso rostro. Cielos, ¿cómo podía ser tan alto y tan... imponente? Era como si ocupara todo el espacio, absorbiera todo el aire y amortiguara todos los sonidos que la rodeaban, excepto su voz. ¿Se trataría de su magia diabólica o solo sería su corazón tonto?

—Tadhg tuvo un accidente —respondió.

—¿Qué pasó? —preguntó James al tiempo que entraba en la habitación.

Catrìona se volvió hacia Tadhg. Al menos atenderlo y examinarlo la distraería de James.

Revolvió la cesta medicinal en busca de lino. Tendría que cubrirle el torso para asegurarse de que las costillas regresaran a su sitio.

—Alguien me ha empujado de la muralla —respondió Tadhg.

Tanto James como Catrìona se volvieron a mirarlo.

—¿Te empujaron? —repitió James—. ¿Cuándo?

—Hace un rato —respondió.

James se puso pálido.

—¿Con quién estabas?

Tadhg lo fulminó con la mirada.

—No había más nadie, solo tu.

Catrìona clavó la mirada en James.

—¿Tú?

—Tadhg y yo tuvimos una conversación en la muralla —le

contó James sin dejar de mirar a Tadhg, como si intentara comunicarle un mensaje con los ojos.

Durante unos instantes, Tadhg no respondió, sino que se limitó a sostenerle la mirada a James. A Catrìona le latía el corazón acelerado en el pecho. James no podría... No, no podría haber sido él. «Por favor, Dios».

Tadhg se apoyó contra las almohadas y observó a James por debajo de las pestañas.

—No fue *sir* James.

—Y entonces, ¿quién fue? —preguntó Catrìona.

—No lo sé —repuso Tadhg—. Alguien me pasó por delante al rato de que *sir* James se marchara y los centinelas fueran a cambiar la guardia. Estaba de pie dándole la espalda al pasaje y no noté nada hasta que me levantaron la pierna y me empujaron.

James lo observó durante un largo instante mientras pensaba en lo que había relatado.

—Me pareció ver a alguien moverse en su dirección, pero no sé quién era. —Parpadeó—. ¿Cómo te sientes? Es una caída de cinco metros, podrías haber muerto.

—Puede que ese haya sido el plan —señaló Tadhg.

James lo recorrió con los ojos.

—¿Te has roto algo?

—Sí, algunas costillas —informó Catrìona—. Puede que se haya golpeado la cabeza también. Pero fuera de eso, solo tiene moretones y rasguños.

—Has tenido mucha suerte —señaló James—. ¿Has notado algo acerca de la persona que te empujó? Debió de ser un hombre fuerte para poder levantarte... Debes pesar unos ochenta kilos o ciento ochenta libras, ¿no?

Catrìona y Tadhg lo miraron fijo.

—¿Cómo pesaría a una persona? Y... ¿por qué? —le preguntó.

Sir James abrió los ojos de par en par al tiempo que una expresión de pánico le atravesaba los ojos.

—Oh. —Hizo un ademán—. Es un hábito que tenemos en Oxford. Nos gusta imaginarnos cuántos kilos podría pesar una persona. Es como un juego. Pero el punto es que solo un hombre fuerte o una mujer con la misma fuerza podría haberlo levantado. Y no cualquiera.

—Sí —acordó Tadhg—. Es decir, ¿alguien de tu tamaño y contextura?

Catrìona parpadeó sin querer creer que *sir* James pudiera estar involucrado en eso.

—Sí —respondió sombrío—. Alguien de mi tamaño y contextura.

El silencio quedó pendiendo en la habitación.

—Cuando se marchó de la muralla, ¿a dónde fue, *sir* James? —le preguntó Catrìona.

A *sir* James se le tensaron los músculos del mentón.

—Fui a devolverle el arco a Iòna. Estaba en las barracas.

—¿Y alguien lo vio? —le preguntó.

—Iòna. Tadhg, ¿de verdad estás pensando que yo fui quien te empujó?

Tadhg lo miró durante un largo instante, y a Catrìona se le aceleró el pulso. Luego, negó con la cabeza.

—No, no creo que haya sido él.

Catrìona soltó un largo suspiro y comenzó a extender una venda de lino limpio.

—No creo que *sir* James pueda hacer algo como eso.

Catrìona colocó la primera capa de lino sobre las costillas de Tadhg.

—¿Te puedes levantar un poco? —le pidió y le pasó el brazo por el torso para envolverle el vendaje por la espalda. Como resultado del movimiento, casi estaba recostada sobre su pecho. Oyó que Tadhg se reía entre dientes antes de moverse, y Catrìona le siguió poniendo el vendaje—. Gracias.

Le volvió a pasar el vendaje por la espalda y se aseguró de que estuviera lo suficientemente ajustado como para mantenerle el torso ceñido, pero suelto para que pudiera respirar con facilidad. Para terminar, le colocó la última capa en la espalda.

—Ya está. —Volvió a apretar las capas del vendaje para asegurarse de que pudiera respirar. Lo miró a los ojos y, con rostro serio, le apuntó con el dedo—. Esta vez, ni se te ocurra ponerte de pie. No sé qué te llevó a ir al muro para empezar.

—Te estaba buscando —le explicó Tadhg—. Me quería asegurar de que estabas comiendo. Estás muy delgada y muy pálida.

—Oh. —Le bajó el borde de la túnica para cubrirle el estómago. Lo dijo con tanta bondad, con tanta preocupación, que la sorprendió y la hizo sentir avergonzada. Como en los viejos tiempos...

Se puso de pie.

—No deberías preocuparte por mí, Tadhg. Estoy ayunando. Estoy bien.

—¿Ayunando? —le preguntó con una mueca—. ¿Por qué?

—Es una penitencia —le respondió—. Y el motivo queda entre Dios y yo.

Era una pecadora y no quería que Tadhg supiera cuán lejos estaba de la mujer a la que creyó amar hacía muchos años.

Tadhg no dijo nada, pero frunció el ceño aún más. Le tomó la mano y se la acercó.

—Quiero hablar contigo, Cat —le pidió en un susurro—. Por favor, quédate conmigo esta noche. Quédate y reza conmigo. He echado de menos rezar contigo. Rezaré por ti, por lo que hayas hecho para merecer esta penitencia.

La bondad y la preocupación que le oyó en la voz le hicieron sentir calidez en el corazón. Alguien la entendía y sabía qué era importante. Alguien compartía esa conexión sagrada con Dios. Se dio cuenta de que ella también extrañaba rezar con él.

—De acuerdo —dijo—, pero déjame terminar de atenderte primero.

Avergonzada de que fuera más que un paciente, porque podría haber sido mucho más para ella, le pidió que se bajara los pantalones para examinarle la herida del muslo. Tadhg obedeció y, si no se equivocaba, una expresión entretenida le cruzó el rostro. Los puntos se habían roto, y tenía la herida abierta.

Unas voces elevadas se oyeron al otro lado de la puerta, seguidas de los gritos de varios hombres. Preocupada, Catrìona se puso de pie.

Al momento siguiente, Finn Panza Grande entró en la habitación con la respiración agitada y sosteniéndose el pecho. Dos centinelas lo persiguieron, uno con una lanza y el otro con una espada desenvainada.

Finn jadeó para inspirar una bocanada de aire a través de los labios grandes de sapo y mostró los escasos dientes que tenía. Se le agrandaron los ojos y pasó la mirada de Catrìona a Tadhg.

—¡Yo no fui, lo juro, señora!

Catrìona dio un paso adelante y protegió a Finn de los dos hombres.

—¿Qué sucede?

—Yo lo vi, señora —respondió el hombre que sostenía la lanza—. Vi al invocador de demonios en el muro luego de la caída de Tadhg MacCowen. Estaba haciendo la guardia en la torre sur y lo vi.

—¿Cómo dices? —exclamó Catrìona.

—Yo también vi una figura alta —añadió James—, pero ya estaba bastante oscuro... ¿Cómo puedes estar tan seguro de que era Finn?

—Era una sombra grande con un estómago gigante como un costal.

—¡Es mentira! —gritó Finn—. Estaba en la alacena subterránea cortando las hierbas...

—¿Alguien te vio? —le preguntó James—. ¿Puede confirmarlo alguien?

Finn inclinó la cabeza y negó al tiempo que los hombros le subían y le bajaban y sollozaba.

—Estaba solo.

—Lo atrapé saliendo de la fortaleza y cruzando el patio —añadió el centinela.

—Quería ir a la cocina.

Catrìona intercambió una mirada con James y vio la duda en sus ojos.

—Tenemos un testigo —señaló James.

Los centinelas se acercaron y tomaron a Finn de los brazos antes de arrastrarlo hacia la puerta.

—Enciérrelo, señora —sugirió uno—. Es un hechicero que siempre ha querido vengarse del *laird*. Quizás usted sea la siguiente.

—¡Es la tisana de él lo que enfermó al *laird*! —exclamó el otro.

Pero ¿por qué Finn querría lastimar a Tadhg? Abrió la boca, pero otro centinela la interrumpió.

—¡El *laird* debe torturarlo hasta sonsacarle toda la verdad, como a cualquier criminal! ¡Azótelo!

Finn se retorcía, sacudía los brazos e intentaba liberarse. La enorme barriga se meneaba como gelatina de carne.

Lo arrastraron afuera de la habitación, y Catrìona los observó mordiéndose el puño, sin poder hacer nada.

Y de pronto tuvo una idea. La abadesa Laurentia del convento de Santa Margarita sabía mucho acerca de plantas y era una sanadora más experimentada que Finn. Debía visitarla y preguntarle qué se pudo haber utilizado para envenenar a Laomann... y quizás a Tadhg también. ¿Cómo no se le había ocurrido antes?

—Iré al convento mañana —informó.

—¿Mañana? —preguntaron los dos hombres al unísono.

—No para convertirme en monja. —Se rio—. Le preguntaré a la abadesa si tiene alguna idea acerca del veneno.

—Oh —dijo James—. Iré contigo.

Ella lo miró.

—No hace falta, *sir* James. Estoy segura de que Raghnall puede...

—Me gustaría oír lo que tiene que decir acerca de la planta que mencionó Finn —le informó James—. Además, necesitas que alguien se asegure de que estás a salvo.

Tadhg apretó los dientes y fulminó a *sir* James con la mirada. ¿Era posible que estuviera celoso, que aún tuviera sentimientos hacia ella? El pensamiento le hizo sentir calidez en el pecho y le recordó lo cercanos que habían sido cuando era una muchacha. Sin embargo, ahora era otra persona. Una mujer que ya no creía que el amor pudiera resolver sus problemas.

—Gracias —le dijo—. He hecho el viaje en varias ocasiones. Será rápido...

—Excelente —acordó James.

Mientras perforaba la pierna de Tadhg con la aguja y el hilo de sutura para volver a cerrarle la herida, se preguntó si hacer un viaje de un día con *sir* James sería una buena idea. Porque cada vez que pasaba tiempo a solas con ese hombre sentía cosquilleos en la columna vertebral y un fuego agradable en las venas. Y ya tenía suficientes motivos para hacer penitencia.

CAPÍTULO 16

James miró a Catrìona mientras conducía al caballo hacia el arroyo que circulaba alrededor de los árboles. Varias piedras y ramas se asomaban entre la alfombra de hojas caídas y césped verde. Algunas aves cantaban, unas ardillas se comunicaban con chillidos, y las hojas de los árboles se mecían en el viento. Inhaló el aroma térreo a hojas en descomposición y tierra caliente bajo el sol. Tenía los pulmones llenos de aire dulce y fresco.

Habían estado viajando durante medio día, y James le agradeció a Dios no tener que cabalgar. En caso contrario, era probable que Catrìona le hubiera cuestionado por qué no tenía ni idea de cómo montar a caballo.

El caballo tiraba de una carreta de madera simple. Al parecer, era más económico que dos personas viajaran así que sobre el lomo de un caballo. Tadhg estaría molesto de ver lo cerca que estaban el uno del otro en la carreta. Había observado a James como a un perro que posaba una amenaza para su ama.

Hasta un ciego podía ver que seguía interesado en ella. O quizás hasta la amaba. El pensamiento le provocó un profundo desasosiego en la boca el estómago. ¿Acaso ella también seguiría amándolo? Algo en su interior esperaba que ese no fuera el caso. Aunque nunca pudiera amarlo a él tampoco.

Mientras Catrìona permitía que el caballo bebiera, se volvió hacia él, y sus miradas se encontraron. El bosque que los rodeaba pareció encogerse. James se percató más que nunca de que se encontraban a solas. A excepción del caballo.

Se aclaró la garganta.

—¿Quieres que haga una fogata? —le preguntó.

—¿Tienes frío? —Catrìona se frotó las palmas de las manos contra el vestido.

—No.

—En ese caso, podemos comer mientras esperamos que el caballo descanse.

Avanzó hasta la carreta para buscar la bolsa de comida que había empacado para el viaje.

—¿No te parece interesante que a este sitio lo llamen Montaña de Serpientes? —le preguntó mientras se sentaba sobre un árbol caído.

—¿Hay muchas serpientes por aquí? —James se sentó al lado de ella, que miró alrededor.

—Nunca he visto ninguna serpiente. Debe ser un mito local. En las Tierras Altas abundan las historias.

James tragó con dificultad pensando en el verdadero mito de las Tierras Altas que había cobrado vida para enviarlo allí. Sìneag.

—¿No crees en ellas? —le preguntó.

Catrìona se encogió de hombros.

—No, los únicos milagros verdaderos son obra de Dios.

Se preguntó qué diría si le contara que un hada lo había hecho viajar en el tiempo. De seguro era mejor no hablar de eso.

James miró alrededor y se preguntó qué tipo de mito le podría haber dado ese nombre a la montaña. Se sentía bien estar en el bosque. Cuando vivía en la secta, había pasado gran parte de los días en la naturaleza. Cultivaban sus propias verduras, así como también trigo y centeno y criaban aves de corral, vacas y cabras. Sus tareas incluían el cuidado de los animales y desmalezar la huerta. Era interesante lo rápido que un ser humano se acostumbraba a las cosas nuevas y se olvidaba de otras. Tras la caída de la secta, se mudó con sus abuelos y comenzó a comprar alimentos en los supermercados. Al principio, se había sentido extraño, pero al cabo de unas semanas comenzó a volverse parte de la normalidad.

—¿Quieres cerveza? —le preguntó Catrìona al tiempo que le pasaba la cantimplora—. Está recién hecha. La cervecera nos la trajo esta mañana.

—Gracias. —Tomó la cantimplora y bebió.

La cerveza medieval no era tan fuerte como la del siglo XXI. Era una versión más débil y ácida de la cerveza moderna y le gustó.

—¿Por qué no has traído agua? —le preguntó—. ¿No se supone que no deberías beber alcohol?

Catrìona tomó una hogaza de pan, la partió y le entregó la parte más grande.

—¿Agua? —Se rio—. La mayoría de la gente cree que la cerveza es más saludable. El agua a veces sienta mal, ¿no?

Oh, claro. Por la higiene. En el caso de la cerveza, el agua se había hervido durante el proceso de elaboración.

—¿Sabes que si hierves el agua matas todas las bacterias?

Catrìona hundió los dientes en el pan y se congeló al tiempo que abría los ojos de par en par.

—¿A quién mato?

James se rio.

—Las bacterias son los pequeños demonios que viven en el agua y hacen que las personas se enfermen. El calor mata todo lo que nos hace mal.

Ella parpadeó y se sacó el pan de la boca.

—*Sir* James, por favor no hable de ese modo si no quiere que piense que es un hechicero.

Tenía los ojos enormes en el rostro pálido y delgado. James bebió cerveza y se encogió de hombros.

—Inténtalo y verás. El agua es mejor que la cerveza cuando está limpia. De lo contrario, te la pasas ebria o corres el riesgo de coger disentería.

Le entregó la cerveza. Quizás por eso los monjes elaboraban cerveza. De seguro se la había considerado una fuente de hidratación buena y saludable.

James mordió el pan y lo masticó. Catrìona tenía unos labios de lo más rosados y perfectos. A pesar del rostro inocente, movía los labios de manera seductora, y sintió el impulso de mordérselos. Diablos, ¿qué le pasaba?

Una miga se le quedó pegada en la comisura del labio y, antes de poder detenerse, estiró la mano y se la quitó con delicadeza con el pulgar. El efecto fue magnético, como si el dedo se le hubiera quedado pegado a la piel. Todo lo que los rodeaba se desvaneció, se acalló y desapareció. Solo la sintió a ella, su corazón latió por ella, y lo embargó la extraña sensación de haber nacido para vivir ese momento.

Sonrosada y con las pestañas temblorosas, Catrìona separó los labios.

—Aún no eres monja, ¿no? —le preguntó casi sin aliento.

—No.

—Menos mal, porque no creo que pueda seguir respirando si no te beso.

Al oírlo, los ojos se le tornaron del color del océano bajo el sol, tan azules y profundos que se ahogó en ellos.

Por fortuna, no protestó, sino que le clavó la mirada en la boca como si fuera la fuente de todo el dolor y todo el placer que existía en el mundo. James hizo el pan a un lado, le tomó el rostro entre las manos, se inclinó hacia sus labios y... Con los ojos abiertos de par en par, ella se apartó. Le apoyó los dos puños en el pecho para alejarlo. James la soltó de inmediato, y Catrìona se puso de pie y se apartó de él. Tocándose los labios, respiró entre jadeos. Los ojos reflejaban temor.

Negó con la cabeza y parpadeó, y James hundió la cabeza entre los hombros y soltó una maldición. Eso era genial.

Acto seguido, se puso de pie y dio un paso hacia ella.

Mientras James se aproximaba, dio otro paso hacia atrás. No le temía. Se temía a sí misma. A permitirle que la besara.

—Mierda, disculpa... —comenzó—. No... No suelo hacer este tipo de cosas.

—¿Qué tipo de cosas?

—Intentar besar mujeres de la nada. Por lo general, las llevo a una cita, y el beso es algo esperado.

«¿Una cita?».

—¿Esperado? —repitió en un murmuro—. No sé qué quiere decir. Hasta Tadhg, que era mi prometido, solo me besaba en la mejilla.

—Maldición... —soltó por lo bajo. A ella se le contrajo el pecho y supo por qué. Lo había sabido durante nueve años. Al fin y al cabo, uno no decidía dedicarle su vida a Dios sin saber por qué lo hacía—. Pensé que querías que te besara. Disculpa.

—Yo... creo que quería.

—¿Por qué quieres ser monja? Eres muy real y estás llena de vida. Eres una mujer hermosa. ¿De verdad te quieres encerrar en un convento?

Se había dicho que era porque de ese modo podía ser útil. Podía obrar bien en el mundo. Pero el verdadero motivo era otro. El verdadero motivo era algo que no estaba preparada para decir en voz alta. Algo tan profundo que decírselo a alguien la haría sonar infantil, como una muchacha que siempre corría tras su padre en el intento de que la amara.

El verdadero motivo era que en el fondo sabía que no era digna de amor. El único valor que tenía en el mundo era el mismo que el de una posesión. Nadie la querría como era. Y, con Dios, tenía una profunda sensación de paz, de que todo en su interior estaba bien.

Como no dijo nada, se acercó un paso más.

—¿Has sentido el llamado?

—¿El llamado?

—Bueno, eso es lo que dicen los sacerdotes y los pastores...

—Sí, sé de qué habla. El padre Nicholas, el sacerdote de Dornie, sintió el llamado de Dios.

—¿Y tú?

Tragó con dificultad antes de mirarlo a los ojos. Bajo la luz del sol, se veían muy cálidos y muy... dulces. Eran los ojos del hombre que había querido besarla. El mismo que la hacía sentir como una mujer. La hacía sentir que había mucho más de lo que había experimentado, sentido e incluso imaginado posible.

La observaba con calma. Era tan grande, alto y hermoso que la dejaba sin aliento. Y le hacía las preguntas que ella misma no se quería hacer.

—Yo... No, no puedo decir que haya tenido la misma experiencia que el padre Nicholas. Pero no significa que no la vaya a tener. O que mi camino no sea el correcto.

—No, claro que no. Mientras estés segura. No intento persuadirte de que cambies de parecer ni nada semejante.

—No me hará cambiar de parecer —le aseguró con una resolución tan feroz que se sorprendió a sí misma—. Nadie me puede hacer cambiar de parecer, *sir* James. Pasé nueve años esperando esto. Estoy lista desde los quince años. Solo esperé por el bien de mi hermano.

—Por supuesto. Solo tenía curiosidad.

—Pero no es solo curiosidad, ¿no, *sir* James? No cree en Dios. ¿Acaso intenta hacerme dudar de Él?

Negó con la cabeza y se rio.

—No.

—¿Me puede decir qué fue lo que lo llevó a ser así?

—¿Así...? ¿Cómo?

—Así de frío.

—¿Frío?

—Sí, frío. Y distante. ¿Cree que no lo veo? Observa todo como si ni siquiera estuviera aquí. Como si deseara estar en la cima de una torre. Es un mero observador que teme permitirse vivir. Y sentir. Y aceptar que hay algo más que no es capaz de comprender.

Su mirada se tornó oscura y le produjo un escalofrío.

—¿Frío? —repitió y dio un paso hacia ella. Catrìona dio uno hacia atrás—. Ardo por ti. —Con cada palabra avanzaba, y ella retrocedía con las piernas débiles. No veía dónde pisaba, lo único que veía era a él y su mirada en llamas. ¿Estaba a punto de besarla? —Te mostraré lo frío que soy —gruñó, y algo dulce y cálido se ciñó en su interior.

Cuando dio otro paso más, quebró una rama con el pie y oyó un siseo furioso que provenía del suelo.

—¡No te muevas! —le advirtió James—. Hagas lo que hagas, no te muevas.

Catrìona bajó la mirada. Al lado de las raíces de un gran árbol había un agujero que parecía una pequeña cueva. Y allí, bajo sus pies y entre las hojas caídas, el césped y las ramas, varios cuerpos cobrizos con patrones negros serpenteaban. Eran víboras. Dos de ellas eran largas y gordas mientras que las otras, quién sabía cuántas, eran más pequeñas.

Era un nido de serpientes y, a pesar de que las víboras solían ser criaturas tímidas, cuando se sentían amenazadas, mordían.

Una de ellas comenzó a elevar la cola con lentitud. Cerca de allí, había una rama caída en putrefacción, y la embistió con la cola. Eran las señales de que estaba lista para atacar.

Catrìona se conmocionó tanto que, sin pensar, dio otro paso hacia atrás... y sintió algo duro y mullido.

Por el rabillo del ojo vio una figura oscura y acto seguido sintió un dolor que le perforó el tobillo. Soltó un grito, y un fuego le arrasó la pierna. Dio un salto hacia atrás, pero fue un grave error. Otra serpiente la atacó con la velocidad de la luz y le mordió el pie.

Volvió a gritar, y el dolor le desgarró la pierna.

—Tranquila. —Unos brazos fuertes la tomaron de los codos—. Despacio, ven a mí.

De pronto, el suelo desapareció y James la recogió y la cargó hacia el tronco del árbol.

—De modo que sí hay un motivo para el nombre de la

montaña —masculló antes de depositarla sobre el tronco—. Montaña de Serpientes. Puede que sea una zona de nidos de serpientes.

—Debes chupar el veneno... —le dijo.

—Chupar el veneno no es efectivo. Necesitas un médico. Y un buen antisuero.

Allí comenzaba otra vez con las palabras extrañas. Catrìona tenía la cabeza mareada. Algo iba mal. La mordedura comenzaba a arderle cada vez más. Era como si un fuego líquido le recorriera la pierna. Pero eso no era lo peor: le costaba respirar, y se apresuraba a inhalar y exhalar. Se sentía mareada.

—Catrìona... —La voz de James reflejaba preocupación y comenzó a verlo borroso.

—Está bien. El veneno de las víboras solo es peligroso para los ancianos y los niños...

—Pero te encuentras débil porque estás ayunando...

Mientras señalaba eso, el mundo giró y la tierra se sacudió bajo sus pies. Le ardían los pulmones y le dolía el pecho.

—¡Catrìona!

Fue lo último que oyó antes de hundirse en la oscuridad total.

CAPÍTULO 17

James observó horrorizado cómo Catrìona ponía los ojos en blanco y se deslizaba del tronco.

La atrapó antes de que se golpeara la cabeza contra el suelo.

—¡Catrìona! —La recostó sobre el suelo y escuchó su pecho. Seguía respirando, pero con un sonido sibilante que no se detenía. ¿Acaso le estaría dando un choque anafiláctico?

El corazón le latió desbocado en el pecho y tenía los dedos más fríos que el hielo cuando le levantó la falda hasta la rodilla. Las mordidas no se veían inflamadas ni coloradas, solo se trataba de dos puntos rojos a ambos lados del tobillo y otros dos en el pie.

Volvió a oír su respiración. Seguía consistiendo de un silbido bajo y superficial. El pulso le latía rápido y debilitado.

Una capa de sudor frío lo cubrió. «Por favor, por favor, que viva...». Se lo rogó a quien fuera que estuviera oyéndolo... incluso a Dios.

La recogió y la llevó hasta la carreta, donde la depositó con cuidado. Luego se acercó al caballo y lo miró a los ojos.

—Escucha, amigo, tú y yo tenemos que salvarla. No tengo ni la más mínima idea de cómo conducir esta carreta, así que te ruego que colabores, ¿sí?

El caballo lo miró con los ojos de color chocolate. No tenía ni idea si lo había entendido, pero se sentía mejor. Le dio una palmada en el cuello y se subió en el asiento del conductor.

Echó un vistazo por encima del hombro para ver a Catrìona pálida, agitó las riendas, y el caballo se puso en marcha.

—¡Vamos! ¡Vamos! —exclamó—. ¡Al convento! ¡Vamos, amigo!

El caballo avanzó a paso lento por el camino. Luego, quizás a raíz de la urgencia en la voz de James, apretó el paso. De alguna manera, James se las ingenió para hacerlo correr y luego galopar. No sabía cuánto tiempo había pasado… pero era demasiado. Se sentía como un año. Pasaron volando por delante de árboles y arbustos, y la carreta se agitaba de un lado a otro en el desparejo camino pedroso. El viento le soplaba en el rostro, y algunas moscas se le pegaban en la nariz y las mejillas.

—¡Buen chico! ¡Vamos!

Por fin, en la cima de la colina, vio una edificación. Parecía una abadía o un convento y, cuanto más se acercaba, más seguro estaba de que era su destino. Había una pequeña capilla de granito, y una edificación de dos plantas que parecía un cuadrado grande. La capilla tenía una cruz en la cima de una torre baja, y había una entrada en arco con una cruz sobre ella y unas palabras talladas que no tuvo tiempo de leer.

Pero mientras subían la colina, la carreta disminuyó el paso. Y, antes de llegar a la cima, el caballo comenzó a tambalearse y a mover la cabeza arriba y abajo al tiempo que resoplaba. Por último, se detuvo, clavó la vista en el suelo y se quedó quieto respirando agitado. La pobre criatura no lo lograría.

James se puso de pie en la carreta y gritó a todo pulmón:

—¡Ayuda! ¡Ayuda, por favor!

Se metió en la carreta y levantó a Catrìona, que estaba demasiado delgada y liviana. Con cuidado, se bajó y echó a correr colina arriba con el pulso latiéndole en la sien.

—¡Ayuda! —continuó gritando mientras corría por el césped, las piedras y el musgo—. ¡Ayuda, por favor!

De a poco, se fue aproximando al convento. ¡Pero avanzaba muy lento! El pecho le ardía y, mientras seguía corriendo, los pies le rebotaban contra el suelo. Por fin, tras lo que pareció un siglo, se abrió la puerta arqueada y una monja que llevaba puesto el hábito se asomó con los ojos abiertos de par en par.

—¡Busca a la abadesa! ¡A Catrìona Mackenzie la mordió una serpiente y se está muriendo!

~

Catrìona estaba muy cálida. Demasiado cálida. El fuego la consumía. Un dolor distante le partía la cabeza. El pecho también le dolía, y tenía problemas para respirar.

Era probable que estuviera viva. Abrió los ojos, y los párpados le pesaron. Se dio cuenta de que tenía fiebre.

La habitación estaba casi en penumbras, la única fuente de luz era una vela que titilaba en algún punto cerca. Estaba... no sabía dónde estaba. Era una habitación sencilla con paredes de piedra ásperas y la forma de una cruz coronaba una puerta simple... Miró a la derecha, y algo le invadió el corazón y le produjo una explosión de felicidad.

Sir James se encontraba sentado en una silla a su lado, junto al baúl sobre el que había una vela de sebo, un cuenco de arcilla con agua y trapos de lino limpios. Estaba dormido, tenía el mentón apoyado contra el pecho y los ojos cerrados. Veía todo borroso, pero podía distinguir los atractivos rasgos con nitidez: la nariz recta, el mentón cuadrado bajo la barba incipiente y los pómulos altos. Recordó que casi la besó... Luego la serpiente... Y, por último, su grito preocupado: «¡Catrìona!».

Cielos, la había vuelto a salvar. La primera vez casi se cae de las escaleras luego de ver el fuego que había creado con la caja anaranjada. Y ahora, por segunda vez, la salvaba de las mordeduras de las serpientes. Había encontrado el convento, aunque nunca comprendería cómo lo había logrado.

Estaba prohibido que *sir* James entrara en el convento. Un hombre solo podía ingresar si estaba herido o enfermo... Supuso que la abadesa había hecho una excepción por él. Además, él no haría nada malo.

Un estremecimiento la recorrió, y supo que le estaba subiendo la fiebre. Cuando se volvió para observarlo mejor, la cama de madera soltó un chillido. James abrió los ojos y alzó la cabeza para mirarla.

—Catrìona. —Se arrodilló al lado de la cama y le tomó las manos entre las suyas. Le besó los nudillos, y, a pesar de que le dolían los músculos, los labios fríos contra la mano caliente le provocaron una sensación de alivio—. Me arrepiento mucho de haberte asustado y haberte hecho retroceder. Te prometo que nunca volveré a hacer nada en contra de tu voluntad. ¿Cómo te sientes?

—No te preocupes, estoy bien.

—¿Quieres que llame a la abadesa?

—No, aún no. Quédate.

Se veía tan atractivo bajo la luz amarilla de la vela. Tenía los labios muy cerca de ella, y los ojos oscuros e intensos.

—¿Puedes respirar bien? —le preguntó.

Tomó una bocanada de aire.

—Sí.

—¿Te duele?

—Ya no.

—Qué bueno.

Recordó sus ojos cuando se acercó a ella... «No creo que pueda seguir respirando si no te beso». Sus ojos habían ardido y brillado con una intensidad que le había derretido los huesos.

Le miró los labios. Eran unos labios carnosos, hermosos y masculinos...

La Montaña de Serpientes, con las víboras que la habían mordido... Era todo lo opuesto a la que había tentado a Eva. Las serpientes de esa montaña habían evitado que besara a James.

Por eso, si moría, nunca sentiría los labios de James sobre los suyos. A lo mejor era su mente mareada, pero la embargó un profundo arrepentimiento al pensar en eso. Y, como le costaba tanto pensar, podía permitir que su cuerpo la dominara. Estiró las manos y lo acercó hasta poder oler su aroma misterioso y masculino mientras él la miraba con la intensidad de un hombre sediento que observaba un vaso de agua.

—No puedo... No te encuentras bien...

—Quizás tu beso sea lo único que pueda salvarme... —susurró. Le tomó el rostro entre sus manos, se acercó a él y le apretó los labios contra los suyos.

Los sintió fríos en comparación con los suyos e inesperadamente suaves. Sintió como si cayera en una nube. La necesidad de disolverse en él, de convertirse en una, aumentó tanto que lo acercó más. La barba corta le rozaba la piel e intensificaba todas las sensaciones febriles.

Una suerte de demonio le debió haber inyectado vino de miel cálida en la sangre y por eso debía estar caliente y maleable como la cera derretida, por eso debía querer hacerle cosas... como tocarlo sin prendas y frotarse contra él como una gata.

James se detuvo y se apartó.

Se había acabado. Su primer beso. Ahora podía morir. Más tarde podría pensar en el hecho de que había pecado con un hombre en un convento. Había profanado la casa de Dios. Pero eso vendría más tarde. Ahora seguía ardiendo.

—Catrìona, tesoro, estás ardiendo. Tienes mucha fiebre.

—Lo sé... —le dijo.

James buscó la copa de agua que había sobre el baúl.

—Ten, bebe.

Mientras bebía y le agradecía a Dios por la bondad del agua, James humedeció uno de los trapos en el cuenco y se lo colocó sobre la frente. La sensación de frío contra la piel cálida le provocó dolor, pero también le trajo alivio.

De momento, dejó que el primer hombre al que había besado

la cuidara, le colocara trapos húmedos en la frente y le diera de beber agua.

Y mientras se hundía en otro olvido ardiente, rezó por no haber soñado con ese beso.

Pero si había sido real, ¿cómo podría dejar de desear más?

CAPÍTULO 18

Tras dos días de fiebre, Catrìona disfrutó recorrer el pasillo en penumbras del claustro y las paredes doradas por los rayos del sol del atardecer. Observó a las monjas que trabajaban en el pequeño jardín en el medio del recinto, y el corazón se le llenó de paz.

A pesar de que allí había mucha tranquilidad, estaba lista para regresar a Eilean Donan. La abadesa había permitido que James se quedara con Catrìona mientras se encontraba enferma, pero ahora que estaba lista para partir, la esperaba en la carreta afuera del convento de Santa Margarita.

Las paredes del claustro rodeaban un patio cuadrado y le daban una sensación de protección y paz. Cuando fuera a vivir allí, no tendría que preocuparse por ningún hombre, ni por que alguien la amara o no o por que algún hombre fuera a definir su futuro, su bienestar o lo que pensaba acerca de sí misma.

Sería la esposa de Dios.

¿Podría Dios perdonarla por haber besado a otro hombre en Su casa? El pensamiento le pesó del cuello como una piedra.

Pero debía llevar a cabo lo que había ido a hacer allí. Al final del pasillo, vio la figura alta de la abadesa Laurentia y se apresuró a seguirla.

—Abadesa Laurentia, necesito hablar con usted —le dijo.

La abadesa tenía la gracia de una mujer noble que había recibido educación. Tenía unos cincuenta años, un rostro alargado y bonito con la piel traslúcida y unos ojos marrones bondadosos que casi carecían de pestañas. Parecían capaces de ver lo que yacía en el fondo de su alma.

La abadesa Laurentia le dijo algo a una monja que caminaba a su lado y se apresuró a marcharse. Luego se volvió hacia Catrìona.

—Que Dios te bendiga, hija. ¿Te sientes mejor?

Catrìona asintió.

—Sí, mucho mejor, gracias. De no ser por usted, podría estar con Dios en este momento.

—*Sir* James te trajo aquí rápido, eso fue importante.

Catrìona bajó la mirada a los pies. Si la abadesa se enterara de lo que había hecho...

—El motivo por el que vine a verla tiene que ver con mi hermano, Laomann. Creemos que lo han envenenado a él y a otro hombre en el castillo.

La abadesa frunció el ceño.

—¿Envenenado? Es una acusación seria.

—Sí, y todo parece implicar a Finn Panza Grande, pero aún no sabemos cuál fue el veneno y si él lo tenía.

—Oh. —Le colocó la mano sobre el hombro y la condujo por el pasillo. Catrìona sabía que se dirigían hacia la sacristía, donde guardaban los recipientes más preciosos para el altar y también varios manuscritos. —Cuéntamelo todo.

En presencia de la abadesa, siempre había tenido una profunda sensación de paz, y ahora sintió como si la mano de la mujer la hubiera cubierto con un velo de alivio y completitud. Sea lo que fuera que el beso de *sir* James le hubiera provocado, había hecho bien en ir allí. Cualquier duda que había tenido se evaporó. La protección de esas murallas y el roce amable de la abadesa, junto con el aroma a incienso, hierbas y polvo de piedras que permeaba el aire, eran como un amuleto de protección contra las ilusiones temporales. Como la ilusión de que convertirse en monja podría ser la decisión equivocada.

Mientras caminaban, le contó todo lo que sabía acerca de la enfermedad de Laomann. Le contó los eventos que habían ocurrido sin obviar ningún detalle, en especial los síntomas: el dolor, la diarrea, los vómitos, la pérdida de consciencia y lo que había comido y bebido Laomann.

Pasaron por el refectorio, que como siempre se hallaba limpio y ordenado y olía a madera pulida. Luego se adentraron en el ala oeste y se dirigieron a la oficina de la abadesa.

Como solo había una ventana en vertical, la iluminación allí era escasa. Cuando la abadesa encendió una vela de sebo, el olor acre a grasa de animal quemada permeó el aire.

Acto seguido, se acercó a una estantería detrás del escritorio y dijo:

—Tengo un manuscrito de medicina aquí.

Solo había una docena de libros en la estantería, y Catrìona sabía lo preciados que eran. Poseían conocimiento invaluable acerca de medicina, hierbas y la Biblia, además de otras temáticas. Gracias al deseo de su padre de mantener a sus hijos ignorantes y dependientes, Catrìona era una excepción entre las damas nobles y no sabía leer ni escribir. Ansiaba aprender a hacerlo para ser capaz de leer esos libros por cuenta propia.

Muchos de ellos eran antiguos y quizás hasta tenían cientos de años. El libro que tomó la abadesa era grande y pesado, y cuando lo colocó sobre el escritorio antes de abrirlo, Catrìona vio las páginas amarillentas. Contenía dibujos de plantas y debajo de ellos, textos. Nerviosa, tragó con dificultad. Ansiaba conocer los secretos de todas esas plantas y hierbas y no veía la hora de convertirse en la sanadora experta que era la abadesa.

—A ver... —comenzó la abadesa mientras pasaba las páginas con rapidez—. Tanto la diarrea, como los vómitos y el dolor abdominal son síntomas comunes —murmuró—. En base a lo que mencionas, a los escalofríos y la debilidad en las extremidades, y al ardor y la sequedad en la boca, quiere decir que hay daño en los nervios. Y eso sugiere que utilizaron una planta analgésica, pero hay varias con esas propiedades. —Pasó las páginas con más rapidez—. La *Actaea rubra*... el acónito...

—Finn me vendió grosellas negras. ¿Podrían haber sido bayas de la *Actaea rubra*?

—Quizás, pero mencionaste otros síntomas. Alucinaciones, el latido acelerado del corazón y, el más interesante es la dificultad para orinar...

Luego, de repente, se detuvo y se inclinó contra el libro para trazar el texto bajo el dibujo de una planta con el dedo.

—Sí... —Alzó la mirada—. Creo que sé lo que es. —Con el dedo índice señaló la imagen.

—Mandrágora.

Catriona frunció el ceño.

—¿Mandrágora? Pero por lo general no se la usa para envenenar a alguien.

—Claro, es analgésica. Es una planta muy exótica. Tanto es así, que algunos piensan que se trata de una planta misteriosa que cultivan los hechiceros. Por supuesto que es una tontería. Yo no he visto demasiadas en mi vida, pero es uno de los mejores analgésicos. Y, con la dosis adecuada, puede causar la muerte.

Catriona frunció el ceño aún más. Si un libro de medicina contenía ese conocimiento y hasta la abadesa había tenido que investigarlo, ¿quién en el castillo sabría cómo utilizar la mandrágora? ¿Quién sabría que se necesitaba esa cantidad para matar a alguien?

La respuesta más obvia era...

El rostro se le tornó sombrío. Alguien que sabía mucho acerca de las plantas y tenía acceso a hierbas exóticas. Alguien que tenía un motivo para querer lastimar a Laomann. Alguien que pudiera ocultarse bajo el disfraz de un amigo del clan.

—Finn... —murmuró y miró a la abadesa a los ojos, que reflejaban sabiduría y preocupación.

—¿Crees que envenenó a tu hermano?

Catriona ansiaba negar con la cabeza con desesperación.

Quería volver a asegurarse de que Finn no podría haberlo hecho. Quería decírselo a la abadesa. Hasta donde sabía, Finn no tenía ningún motivo para lastimar a Tadhg. Sin embargo, había mucho que desconocía.

Sumergida en sus pensamientos, negó con la cabeza.

—No creo. No. No lo haría.

—Sí, hija, debes estar segura antes de acusar a alguien.

Catrìona asintió.

—A *sir* James le parecerá muy interesante esta información.

Se sentía mal hablar de James en la oficina de la abadesa. Como si ese demonio dulce de lujuria, pecado y todo lo que se sentía bien fuera capaz de aparecerse allí mismo y llenarla de dudas de nuevo.

—Es muy bueno para resolver misterios.

—Qué bueno. Rezaré porque esto los ayude a los dos. Y espero que encuentren al responsable del envenenamiento de Laomann. Rezaré por su alma.

Catrìona se puso de pie.

—Gracias, abadesa.

—¿Te veré por aquí?

Catrìona la miró y sintió un nudo doloroso en la garganta.

—¿Por qué? ¿Duda de mí?

La abadesa le sonrió con tristeza.

—No dudo de ti, muchacha dulce. Pero... hay algo distinto en ti.

—¿Cómo dice?

La abadesa soltó un suspiro.

—Estás muy pensativa, y ese brillo en los ojos, ese entusiasmo que veía en ti cada vez que venías ya no está. Pero lo he visto cuando mencionas a *sir* James.

Catrìona abrió y cerró la boca.

—¿*Sir* James?

La abadesa sonrió.

—No hay nada de malo con enamorarse. Yo estaba enamorada de mi marido cuando me casé.

Catrìona parpadeó.

—¿Y aun así se convirtió en monja? ¿Por qué?

—Falleció. Y no tenía niños. Su hermano se convirtió en *laird* y me dijo que no se haría cargo de mí. A menudo, es la única opción que tienen las mujeres que se encuentran en mi posición.

Catrìona asintió sin decir nada.

—Pero, a diferencia de esas mujeres, tú tienes opciones —continuó—. Puedes cambiar de parecer.

Negó con la cabeza obstinada.

—No lo haré. Ya le he dado mi palabra.

—No me has dado tu palabra. —Le sonrió—. Además, prefiero tener a una monja que sabe que quiere esto. ¿Alguna vez has deseado tener una vida secular?

Catrìona asintió.

—Sí, una vez estuve comprometida. Quería niños y un marido... todo eso.

—¿Aún quieres esas cosas?

Abrió la boca para responder que no. Que ya no deseaba nada de eso. Pero las palabras se negaron a salir. Y no le quiso mentir a la abadesa. Se limitó a inhalar profundo.

—Rece por mí, abadesa Laurentia. Por favor, rece por mí, por Laomann y por mi clan. Tengo que asegurarme de que mi hermano y mi clan están a salvo, pero regresaré luego de los Juegos de las Tierras Altas.

Pero tras decir esas palabras, supo que había cometido otro pecado: acababa de mentir.

CAPÍTULO 19

James estaba de pie en el patio interior y observaba la figura delgada de Catrìona en el vestido holgado de color marrón avanzar hacia la fortaleza para ver cómo se encontraban Laomann y Tadhg.

Los últimos tres días que había pasado con ella habían sido la mejor aventura de su vida. Habían sido excitantes e inolvidables. De alguna manera, supo que nunca volvería a ser el mismo.

El beso... Aún no sabía qué lo había llevado a romper las cadenas de la precaución y dejar que lo besara. Bueno, lo había deseado tanto que no creía que existiera un poder lo suficientemente fuerte como para mantenerlo alejado de ella.

El viaje de regreso había transcurrido en silencio al principio. Luego, a su manera, comenzaron a hablar. La conversación fluyó con naturalidad. Le había preguntado acerca de su vida, de Rogene y David y lo que había ocurrido desde mayo. Luego indagó sobre Eufemia de Ross y los eventos que condujeron a que le declarara la guerra al clan Mackenzie.

Luego Catrìona le contó lo que a abadesa le había dicho acerca de la mandrágora. Que por lo general se usaba como analgésico y no para envenenar a las personas. Que era una hierba exótica y difícil de encontrar y que por eso nunca la había utilizado ni había sospechado que podría matar a alguien si se usaban altas dosis.

El sospechoso más obvio era Finn, y para confirmarlo, James tendría que revisarle las pertenencias y pedirle a Catrìona que se cerciorara de que no tenía mandrágora. Al planteárselo, le vio duda en los ojos, y ella le respondió que seguía creyendo en su inocencia. Pero mentía. Lo supo por el modo en que se le quebró la voz y en que frunció el ceño mientras negaba vehemente con la cabeza.

Cuando llegó a la entrada de la fortaleza, se volvió hacia él, y sus miradas se encontraron. De pie a unos tres metros de ella, sintió que el corazón se salteaba un latido. Se veía dulce y casi fantasmagórica en la luz crepuscular del atardecer. Ya no le parecía un ángel, sino una visión de otro mundo. Tan distante y hermosa que no se veía real. Recordó las palabras de Sìneag: «Catrìona. Es una muchacha dulce y es el amor de tu vida». El maldito amor de su vida...

Con un dolor leve en el pecho, le dio la espalda. No quería hacerlo. De hecho, quería cruzar la distancia que los separaba, besarla, enterrarle el rostro en el cabello e inhalar el aroma a sábanas limpias, césped y flores silvestres. Quería tomarla en los brazos y llevársela lejos de allí, a un sitio donde pudieran estar a solas y ser felices.

Pero no lo hizo. ¿Qué lograría con eso? Ella quería convertirse en monja. Él tenía que regresar al siglo XXI. Había tenido a Emily y al bebé presentes en la mente todos los días, pero cada vez menos cuanto más tiempo pasaba allí. El pensamiento se sintió como una puñalada en el estómago. Pero ¿qué le pasaba que se olvidaba de su propia familia cuando le había prometido a su hermana que la ayudaría y estaría a su lado?

Debería irse corriendo al calabozo, apoyar la palma contra la piedra y regresar. ¿Cómo podía estar jugando al romance con una mujer medieval? ¿Cómo podía besarla, pensar en ella e imaginar cómo sería estar con ella?

A pesar de todo, no podía dejarla en peligro. Debía resolver ese misterio. Estaban cerca de hacerlo. Si hallaban mandrágora en las pertenencias de Finn, no habría dudas de que sería un sospechoso. Luego sería cuestión de hacerlo confesar, y James sabía cómo hacerlo. Pronto regresaría a casa, se prometió. «Solo aguanta un poco más».

James se obligó a mover los pies pesados y caminó al lado del muro inhalando el aroma a lago de las Tierras Altas mezclado con los aromas agradables de la vegetación y la leña. Al pasar por delante de la cocina, se dio cuenta de que ahora podía identificar más olores que antes. Ahora podía distinguir con claridad el pan, los nabos y la carne asada, así como también la cebolla y el ajo hervidos. Por lo general, su sentido del olfato se veía debilitado por la nicotina y el aroma acre del humo del cigarrillo. El aire fresco y limpio le hizo sentir cosquillas en los pulmones, y tosió.

Luego de que lo liberaran de la mazmorra, le habían dado un colchón en las barracas, junto a los otros guerreros. Mientras se aproximaba a la edificación, una figura alta y musculosa apareció por detrás de las barracas silbando una melodía que James no conocía. Mientras el hombre avanzaba hacia las puertas, reconoció el andar de Raghnall. Rotaba algo en la mano... ¿Era un cuchillo?

James lo observó pensativo durante unos instantes y se preguntó por qué habría regresado al clan luego de pasar tantos años alejado de allí. Hizo una nota mental de interrogarlo al respeto y reemprendió el camino. A unos tres metros de la entrada, oyó un sonido extraño que se parecía a un gemido. Se detuvo, pero no estaba seguro de si se trataba de un búho o alguien desde arriba del muro.

De pronto lo volvió a oír. Era un gemido.

—¿Hola? —James miró alrededor con frenesí—. ¿Quién anda ahí?

No hubo respuesta.

Con los ojos escaneó la esquina de la edificación de madera y vio la punta de un zapato puntiagudo que asomaba por un pequeño parche de césped.

—Maldición —masculló y echó a correr hacia el hombre caído.

Lo que vio, lo dejó congelado. En la luz grisácea del crepúsculo, yacía Laomann, con una herida grande y casi negra en el lateral de la que manaba sangre hacia el césped. Laomann se aferraba a la herida, abría y cerraba la boca y emitía los gemidos débiles que había oído.

—Diablos... —soltó antes de arrodillarse para examinar la herida. Necesitaba luz, no podía ver nada. ¿Dónde estaba su encendedor cuando más lo necesitaba?

—¡Guardias! —gritó a todo pulmón.

—¿Quién es? —respondió una voz desde el muro.

—¡Alguien apuñaló al *laird*! ¡Llamen a Catrìona! —ordenó—. ¡De prisa!

Oyó unas voces amortiguadas seguidas del sonido de pasos acelerados que le indicaron que se acercaban los centinelas. James se quitó la túnica por la cabeza. A pesar de que no estaba limpia, era lo mejor que tenía a mano y se la apretó contra la herida.

—Aguanta, Laomann —le dijo ignorando el viento frío del anochecer contra la piel sudada de la espalda.

—¿*Sir* James? —Aunque aún no la podía ver, la voz hizo que se le ciñera el estómago de anticipación.

La luz de las antorchas se aproximó, y alzó la vista a las figuras que se acercaban. Catrìona tenía los ojos abiertos de par en par y miraba a James y a Laomann. Detestaba verla de ese modo. Estaba preocupada y asustada.

Dos hombres que llevaban antorchas en las manos se detuvieron a sus espaldas. Catrìona se arrodilló.

—Oh, Laomann.

—Está vivo —le dijo James.

—Oh, santo cielo —murmuró mientras apoyaba la mano sobre la de él para moverla con cuidado y examinar la herida—. ¡Oh, no, Laomann! ¿Quién fue?

James recordó la imagen de Raghnall alejándose con un

cuchillo en la mano. Pero no acusaría a nadie sin ninguna prueba concreta, en especial considerando cómo eran los castigos medievales y la justicia de masas.

—No lo sé.

—Tengo que suturarlo...

—Te ayudaré —se ofreció James e ignoró la pesadez en las extremidades a raíz del día agotador que había tenido.

—Tenemos que llevarlo adentro —les dijo a los centinelas—. Vayan a buscar una camilla. No podemos permitir que siga perdiendo sangre.

Un hombre echó a correr y regresó al cabo de un instante con una camilla sencilla. Los centinelas levantaron a Laomann y lo colocaron sobre ella antes de llevarlo a la fortaleza y subir las escaleras que conducían a la recámara del señor. La habitación se encontraba vacía, pero el fuego seguía ardiendo, y las llamas jugaban con intensidad. De seguro, Catrìona no encontraría un sitio más iluminado en todo el castillo.

Los hombres lo llevaron al hogar, y Catrìona les pidió que acercaran la mesa grande, buscaran a la mayor cantidad de hombres posibles y le trajeran todas las antorchas que pudieran encontrar. Por último, envió a otro centinela a buscar la cesta de medicamentos que había dejado en el gran salón.

—También vamos a necesitar mucha agua —añadió James—. Hervida.

Catrìona frunció el ceño.

—¿Agua «hervida»?

—Sí, es mejor utilizarla para limpiar la herida —repuso James—. De ese modo, se reduce el riesgo de infección... o putrefacción, como dices tú.

Negó la cabeza confundida.

—Pero ¿cómo puede el agua hervida...?

James la interrumpió.

—Por favor, confía en mí. —Miró al centinela—. Agua hervida. Quizás haya en la cocina. También necesitamos otro caldero o una olla con agua, tenemos que hervir los trapos, las agujas y los hilos que utilizaremos en la cirugía.

El centinela miró a Catrìona con el ceño fruncido, pero cuando ella asintió con la cabeza, se apresuró a marcharse.

—¿Acaso no utilizan vinagre en Oxford?

—¿Vinagre?

Oh, claro, de seguro era lo más cercano a un líquido antibacteriano en la Edad Media.

—El *whisky* funcionaría mejor.

—¿*Uisge*?

—Sí, *uisge*. Y hervir los trapos y los instrumentos quirúrgicos en el agua. Son algunos de los últimos avances en el campo de la medicina. —Estaba improvisando y detestaba tener que mentirle—. Quizás aún no han oído de ellos en las Tierras Altas, pero si quieres que tu hermano viva, debes confiar en mí.

Sin dejar de apretar la herida de Laomann, negó con la cabeza y miró el cuerpo inmóvil de su hermano. Parpadeó.

—Haré lo que pueda. El resto está en manos de Dios.

De pronto, se desató el infierno. Mairead entró en la habitación llorando y gritando. Los hombres regresaron con las antorchas, y el espacio se iluminó con una intensa luz naranja que bailaba y proyectaba sombras por doquier. Se oyeron pasos que resonaban por las escaleras y anunciaban la llegada de más centinelas que cargaban dos calderos. Colocaron uno sobre el hogar y el otro delante de Catrìona y James. El aroma a comida y sangre, combinado con el humo de las antorchas y el hedor de los cuerpos sucios, hizo que se le revolviera el estómago.

Catrìona comenzó a impartir órdenes. Los centinelas se quedaron de pie en un círculo alrededor del *laird* sosteniendo las antorchas. James le pidió a uno que hirviera los instrumentos en el caldero que habían colocado en el hogar. A pesar de que frunció el ceño, Catrìona asintió y envió a otro hombre a buscar el *uisge* de Angus en la despensa subterránea. Acto seguido, comenzó a impartirle órdenes a James. Le pidió que sostuviera los bordes de la herida juntos mientras lavaba y limpiaba la zona con el agua recién hervida. James vio trozos de cebolla y nabos flotando en el agua, y supuso que allí los cocineros hervían la comida. Sin embargo, una nube de vapor salía del caldero, lo que indicaba que el agua estaba lo más esterilizada posible.

A continuación, Catrìona limpió la herida con el vinagre que alguien le había traído, y James le echó un vistazo a Laomann. Era bueno que se encontrara inconsciente, porque el dolor que el líquido producía contra la herida abierta debía de ser terrible. Cuando trajeron el *uisge*, los instrumentos estaban listos en el caldero de agua hirviendo, y James ayudó al centinela a colocarlos encima de un trapo limpio y seco sobre la mesa. Catrìona aguardó a que la aguja se enfriara para comenzar a suturarlo. La herida era profunda, y era imposible saber si le había perforado el riñón o los intestinos. Si ese era el caso, James dudaba que el *laird* fuera a sobrevivir.

Mientras ella trabajaba, James controlaba el pulso de Laomann. Lo sintió débil y lento, pero estaba allí. Aunque Catrìona se mostraba sorprendida cada vez que lo hacía, no dijo nada. Cuando terminó, colocó una capa de bálsamo de miel y grasa de oso sobre la herida.

Mairead se aferró a ella, le pasó los brazos por el cuello y sollozó. Catrìona se mantuvo erguida, con el rostro sombrío, y la abrazó y le dio unas palmadas en el hombro. Sin embargo, detrás de esa expresión había temor y tristeza, James supo que mantenía el rostro sombrío para mostrar fuerza de voluntad y evitar deshacerse como su cuñada.

—Está bien —susurró Catrìona—. No te preocupes. Hemos hecho todo lo posible. Ahora está en las manos de Dios, hermana.

—Oh, Catrìona... —sollozó Mairead.

—Me quedaré con él —le aseguró—. Ve a descansar. Necesitas todas tus fuerzas para Ualan.

—No, debes estar exhausta...

—Estaré bien. Ve.

—Me quedaré con ella —le aseguró James.

Lo cierto era que anhelaba una cama; el viaje y los sucesos de los últimos días lo habían dejado exhausto. Le dolían las extremidades, tenía los párpados pesados, y el cuerpo le cosquilleaba del cansancio.

—Sí, alguien debería quedarse con ella —acordó Mairead—. Gracias, hermana.

Catrìona le apretó la mano y le sonrió débil. Luego permitió que los centinelas se marcharan y, cuando se quedó a solas con James y el *laird* inconsciente, se dio cuenta por primera vez de lo agotada que estaba. Tenía los ojos rojos y apagados, los labios secos y pálidos y los párpados pesados. Soltó un suspiro y se sentó en el banco al lado de su hermano.

James no creyó haber sentido más respeto y admiración por nadie en su vida.

—Ve a dormir, Catrìona —le dijo—. Me quedaré con él y te buscaré si hay algún cambio.

Pero ella se negó.

—No puedo.

—Entonces duerme aquí —le ofreció—. Me quedaré despierto.

Lo miró con el ceño fruncido. James le sonrió y asintió hacia las pieles de zorro y lobo que cubrían los bancos. Avanzó hacia ella, tomó una piel de lobo y la colocó sobre el asiento antes de sentarse al lado de ella y darse una palmada en el muslo.

—Recuéstate aquí —le dijo—. Te cuidaré.

Algo destelló en sus ojos y, por un instante, pareció una niña asustada. Luego soltó un suspiro, asintió, se recostó de lado y le apoyó la cabeza sobre el muslo. James la cubrió con otra piel de lobo y apoyó la espalda contra el costado de una mesa. Como no sabía qué hacer con el brazo, lo puso contra el lateral de Catrìona.

Para su sorpresa, no lo regañó. Se limitó a exhalar en paz y hundirse en él. Tenía el cabello dorado derramado sobre el muslo, y James tuvo ganas de pasarle la mano y descubrir si era tan sedoso como parecía.

En breve, comenzó a respirar a un ritmo parejo, y James se quedó sentado observándole el rostro lleno de paz. Una vez, cuando era niño, se las había ingeniado para que un gorrión se le sentara en la palma de la mano a picotear migas de pan. En ese momento, se sentía igual. Apenas podía respirar. Temía asustar a la criatura maravillosa y exótica que había confiado en él. Porque no era *sir* James de Oxford del siglo XIV. Era un policía del siglo XXI. Cientos de años los separaban, y eso era más implacable que cientos o miles de kilómetros. Y si le decía la verdad, asustaría al gorrión, y jamás volvería a regresar a él.

Debía marcharse. Al día siguiente, luego de lidiar con Finn.

CAPÍTULO 20

—Por todos los cielos, ¿qué es esto?

La voz tronadora despertó a Catrìona de un salto y le hizo abandonar la suave y cálida sensación de seguridad en la que había estado envuelta. La piel de lobo que la cubría se deslizó al suelo. Parpadeó para quitarse el velo pesado del sueño y se frotó los ojos. *Sir* James estaba sentado a su lado sin la camiseta...

Se quedó petrificada, parpadeó al ver el poderoso pecho cubierto de una mata de vello castaño claro, el estómago duro y los hombros anchos y musculosos. Tenía la vista clavada en la entrada de la recámara del señor. Laomann yacía en la mesa, cubierto con varias mantas y tan inmóvil como un cadáver.

El fuego se había apagado. Una luz grisácea se colaba por las ventanas verticales.

¿Había dormido toda la noche?

Tadhg se hallaba de pie en el umbral apoyado contra la muletilla y con una pierna flexionada.

Los recuerdos del día anterior le invadieron la mente como una cascada. Laomann... *Sir* James lo había encontrado... Y habían trabajado juntos para cerrar la herida y salvarle la vida.

¡Oh, por Dios! Había apoyado la cabeza en el regazo de *sir*

James... Se había sentido como si nunca antes en su vida hubiera estado más a salvo o más en paz...

El calor le devolvió el color a sus mejillas, y bajó los pies del banco para apoyarlos en el suelo. Se volvió hacia Tadhg y se puso de pie. Por todos los cielos, ¿por qué sentía como si los hubiera descubierto pecando?

—Tadhg, ¿qué haces aquí? —le preguntó pasándose las manos por el vestido para alisar las arrugas—. Debes guardar reposo. ¡Tienes las costillas rotas, por el amor de Dios!

Tadhg fulminó a *sir* James con la mirada como si fuera su enemigo mortal.

—Estoy bien —masculló con los dientes apretados—. ¿Qué sucede aquí? ¿Acaso este *sassenach* te ha hecho algo, Cat? ¿Por qué estabas a solas con él?

Catrìona suspiró y avanzó hasta la mesa para examinar a Laomann. Le apoyó el oído contra el pecho para oír el latido del corazón.

—No pasó nada. —El latido era débil, pero algo más fuerte que la noche anterior—. *Sir* James me ayudó a salvar a mi hermano.

Sir James se puso de pie con el pecho al descubierto y tan hermoso que perdió la capacidad de pensamiento durante un instante.

—Alguien atacó a Laomann —le informó—. ¿Has oído o notado algo?

Tadhg se adentró en la recámara, y la muleta resonó contra el suelo de madera.

—¿Cuándo?

—Lo encontré al atardecer —respondió.

Catrìona levantó el vendaje para examinar la herida. Estaba hinchada y roja, pero no vio ninguna señal de putrefacción aún.

—¿«Tú»? —señaló Tadhg.

—Sí.

—¿Cómo?

Sir James se acercó a Tadhg. Catrìona apoyó el reverso de la mano contra la frente del *laird*. Estaba algo cálido, pero era normal tras la cirugía.

—Lo oí gruñir y lo encontré detrás de las barracas.

—¡Señora Catrìona! —exclamó alguien a espaldas de Tadhg—. ¿Dónde está la señora?

Tadhg se volvió hacia la puerta.

—¡Está aquí!

Seis hombres cruzaron la puerta arqueada y miraron alrededor. Todos eran centinelas del castillo, y James reconoció a Gille-Crìosd, que vivía en Dornie y había atacado a Finn.

Gille-Crìosd señaló a James.

—Es él, ¿no?

Ailig estiró el brazo y abrió la palma para exhibir una daga con la hoja marrón por la sangre seca. El resto se apresuró al lado de James y lo sujetó de los hombros y brazos.

—Mire lo que encontré entre sus cosas, señora —continuó Ailig—. La daga ensangrentada. ¡Intentó asesinar al *laird*!

Catrìona sintió la conmoción como una bofetada. Enderezó los hombros y se volvió hacia James, que fruncía el elegante ceño hasta formar una línea recta y tenía los ojos marrones echando chispas.

Ailig se acercó a Catrìona para mostrarle el arma.

—Mire, es una daga inglesa. —Le mostró los tres leones que conformaban el símbolo de la corona inglesa en el mango—. Todo comenzó cuando llegó, ¿no? Ese mismo día.

—¡Sí, el mismo día! —se apresuró a confirmar Gille-Crìosd—. ¡Y luego protegió a Finn Panza Grande y dijo una sarta de patrañas acerca de viajar en el tiempo e invocar demonios!

—No dejes que te llenen la cabeza, Catrìona —le dijo *sir* James—. Esa daga no es mía. Y aún debemos ver si encontramos mandrágora entre las pertenencias de Finn. Y averiguar dónde estuvo anoche.

Lo cierto era que tenían que interrogar a Finn acerca de la mandrágora, y Catrìona quería creerle. Pero la daga era inglesa,

¿quién más podría tener ese tipo de arma? Además, la habían encontrado entre sus pertenencias...

—El *sassenach* es el que envenenó al *laird* —señaló Ailig—. Y luego lo apuñaló.

—Y me podría haber empujado del muro... —añadió Tadhg.

—¡Y apuñaló al *laird*! —gritó Gille-Crìosd—. ¡Matémoslo! ¡Yo digo que lo matemos!

A Catrìona le temblaron las manos.

—¡Se equivocan! *Sir* James me ha estado ayudando desde el principio. Me ayudó a salvar la vida de Laomann anoche.

—Bueno, puede que pretenda estar ayudando —sostuvo Tadhg para alimentar la sed de sangre de los furiosos centinelas —. Es la coartada perfecta, ¿no?

Lo era. Le echó un vistazo a *sir* James. ¿Qué sabía en realidad acerca de él? No tenía ni idea de cómo era su familia, quiénes eran sus padres, si era terrateniente o no. Por no mencionar todas las cosas extrañas que hacía, como crear fuego con una caja, y las que decía, como lo de invocar demonios o utilizar *uisge* en lugar de vinagre o hervir los instrumentos quirúrgicos... Todo eso sonaba de lo más raro. ¿Y si, en vez de ayudarla a limpiar la herida y los instrumentos que había utilizado la había convencido de causarle más daño a Laomann?

Pero la sensación de seguridad... su conocimiento medicinal... y las preguntas indicadas que había hecho...

A pesar de todo, ¿cómo sabía en realidad que no se trataba de James quien estaba detrás de todos los intentos de asesinato? Lo único que sabía era que nadie la hacía sentir como él. Y aún no tenía claro si se trataba de algún hechizo o de su mera presencia. ¿Podría Tadhg estar en lo cierto? ¿Sería que *sir* James la estaba engañando?

James sacudió los brazos en el intento de liberarse de los centinelas.

—¡Suéltenme, tontos!

Alzó el pie y lo bajó con fuerza contra el zapato de un hombre. El herido soltó un grito y lo liberó. James se valió del momento de desconcierto para rotar el torso, echar la cabeza hacia atrás y golpear la frente contra la nariz de otro centinela. En respuesta, el hombre lo liberó mientras gruñía y se aferraba la nariz sangrante.

Gille-Crìosd echó el brazo hacia atrás y le clavó el puño contra el estómago.

—¿Tontos? ¡Ya te mostraré quién es el tonto, cerdo *sassenach*! —rugió mientras observaba a James jadear y doblarse de dolor. El resto de los hombres aprovecharon el momento para volver a atraparlo—. Los *sassenach* mataron a nuestra gente durante años en la guerra, ¿y ahora vienes tú a matar al *laird*? ¡Ya verás! ¡Vamos, muchachos! ¡No matará a más nadie!

Con gruñidos, arrastraron a *sir* James, que se retorcía y pateaba, hacia la puerta arqueada. La situación era grave, y Catrìona se encontraba indefensa. Toda la sangre le abandonó el rostro, y corrió tras los hombres enfadados.

—¡Alto! ¡No pueden matarlo sin más! ¡Alto!

—No se meta en esto, señora —le ladró Ailig antes de arrastrar a James por las escaleras—. Tiene un corazón demasiado bondadoso. Déjenos lidiar con esto. Protegeremos al clan.

El rostro blanco y furioso de James se asomaba entre los hombros y las cabezas de los centinelas. Se debatía, pateaba e intentaba luchar para liberarse de los captores.

—¡No! ¡No fue él! ¡Alto!

Mairead se asomó por la torre.

—¿Qué sucede? —Ualan balbuceaba.

—¡Alto! —volvió a gritar Catrìona sin cesar.

Salieron al aire frío del patio y el muro cortina, que se erguía alto y amenazante. Los guerreros detuvieron lo que estaban haciendo para observarlos con los ojos abiertos de par en par. De algún modo, entre el aroma a estiércol, heno y tierra, pudo oler sangre. Hasta los graznidos y los balidos cesaron, y solo se oyeron los gruñidos de James que intentaba liberarse y los abucheos enfadados y despiadados de los centinelas.

Los hombres avanzaron hacia un gran tronco que utilizaban

para cortar leña y tenía un hacha en el medio de la superficie plana.

El suelo desapareció bajo los pies de Catrìona al percatarse de lo que estaban a punto de hacer.

Cogió a Ailig de la túnica y jaló de él.

—¡Él me salvó! ¡En dos ocasiones! ¡Deténganse, no es el asesino!

Sin embargo, Ailig se deshizo de ella y se unió al resto para seguir gritando que matarían al *sassenach* y que protegerían al clan. Tadhg cojeaba a sus espaldas y la llamaba, pero no le prestó atención.

Se iban acercando al tronco, y antes de que pudiera hacer nada, Ailig y Gille-Crìosd pusieron a James de rodillas. Uno de los hombres le sostuvo las manos en la espalda mientras Gille-Crìosd y Ailig lo sujetaban de los hombros. James gritaba e intentaba liberarse. Otro centinela tomó el hacha. Catrìona corrió hacia él y aferró el mango intentando, en vano, luchar para quitárselo de las manos grandes. El hombre se limitó a empujarla a un lado y aterrizó en los brazos de alguien. Cuando alzó la vista, Tadhg miraba a la multitud. Horrorizada, vio que el hacha se alzaba por encima de la cabeza del centinela y comenzó a rezar.

«Padre celestial, por favor salva a James. Padre celestial, haré lo que sea. Por favor, sálvalo...».

Quería cerrar los ojos, cerrar los oídos y apartar la mirada. Pero no podía. Le daría el honor de estar a su lado en el momento de la muerte.

De pronto, el hacha comenzó a descender. Pero nunca le llegó al cuello.

Un gran cuerpo masculino embistió al centinela desde un lateral y, cuando cayó, perdió el control del hacha.

—¿Qué es todo esto? —rugió Angus de pie al lado de James y mirando furioso a los centinelas.

Los hombres, que siempre le habían tenido el mismo respeto a Angus que al *laird*, se encogieron bajo la furia que reflejaba su rostro.

—Es el asesino, *lord* Angus —sostuvo Gille-Crìosd—. Apuñaló al *laird* anoche, y Ailig encontró la daga ensangrentada entre sus cosas esta mañana.

Rogene se detuvo al lado de Angus.

—¿Apuñalaron a Laomann?

David apartó a los hombres que rodeaban a James.

—¡Suéltenlo! —Lo ayudó a incorporarse.

Catrìona volvió a encontrar fuerza en las piernas, echó a correr hacia James y se aferró a su cuello. Él la envolvió en un abrazo e inhaló su aroma.

Angus miró a los hombres.

—¿Cómo se atreven a realizar esta matanza sin el permiso del *laird*? Aunque alguien sea culpable, es el *laird* quien imparte justicia. Esto es justicia de masas.

Los hombres lo miraron con el ceño fruncido. Angus le dirigió una mirada cargada a Tadhg, que los observaba entrecerrando los ojos con expresión pensativa. Luego se volvió hacia James, lo alejó de los centinelas y lo condujo al pozo de piedra donde nadie podía oírlos. Rogene, David y Catrìona los siguieron.

—¿Cómo está Laomann? —preguntó.

Ahora que estaban alejados de la multitud encolerizada y más cerca de su familia, Catrìona logró respirar sin dificultad. Los observadores reanudaron sus actividades, y varios sonidos volvieron a llenar el patio.

—Lo peor ha pasado —le respondió a su hermano—. *Sir* James lo encontró y me ayudó a suturarlo anoche. ¿Y tú dónde estabas? ¿Por qué no regresaste de inmediato cuando David te contó las noticias?

—Los hombres de Eufemia estaban atacando mis aldeas. Tenía que lidiar con ellos primero.

Eufemia... El asesino en el castillo... A James casi lo degollaban... ¿Alguna vez acabaría el peligro? ¿Se sentiría en paz en el convento con todo lo que le estaba ocurriendo a su clan?

Catrìona se inclinó contra el pozo y bajó la mirada. El reflejo del cielo gris brilló como ónix líquido desde el fondo, y el aroma a agua lodosa le llenó las fosas nasales. Inspiró hondo y permitió que el aire frío le refrescara el rostro acalorado.

—¿Tú lo has encontrado, James? —preguntó Angus—. ¿Y encontraron la daga entre tus pertenencias? ¿Acaso alguien te vio cuando encontraste a Laomann?

Catrìona se enderezó preocupada de que *sir* James aún se encontrara en peligro.

—Angus, ¿de verdad crees que James intenta matar a Laomann? —intervino Rogene—. Si sabes que viene del... —Le echó un vistazo a Catrìona y se detuvo—. Ya sabes de dónde viene, Angus. David te lo dijo. ¿Por qué alguien como él querría matar a Laomann?

Catrìona frunció el ceño. Parecía que Rogene ocultaba algo.

Angus tomó el balde del borde del pozo y lo arrojó al fondo. Aterrizó con un salpicón que hizo eco.

—No lo sé. Solo veo las pruebas.

—Sí, es policía —afirmó David—. Ha venido a buscarnos, conoció a... ya saben... apoyó la mano... donde ya se imaginan... y ¡puf!

Mientras esperaba que el balde se llenara, Angus negó con la cabeza y estudió a James.

—¿¡Puf! qué? —preguntó Catrìona—. ¿Por qué hablas en acertijos, David?

Rogene y Angus intercambiaron una mirada, y su cuñada le ofreció una sonrisa bondadosa.

—No es el asesino, Catrìona. Está perdido, como lo estábamos David y yo. El verdadero asesino sigue suelto.

—Y has venido aquí a pesar de que te lo prohibí —le gruñó Angus a su esposa antes de comenzar a jalar del balde—. Te estás poniendo en peligro no solo a ti, sino también al niño.

—Bueno, alguien tiene que asegurarse de que no acusen falsamente al detective James y que lo arrojen en una celda... o algo peor. Quizás recuerdes que a mí me pasó lo mismo en esta misma prisión.

Angus apoyó el balde sobre la pared del pozo. Recogió un cucharón, lo cargó de agua y se lo ofreció a James.

—Parece que necesitas beber, hombre. —James tomó el cucharón y bebió sediento.

Angus lo observó mientras bebía.

—¿Qué vamos a hacer contigo?

—Suéltalo —sugirió Rogene—. Y ayúdalo a resolver todo esto. Estoy segura de que tienes algunas ideas, ¿no, James?

El aludido asintió con la cabeza.

—Sí.

Catrìona negó confundida.

—Rogene, eres como mi hermana, pero siento que todos saben algo que desconozco. ¿Qué es?

—No te lo puedo decir.

—¿Por qué no?

Rogene abrió y cerró la boca al tiempo que David parecía igual de indeciso y Angus se aclaraba la garganta y cambiaba el peso del cuerpo de una pierna a la otra.

James colocó el cucharón en el balde y miró a Rogene y David Wakeley en los atuendos medievales. Él mismo llevaba puestas prendas de la época: una túnica larga, un cinturón, y unos pantalones bombachos bastante extraños. Por fin conocía a Angus Mackenzie, el hombre que había intentado imaginar mientras se preguntaba qué papel había tenido en la desaparición de Rogene.

Y ahora estaban todos allí. Tres viajeros en el tiempo y dos *highlanders*... una de las cuales no tenía idea de nada.

¿Por cuánto tiempo más le iban a ocultar la verdad a Catrìona? ¿El resto de sus vidas? James estaba cansado de andar en puntas de pie y evitar la verdad. Le había llevado un tiempo aceptarla, y aún no creía en Dios, ni en la magia, ni en nada sobrenatural. Y, a pesar de todo eso, allí estaba. Quizás conocer la verdad la ayudaría a ver que no estaba involucrado en el intento de asesinato.

—Soy un viajero en el tiempo —le dijo.

—James... —comenzó Rogene, pero alzó la mano para detenerla.

—Por favor, Rogene, déjame decirlo.

Catrìona dio un paso hacia él.

—*Sir* James, ¿por qué está contando esas historias de viajes en el tiempo de nuevo?

—Porque es la verdad. Vengo del siglo XXI, al igual que Rogene y David.

Cuando miró hacia atrás, Rogene y David aguardaban en silencio que reaccionara. Catrìona le echó un vistazo a Angus, que la observó inmóvil. Unas cabras balaron en la distancia. Un caballo relinchó. Se oyeron unas risas masculinas que provenían del muro.

Catrìona se rio por lo bajo. Luego soltó una carcajada. Y, por último, rompió a reír de forma ronca y casi frenética. Echó la cabeza hacia atrás, abrió la boca y continuó riendo. Rogene sonrió amable, y James se acercó a Catrìona y le tocó el hombro.

Al rozarla, lo recorrió un zumbido, como si hubiera acariciado las alas de un colibrí. ¿Qué le hacía esa mujer?

Cuando se detuvo, lo miró y se le escaparon unas últimas carcajadas. Se secó los ojos con el dorso de la mano.

—*Sir* James, admito que es una broma muy graciosa.

—Sé que suena extraño, pero quiero que sepas toda la verdad. No me interesa matar a tu hermano ni a nadie. Aparecí aquí por error porque un hada demente, o quien sea que sea Sìneag, decidió abrir un túnel que atraviesa el río del tiempo y enviarme aquí. Angus, tú me crees, ¿no?

Angus soltó un suspiro y miró a Rogene.

—Le creo a mi esposa. Por eso, te creo.

Catrìona miró a Rogene con el ceño fruncido.

—¿Hermana?

Rogene asintió.

—Dice la verdad, Catrìona. David y yo somos del siglo XXI, y al igual que James llegamos aquí por voluntad de Sìneag.

Catrìona clavó la mirada en James. Tenía los ojos abiertos y negó con la cabeza.

—Pero... pero ¿entonces no es obra del demonio? —preguntó—. No de Nuestro Señor Jesucristo...

Antes de que James pudiera decir más nada, resonaron unas pisadas que provenían de la puerta e Iòna apareció jadeando al lado de Angus.

—*Laird*... Disculpe, *lord* Angus, recibí noticias del norte de Kintail.

Angus tomó a Iòna del hombro.

—¿Qué sucede, Iòna?

—Eufemia... ha comenzado un ataque masivo en el norte.

CAPÍTULO 21

A Catrìona le dio vueltas la cabeza mientras corría hacia los guerreros que se habían reunido en la fortaleza.

Sir James caminaba a sus espaldas, y sentía su presencia porque todo el cuerpo le vibraba de excitación, anticipación y... vida.

«Un viajero en el tiempo», pensaba sin cesar. Pero ¿cómo era posible? Nunca en su vida había oído nada semejante. En la Biblia no se mencionaba nada al respecto. A lo mejor había alguna antigua leyenda celta acerca del tema, pero nunca les había prestado demasiada atención.

Eso explicaba lo extraño y distinto que era. El fuego de la caja anaranjada, la peculiar forma de hablar... lo de las citas y los besos esperados. Pero no era una muchacha inocente. No. Era una mujer adulta. Debía hablar con *sir* James antes de poder decidir si le creía o no.

Los hombres se reunieron frente a la fortaleza con espadas y escudos listos. Todos miraban a Angus con ansiedad mientras se acercaba.

—Allí está —dijo uno—. Señor, ¿qué hacemos? ¿Marchamos?

Angus miró a sus hombres.

—Sí, por supuesto que marchamos. No permitiremos que nadie nos arrebate nuestras tierras ni ataque a nuestra gente.

Extrajo la espada y la golpeó contra el escudo. Los hombres lo imitaron y soltaron rugidos.

Angus abrazó a Rogene por la cintura y la besó.

—No te preocupes, mi amor, regresaré a tu lado para estar con nuestro hijo.

En respuesta, asintió con los ojos llenos de lágrimas y le sonrió. A Catrìona siempre se le derretía el corazón al verlos juntos, enamorados y muy felices. Rogene era una buena mujer y se merecía el amor de Angus. Siempre se había sorprendido de lo extraña que era la manera de hablar de su cuñada y David, así como también sus acentos y sus costumbres. Si venían del futuro, eso lo explicaría todo.

Y si Rogene venía del futuro, había hecho un gran sacrificio para estar con Angus. Pero se veía delirante de felicidad. Algo en su interior anheló poder ser feliz con un hombre también.

Sin quererlo, le echó un vistazo a *sir* James, que la observaba con tanto anhelo que se quedó sin aliento y el corazón le dio un vuelco.

Tadhg se abrió paso entre el círculo de hombres a empujones y se detuvo a su lado. Los ojos le brillaban, tenía los hombros erguidos y una expresión determinada. Sin quererlo, comparó a James con Tadhg. Tenían una altura y una complexión similar. James tenía el cabello y los ojos oscuros que observaban todo. Siempre parecía un espectador, un misterio. Tadhg tenía el cabello dorado y los ojos verdes y era un hombre que había nacido y se había criado en el clan. Alguien en quien podía confiar, alguien que la conocía y la entendía. Nunca se contenía. Pertenecía allí. No tenía nada que ocultar ni ningún secreto que proteger. A pesar de que la había lastimado en el pasado, había sido culpa de su padre. Se sentía segura y a salvo con él.

—Yo también iré —la voz de Tadhg la distrajo de sus pensamientos—. Lucharé por ustedes.

—Tadhg... —comenzó Catrìona y le apoyó una mano en el

hombro—. No te encuentras bien. Aún tienes las costillas rotas y una herida grave en el muslo...

Los ojos verdes repararon en sus manos y luego en su rostro y, si no se equivocaba, se llenaron de lágrimas. Incómoda, dio un paso hacia atrás. Tadhg parpadeó, y su rostro se tornó feroz.

—Cat, en el pasado pertenecí a este clan —comenzó—. Lucharé por ti, y cuando regrese, quizás podamos...

No terminó el pensamiento porque dos voces que discutían lo interrumpieron.

—¡Ni se te ocurra, David! —gritó Rogene—. ¡Te lo prohíbo!

David negaba con la cabeza y se ponía un *lèine croich* con el ceño fruncido.

—No me puedes prohibir nada. Voy con ellos.

—¿Cómo dices? —intervino Angus.

—¿Que harás qué? —preguntó James al mismo tiempo.

David se acomodó el *lèine croich* y miró a Angus.

—Iré con ustedes. Es hora de que luche.

—¡No! —se negó Rogene autoritaria—. ¡Ni siquiera has entrenado en los últimos días!

Angus suspiró y negó con la cabeza.

—Puedes venir.

Rogene jadeó.

—¡Angus!

—Algún día tendrá que hacerlo, cariño. Y yo estaré a su lado...

—Yo también —añadió Raghnall, que había atravesado las puertas y se acercaba rotando una espada en un círculo—. Es hora de que mi nuevo hermano pequeño se convierta en hombre —continuó al tiempo que alzaba la vista al joven de hombros anchos que parecía cualquier cosa excepto «pequeño»—. Nos aseguraremos de que esté bien.

Rogene negaba con la cabeza, y unas lágrimas le caían por las mejillas. Angus la giró para mirarla a los ojos.

—Escúchame, muchacha. No dejaré que le pase nada. Ahora es un hombre, y esto es lo que hacen los hombres. No puede escudarse detrás de tus faldas para siempre. Es mejor que venga ahora que estamos preparados a esperar a que el enemigo llame a nuestra puerta y no sepa de qué extremo sujetar la espada. ¿De acuerdo?

Asintió sin dejar de llorar, y Angus la envolvió en un abrazo de oso. Le besó la cabeza y le susurró palabras al oído. Catrìona les hizo la señal de la cruz en su mente y susurró una plegaria para bendecirlos y pedirle a Dios que los protegiera.

Luego *sir* James se acercó a ella.

—¿Dónde puedo encontrar un arco? —le preguntó.

Ella lo miró fijo.

—¿Un arco? ¿Sabe disparar?

—Sí, y aunque estoy bastante oxidado, no me puedo quedar aquí sentado sin hacer nada. Soy detective de la policía, mi trabajo es proteger a la gente.

De solo pensar en que resultara herido o muerto, le explotó el corazón en mil pedazos.

—No irás a ningún lado —le dijo Angus, que apareció de pronto al lado de *sir* James—. Todos nos marcharemos del castillo, solo se quedarán las mujeres y algunos centinelas, de modo que necesito un hombre de confianza para controlar todo aquí. Quiero que te quedes y te asegures de que mi familia se encuentra bien. —Le pasó el brazo por los hombros.

—No —se negó—. No me puedo quedar mientras ustedes van a luchar. Soy un buen arquero. Iré con ustedes.

Los cálidos ojos marrones volvieron a posarse en ella. Algo frío y oscuro se le ciñó en el estómago. Supo que era el temor a perder a James.

—De acuerdo, gracias, *sir* James. —Se volvió al resto de los hombres—. ¡Y ahora, vamos a mostrarles a esos bastardos traidores que no pueden venir por nuestras tierras!

Los hombres irrumpieron en vítores.

—¿Esto es mandrágora? —preguntó James.

La raíz seca de color marrón que sostenía en la mano parecía una suerte de vieja zanahoria peluda. Era retorcida, pequeña y dura, y no era difícil imaginar que esa planta pudiera ser la raíz del mismo mal.

La llama de la antorcha se sobresaltó cuando Catrìona se detuvo a su lado.

Mientras las tropas reunían armas y comida para el viaje, James aprovechó para revisar las pertenencias de Finn e interrogarlo.

El calabozo estaba oscuro y se sentía amenazante. Finn los miraba con el ceño fruncido a través de las rejas y parecía un sapo triste y furioso. El centinela se sentó en un banco a comer un pescado hervido con aroma intenso que Catrìona le había llevado. Lo único que se oía en el calabozo en penumbras era el masticar del hombre y la respiración de Finn.

—Nunca he visto una —le respondió Catrìona al tiempo que tomaba la raíz y la giraba en la mano para que la luz la iluminara por todos los frentes. Luego alzó la mirada—. Finn, ¿esto es mandrágora?

La boca de Finn se curvó hacia abajo, y la fulminó con la mirada. Tenía los dedos apretados contra las rejas. Cerró los ojos un instante y suspiró.

—Sí.

«Oh, amigo...». Era bueno que lo admitiera, pero una pequeña parte de James había esperado que Finn fuera inocente. Se arrodilló frente a la cesta de Finn que contenía hierbas, frascos y cajas de arcilla y algunas bolsas y tomó una de lino que contenía cuatro raíces más de mandrágora.

—¿Tenías esto cuando envenenaron a Laomann? —le preguntó.

Finn asintió. Se le hundieron los hombros e inclinó la cabeza. Lo cierto era que se veía culpable.

—¿Y sabes que es venenosa? —continuó Catrìona con la voz temblorosa.

—Sí.

—¿Y por qué no dijiste nada? —Catriona le entregó la mandrágora a James y avanzó hacia la celda—. ¿Sabías que los síntomas de Laomann se debían al veneno de mandrágora?

A Fin se le arrugó el rostro como una servilleta y soltó un sollozo.

—Lo sospeché. No dije nada porque la mandrágora es muy exótica. Es muy difícil encontrarla en la naturaleza y cultivarla, de modo que muy poca gente la tiene. Y, como yo la tengo, ¿de quién más iban a sospechar?

James asintió.

—Sí, amigo, esto no pinta nada bien. Es como si te estuvieras cavando tu propia tumba. —Guardó la bolsa de mandrágora en la cesta—. Ahora que sabemos que tienes la mandrágora puedes confesar. ¿Fuiste tú?

Con los ojos oscuros brillando como dos carbones, Finn lo fulminó con ferocidad.

—¡No! ¡No lo haría jamás! ¡Soy un curandero, no un asesino!

Sonaba sincero, pero podía tratarse de una buena actuación.

James apoyó un hombro contra la reja de a celda.

—De acuerdo. —Miró al centinela que acababa de terminar de comer y se chupaba los dedos—. Amigo, ¿de casualidad estabas con él anoche?

El centinela alzó la mirada.

—Sí.

—¿Estuvo aquí toda la noche? ¿Al atardecer?

—No. Me rogó usar la letrina de afuera, en el patio, y *lady* Mairead le dio permiso.

—Tenía malestar en el estómago —se defendió Finn—. Los nervios me producen diarrea, y no me quería sentar aquí oliendo mi propia mierda durante varios días.

El centinela se encogió de hombros.

—Yo tampoco.

James parpadeó. Eso significaba que Finn podría haber apuñalado a Laomann. Pero ¿de dónde habría sacado una daga inglesa mientras lo vigilaban? La podría haber ocultado en alguna parte del patio para recogerla de camino a la letrina. Eso hubiera requerido cierta planificación. Pero ¿cómo la podría haber puesto entre sus cosas?

A no ser que... el que había apuñalado al *laird* fuera otro. ¿Podría ser que dos personas quisieran ver a Laomann y a Tadhg muertos? ¿O que Finn estuviera trabajando con alguien?

—¿Y no le quitaste los ojos de encima en ningún momento mientras estaban afuera? —le preguntó al centinela.

—No lo miré mientras usaba la letrina.

—¿Es posible que haya escapado y regresado?

El centinela hizo una mueca pensativo.

—Lo dudo.

—No escapé para apuñalar a Laomann si es lo que estás preguntando.

Catrìona negó con la cabeza.

—No creo que haya sido él, James.

Él tampoco lo creía posible. Había visto a otra persona alejándose de las barracas en el momento del crimen: a Raghnall.

¿Debería decírselo? ¿Cómo podría romperle el corazón al implicar que su hermano podría haber apuñalado a Laomann? Lo cierto era que James no lo sabía. Debía pedirle una explicación a Raghnall antes de alterarla aún más.

Oyeron unos pasos que provenían del otro lado de la puerta y, al cabo de unos segundos, un hombre asomó la cabeza por la puerta.

—*Lord* Angus me pidió que lo buscara, *sir* James. Ya se marchan.

CAPÍTULO 22

Al día siguiente...

La simple flecha de madera que sostenía James estaba algo torcida, como las que había utilizado en la secta.

Era tan diferente a las cosas que se producían en masa e invadían la vida moderna en el siglo XXI. Ese arco y esas flechas se habían confeccionado a mano. Eran elementos imperfectos y hermosos.

De niño había aprendido que cada arco era distinto. Si uno quería disparar con precisión debía pasar tiempo conociendo el arco. Sin embargo, James no contaba con tiempo en la batalla. Pero disponía de un rato en ese momento, mientras los guerreros Mackenzie se tomaban un descanso. Divisó un árbol siguiendo la punta de la flecha. En el tronco, había un círculo de carbón en cuyo centro había un punto grande: su objetivo.

Los hombres comían y bebían a su alrededor. Los caballos resollaban o pastaban tranquilos en la arboleda cubierta de césped de la montaña. No habían encendido ninguna fogata, porque era solo un descanso corto antes de reanudar el camino hacia el norte.

James sintió el hilo de cáñamo contra la piel. Durante diecisiete años, no había tocado un arco. No había practicado. Y ahora su vida y la del resto de los hombres presentes yacían en sus manos. La arquería siempre se le había dado de manera natural; por instinto, entendía cómo funcionaba el arma. ¿Podría volver a practicarla?

Antes de disparar, consideró las ráfagas de viento, la distancia y la imperfección de la flecha y del arco. El hilo produjo un silbido audible y le golpeó el rostro cuando rebotó y volvió a su posición. La flecha salió volando, giró en el aire para formar un arco y aterrizó en el suelo detrás del árbol.

James soltó una maldición por lo bajo y estiró el brazo hacia el carcaj para tomar otra flecha.

Raghnall se acercó a él masticando un *bannock*.

—¿No habías dicho que eras buen arquero? —le preguntó con la boca llena.

James ladeó la cabeza y colocó la nueva flecha en el arco.

—Sí, lo soy. O lo era hace muchos años.

—Veamos.

James tuvo que proteger su confianza del dictamen de Raghnall. Sostuvo la nueva flecha y jaló la cuerda.

—No tienes mala técnica... —señaló el *highlander*.

James soltó un suspiro y no movió el cuerpo ni un centímetro. Apuntó hacia el punto negro en el centro del árbol. Solo debía acostumbrarse a ese arco y a esas flechas. La última flecha se había torcido en el aire, de modo que quizás debería apuntar un poco más a la izquierda.

Movió la flecha y, cuando creyó que estaba en la posición indicada, la soltó. La flecha pasó volando por delante del tronco y se hundió en el suelo.

—Maldita sea —masculló al tiempo que buscaba otra flecha.

—No me preocupa que mi vida dependa de un arquero como tú.

James lo fulminó con la mirada.

—Mi vida también depende de ti, amigo. Y esas flechas no están derechas.

Raghnall tragó el *bannock*.

—Oh, disculpa. ¿Acaso vienes del reino de las flechas derechas que siempre aciertan en el blanco?

James exhaló. Como nunca había practicado arquería de adulto, la sensación de un arco de veintisiete kilos era nueva para él. Lo estimulaba sentir el suave acabado de la madera contra las manos. Alguien había hecho el arco de manera artesanal, sin ningún tipo de tecnología, tan solo con experiencia e ingenio en base al conocimiento que se había ido pasando de generación en generación.

Y ahora formaba parte de ello. Apuntó la flecha al blanco y la soltó.

En esta ocasión, voló imperfecta y rotó en el tipo de danza aerodinámica extraña que producen los objetos desparejos. Y, por fin, acertó en el centro del punto negro.

Raghnall se rio y le dio una palmada en el hombro.

—Oh, ahora me siento mejor. Este no es un arco de guerra inglés ni nada por el estilo. Es un simple arco que utilizamos los *highlanders* para cazar y luchar. Quizás por eso no iba contigo.

James acomodó la siguiente flecha.

—Sí, debe ser por eso.

Jaló la cuerda hacia atrás y sintió el agradable ardor en los músculos de la espalda y los bíceps. Apuntó con el dedo, sostuvo la flecha en la intersección del arco, divisó el punto negro en el árbol y la soltó. Se incrustó en el espacio al lado del punto negro.

Raghnall gruñó.

—Mira eso. Puede que, después de todo, tengamos chances de ganar.

—De niño me encantaba la arquería —le contó—. Es bueno ver que no perdí la habilidad de disparar.

La arquería siempre había sido su forma de relajarse, de hacer algo para lo que era bueno y que lo hacía sentir bien consigo mismo. En el mundo de la secta todo se había sentido mal, y a cada segundo le decían que no hacía las cosas bien, pero el simple acto de disparar una flecha había sido liberador.

Cuando la siguiente flecha asestó en el punto negro, se preguntó si la arquería se seguiría sintiendo bien cuando las flechas se incrustaran sobre un cuerpo humano en lugar de un árbol.

—¿Qué te hizo regresar? —preguntó James al tiempo que hacía el pensamiento perturbador a un lado.

Raghnall soltó un bufido.

—¿Qué te importa?

Sin importar si Raghnall quería lastimar a Laomann o no, de momento debían hacer las diferencias a un lado y luchar juntos por una causa común y para protegerse.

James tomó otra flecha del carcaj y lo miró a los ojos.

—Sé lo que se siente no importarle nada a tu padre.

Raghnall entrecerró los ojos para mirarlo.

—¿De verdad?

James asintió.

—Mi padre tuvo diecinueve hijos. Lo único que le importaba era que lo adoraran y lo admiraran. Lo único que quería era que la gente lo venerara.

Cuando Raghnall frunció el ceño, James pudo divisar al niño que habría sido.

—¿De verdad?

—Sí, por eso siento curiosidad. —James soltó la flecha—. ¿Por qué regresar de pronto?

—Basta decir que me cansé de pasar años durmiendo en el suelo frío.

James encontró la mirada penetrante de Raghnall. El guerrero se parecía a Catrìona o a una versión masculina de ella, aunque alto y con el cabello y los ojos oscuros. Pero James veía los mismos pómulos elevados, la nariz perfecta y los ojos sesgados celtas.

—Tiene sentido.

Raghnall avanzó un paso hacia él y le apuntó el cuchillo de caza.

—Mi padre me debe una propiedad. Y que me condenen si no la tomo.

—¿Por qué?

Raghnall inspiró hondo y, si James no se equivocaba, se le sonrojaron las mejillas.

—Porque de haberla tenido antes, como debería haber sido, muchas cosas habrían sido distintas, amigo —repuso con lentitud.

Oyó algo oscuro en su voz, algo que James sabía que no debería presionar. No debería insistir.

—¿No mencionaste que has vivido en Inglaterra cuando estabas alejado de tu clan?

Raghnall contuvo la respiración.

—Sí.

—¿Tienes una daga inglesa?

—¿Qué estás sugiriendo?

—Te vi. La noche que apuñalaron a Laomann, te vi alejándote de las barracas.

—¡Estaba en la cocina! —rugió—. ¿Crees que intentaría matar a mi hermano?

Durante un instante eterno, se fulminaron con la mirada. James no estaba seguro de si le creía. Lo que sabía era que Raghnall tenía cosas que no quería compartir acerca del pasado. Al igual que él.

Jaló del arco y disparó. La flecha dio en el blanco en una parte entre el punto negro y el contorno del círculo.

—Sea lo que sea, Raghnall, has encontrado la forma de regresar a tu hermana y tus hermanos. No importa qué te hizo tu padre, qué les hizo a todos ustedes. Es evidente que ellos te quieren a su lado. Aunque Laomann no te haya devuelto la tierra aún.

Raghnall parpadeó varias veces como si estuviera conmocionado y luchando contra un nuevo sentimiento: el de que James le agradara.

—Catrìona... está muy feliz por tu regreso.

Al pensar en su propia hermana, se le cerró la garganta. Había transcurrido otro día y se encontraba más lejos de regresar que nunca antes. De seguro estaba muerta de preocupación. Debieron haber pasado unos diez días desde su desaparición, y cuanto más tiempo transcurría, más se aproximaba el parto. Estaría estresada, nerviosa y preocupada por él.

Estaba luchando una guerra ajena y resolviendo los problemas de otra familia cuando la suya lo necesitaba. Se sentía fatal. Pero no podía deshacer el camino andado.

—Yo también tengo una hermana —le dijo—. Me espera en Oxford. —Debía regresar al lado de Emily para ayudarla con su futuro sobrino o sobrina, pero detestaba la idea de dejar a Catrìona.

Y, antes que nada, debía mantenerse vivo.

Raghnall jugueteó con el mango del cuchillo.

—¿Ah, sí?

—La familia lo es todo —continuó y supo que Raghnall lo entendía mejor de lo que demostraba—. Es todo lo que te puede destruir y todo lo que te puede convertir en quien eres, ¿no crees?

Raghnall asintió de forma apenas perceptible y le apoyó una mano en el hombro.

—No estás mal. Pero si le llegas a tocar un solo pelo a mi hermana, te mato.

—¡Hombres, a los caballos! —ordenó Angus desde algún punto de la arboleda—. ¡Hora de avanzar!

Mientras Raghnall le daba una última mirada penetrante y de aprobación, James pensó que estaría encantado de correr el riesgo de que lo matara si los hombres del clan Ross no lo mataban antes.

Una flecha le pasó volando por delante y asestó en algún punto a sus espaldas.

Con el corazón desbocado en el pecho, James se agachó, se escondió detrás de un árbol y se asomó por el tronco para espiar. La sangre le ardía en las venas y tenía la espalda sudada y tensa. No creía jamás haber temido tanto por su vida o por la de los otros hombres que luchaban a su lado.

En el trabajo de policía, solo se había enfrentado a balas en una ocasión, y en otras cuatro había luchado con hombres que portaban dagas. También se había visto involucrado en algunas peleas a puñetazos. Pero nada se comparaba con la violencia sangrienta que se desencadenaba ante sus ojos. Había visto ese tipo de cosas en las películas. *Corazón valiente* no llegaba a describir el olor acre de la sangre y las entrañas desparramadas cuando la gente recibía heridas o moría.

Desde el escudo que le brindaba el árbol, observó a los hombres luchar con *claymores*, hachas y lanzas.

Atacaron a la banda de doscientos hombres como verdaderos *highlanders*, como Raghnall le había dicho que harían. En silencio. Con eficacia. Sin advertencia alguna.

Avanzaron como gatos, los zapatos planos no produjeron ni el más mínimo sonido contra el suelo del bosque. Eran como los hijos de la misma naturaleza.

James había aprendido todo acerca de la infame técnica de guerra de los *highlanders* en los documentales históricos que había visto, pero presenciarlo en la vida real, encontrarse entre los protagonistas, era completamente distinto.

Se había desencadenado tan rápido, que no lo pudo creer. Cortaron gargantas y perforaron pechos sin vergüenza, con la eficacia salvaje de los carniceros. Un estremecimiento de horror le recorrió la columna vertebral, y alzó el arco y apagó la voz que le preguntaba si de verdad estaba listo para acabar con la vida de un ser humano por primera vez antes de soltar la flecha. Cuando asestó en el hombro del primer hombre y lo hizo caer, una explosión de estupor lo invadió entero.

Pero él lo había herido. No había tiempo de procesar el hecho de que las flechas que siempre se había imaginado atravesando madera y heno habían lastimado a una persona. Estaban en guerra. Y si no los lastimaba, ellos lo lastimarían a él. Y a Raghnall, a David, a Angus... y hasta podrían llegar a Catrìona.

Vio a David, el niño que había ido a salvar, blandir la espada y chocarla contra la del enemigo. James se dio cuenta de que ya no era un niño. David era un hombre: alto, con los hombros anchos, feroz, y el rostro distorsionado en una máscara de furia y temor. James se preguntó si todos los soldados desde el comienzo de los tiempos habrían tenido esa misma expresión en su primera batalla. Esta también era su primera batalla.

Ese último pensamiento le brindó la fuerza y determinación de seguir adelante. Tomó unas bocanas de aire profundas y parejas para disminuir el latido del corazón y siguió disparando. Una tras otra, las flechas hirieron, rozaron y mataron.

Y de pronto vio a Raghnall.

El hermano de Catrìona blandía la espada contra un hombre de casi el doble de su tamaño que llevaba puesta una armadura, como un caballero. El enemigo usaba una maza gigante con bordes afilados que de seguro podrían atravesar una armadura, por no mencionar el abrigo acolchado que llevaba Raghnall. Esa cosa le molería los huesos como una picadora de carne.

El gigante alzó la maza por encima de la cabeza con las dos manos. Raghnall se inclinó para blandir la espada, pero no estaba en buena posición para escabullirse o desviar el ataque.

James se asomó por detrás del árbol y apuntó. Justo cuando la maza comenzó el golpe mortal, soltó la flecha. Le asestó al enemigo en el cuello, en la pequeña abertura entre el casco y la armadura. Soltó la maza, se aferró a la flecha y se cayó hacia atrás.

Raghnall se enderezó y miró hacia atrás con los ojos abiertos de par en par. Cuando sus miradas se encontraron, James no vio gratitud en los ojos del *highlander*. Ni tampoco el alivio de alguien que acababa de escapar de una muerte certera. En su lugar, vio sorpresa, probablemente porque James lo había salvado, y una expresión que decía: «Pues, mira, Muerte, te he vuelto a vencer. Nos vemos pronto para otra batalla».

Acto seguido, Raghnall se secó el rostro, se dejó rastros de tierra y sangre, y corrió hacia adelante en busca de la siguiente víctima.

James lo observó durante unos instantes y se preguntó si se había imaginado la mirada o si había leído demasiado en ella. Era probable. No sabía qué había vivido Raghnall. Lo que sabía era que era un hombre capaz de apuñalar a alguien detrás de una edificación. Pero aún quedaba por ver si lo había hecho o no.

Mientras apuntaba la siguiente flecha, James supo que, a pesar del resultado de la batalla, no sería la misma persona cuando acabara. Y comprendió la lucha interna de Catrìona por haberle puesto fin a tantas vidas mucho mejor que antes.

La vida en la Edad Media era intensa; la vida y la muerte jugaban mano a mano como niños rebeldes. ¿Qué más podía anhelar alguien que encontrar felicidad en las pequeñas cosas y en los preciosos momentos compartidos con los seres amados?

CAPÍTULO 23

Catriona deslizó la daga por la rama de sauce en la oscuridad del campamento. Observó la línea delgada de corteza de sauce que se enrizaba bajo la hoja. El caldero ya hervía en la oscuridad del patio interior.

Las tropas habían partido por la mañana y, cuando regresaran, habría varios guerreros heridos. También habría algunos muertos, pero ya no podría ayudarlos. Por eso, necesitaba mucho remedio para el dolor y se le había acabado.

Mientras seguía cortando las ramas de sauce blanco, soltó un suspiro. Le rogó a Dios que sus hermanos y James no se encontraran entre los heridos. «Por favor, Dios...».

Alzó la plegaria al cielo y se preguntó si Dios la había oído.

—¿Te puedo ayudar, Cat?

Se volvió hacia la voz que oyó a sus espaldas.

Se trataba de Tadhg, por supuesto. ¿Quién más la llamaría Cat? Estaba agradecida de que al menos lo hubieran persuadido a él de no ir a la batalla. Se veía mejor y más fuerte. Tenía el rostro iluminado por las llamas anaranjadas y rojas, y se veía diabólicamente atractivo. Los ojos verdes se habían tornado ámbar. Tenía el cabello dorado limpio, y unos rizos le caían por la frente. Sin el vendaje que le cubría el ojo, parecía el Tadhg que había conocido cuando era una muchacha de quince años, y el corazón se le ciñó al recordar a esa niña, sus sueños y el amor que había sentido por ese lobo dorado.

—Bueno —respondió—, me gustaría que regreses a la cama y descanses, pero... ¿te encuentras lo suficientemente bien?

—¿Qué haces?

—Estoy haciendo té de corteza de sauce para los heridos. Pronto me quedaré sin remedio, y lleva entre seis y ocho semanas para que esté listo. Así que el té, aunque sea una solución más débil, tendrá que bastar de momento.

—Oh, si quieres te puedo ayudar con la corteza.

Una cálida ola de gratitud la embargó. Ese era el Tadhg que había conocido, el hombre bueno y amable, el que servía a Dios.

—Gracias —le dijo y se movió sobre el tronco sobre el que estaba sentada para hacerle lugar.

Se sentó despacio y con cuidado e hizo una mueca de dolor al estirar la pierna.

—Me gusta sentirme útil. Detesto estar acostado como un maldito tronco sin hacer nada. ¿Finn no tenía nada de remedio hecho? —Extrajo una pequeña daga plana y con la forma de un triángulo perfecto. El cuero de la funda brilló bajo la luz del fuego, y Catrìona vio que llevaba una hermosa cruz celta.

—No quiero tomar las cosas de Finn —le dijo—. Sigue siendo el sospechoso principal y está bajo custodia en el calabozo. *Sir* James ha dicho que no debemos tocar sus pertenencias porque son pruebas y las necesitaremos en el futuro para el juicio con el *laird*.

—¿Por qué?

Tragó un nudo doloroso.

—Tiene mandrágora. Y es probable que ese sea el veneno que se usó para envenenarlos a Laomann y a ti.

Cuando le entregó una de las ramas, sus dedos se rozaron un instante. Tadhg se congeló, y la nuez de Adán le subió y le bajó bajo la incipiente barba rubia. Los ojos le ardían, unas llamas bailaban en ellos al mirarla.

—Eres muy hermosa, Cat —le dijo con la voz ronca—. Cielos, de muchacha eras hermosa y dulce, pero ahora, como mujer, eres impresionante.

Al oírlo, no se pudo mover ni respirar. Lo que no hubiera dado por haberlo oído decir eso hacía nueve años...

—Tadhg...

Bajó la mirada y, con rapidez y eficacia, comenzó a pasar la daga por la rama para pelar la corteza.

—Lo sé. Ya te has decidido. Irás al convento. —Una tira de la corteza cayó en el cuenco grande. Alzó la vista para mirarla a los ojos—. ¿No?

Catrìona inspiró hondo, se concentró en su propia rama y reanudó el trabajo.

—Sí. Pertenezco allí.

—¿De verdad? Dime que estás segura.

¿Por qué insistía en el tema ahora?

—Estoy segura.

—Dime que no hay ninguna parte de ti que se imagine una familia. Un marido. Un niño.

Catrìona clavó la hoja en la rama y la deslizó con tanta fuerza, que se le clavó una astilla en el dedo y se lo llevó a la boca. Las preguntas de Tadhg la presionaban. Era como si la estuviera empujando a cierta conclusión.

Con James... sin importar lo distinto que fuera, sin importar que no creyera en Dios y que no perteneciera a su siglo —un hecho que había aceptado tras hablar con Rogene ese día—, el sentimiento que tenía cuando estaba en su presencia era... el de la libertad.

Observó los movimientos eficaces de la mano de Tadhg, que se deslizaba hacia arriba y abajo con la daga, de modo que varias tiras de la corteza iban cayendo rápido dentro del cuenco. Parecía tener mucha experiencia, como si hubiera hecho eso en reiteradas ocasiones. Quizás ese era el caso. De seguro había hecho flechas, fajinas y hasta había preparado madera para los carpinteros.

—Una parte de mí quiere un marido y un niño. Es la parte que quería tener esas cosas contigo.

Tadhg dejó de cortar y la miró a los ojos.

—Si de verdad lo deseaste en el pasado, ¿no lo puedes volver a desear? —Tragó con dificultad—. ¿Conmigo?

Catriona se humedeció los labios. Allí estaba, en el lugar exacto en que lo había querido hacía nueve años: de regreso. Deseándola.

El corazón le latió tan desbocado que se llevó una mano al pecho en el intento vano de desacelerarlo. Algo le aleteó en el estómago, como un enjambre de pétalos de diente de león que una muchacha hubiera soplado.

Podía responder que sí. Si era honesta consigo misma, lo que había dado inicio a su deseo de ser monja había sido que el matrimonio de ellos nunca se había concretado. Pero ¿y si no hubiera sido así?

La muchacha de quince años que aún llevaba en el interior se llenó de alegría. Saltaba sobre los talones y aplaudía con las manos. Pero la mujer adulta, la versión actual de veinticuatro años, estaba perpleja. Se imaginó cómo sería la vida con Tadhg, como lo había hecho en el pasado. Cómo sería acostarse con él todas las noches, acurrucarse en sus brazos fuertes, inhalar su aroma masculino y almizcleño. Cómo sería sentir la piel suave y cálida bajo la palma.

Sin embargo, la mujer de veinticuatro años no vio su rostro. Por el contrario, el rostro que se imaginó fue el de James. El de alguien con quien nunca podría casarse.

Y aquí estaba el hombre al que había amado, el que no desaparecería en el tiempo. El que la había querido...

¿Podría ese ser el final feliz para la muchacha de quince años que se había parado una noche oscura y tormentosa en el embarcadero con la vista clavada en la lluvia congelante intentando divisar un bote que la rescatara? Sintió que se sonrojaba.

—Tadhg... Yo...

Los ojos se le suavizaron, y una sonrisa le curvó los labios.

—Eres aún más hermosa cuando te sonrojas. Cielos, cómo me gusta que te sonrojes.

Dejó la rama y la daga y le quitó el sauce de las manos para hacerlo a un lado. Los ojos le brillaban con intensa determinación. Le tomó las manos entre las suyas y se las apretó. Tenía la piel callosa y las manos grandes y masculinas. Las manos de un guerrero curtido.

—Cat, si me permites, nunca me apartaré de tu lado. Nos podemos casar esta noche si así lo deseas, ir a Dornie y despertar al padre Nicholas. Déjame arreglar el error del pasado. Por favor.

Catrìona tenía la boca seca. ¿Qué estaba esperando? ¿Por qué dudaba? ¿Por qué tenía el «sí» atravesado en la garganta como una piedra?

Al ver la duda en ella, insistió:

—El lugar de una mujer es al lado de su marido, cuidando de los niños. No en un convento, leyendo, escribiendo e hirviendo brebajes.

Sus palabras le hicieron fruncir el ceño.

—¿Cómo dices?

—Quiero decir que ya no tendrás que hacer esto. Podrás tomar el lugar que le corresponde a cualquier mujer. Al lado de su marido. No tendrás que salir cabalgando a curar a nadie de ninguna enfermedad.

Catrìona liberó las manos de las suyas. La ira la golpeó como una bofetada.

—¿El lugar de una mujer?

—Sí, por supuesto. Yo te mantendré...

—Pues no quiero tomar un lugar al lado de un hombre —lo interrumpió al tiempo que unas lágrimas de furia le ardían en los ojos—. Quiero sanar. Quiero ayudar.

—Creí que lo hacías para serle de utilidad a tu hermano...

—¡No! Lo hago porque me gusta. Quiero ser de utilidad y ayudar a la gente que lo necesita. ¿Entiendes?

Tadhg la miraba con el ceño fruncido como si acabara de hablar en un idioma desconocido.

—Sí. Es algo inusual, Cat. Es lo que hacen las mujeres que no se han casado. Como las parteras.

—Sí, bueno... —Se volvió hacia el caldero, que comenzaba a hervir, tomó la rama y siguió raspando la corteza—. En ese caso, supongo que no soy como la mayoría de las mujeres.

—Pero, Cat —insistió Tadhg al tiempo que se le acercaba—, no creo que puedas hacer las dos cosas, por más que quieras. Si te quieres casar conmigo, las tareas del hogar, la cosecha y los niños ocuparán todo tu tiempo. ¿Quién se va a sentar a recolectar corteza de sauce para ti si tienes tanto entre las manos?

Molesta, lo miró y se dio cuenta de que estaba en lo cierto. Si quería ser madre, no podría ser curandera. ¿Cuándo tendría tiempo para recolectar hierbas y preparar tisanas con todo lo que tendría para cocinar, lavar y limpiar? Quizás cuando los niños fueran más grandes. Pero para ese entonces, se olvidaría de muchas cosas. Como no sabía leer ni escribir, no podría poner por escrito todo el conocimiento que había adquirido a lo largo de los años.

Si se convirtiera en la esposa de Tadhg, quizás Laomann le daría una buena dote, quizás una granja o una pequeña propiedad con terratenientes para alimentar y proveer para la familia. Pero ser esposa y madre inhibiría su pasión por la medicina. Si no era que la anulaba por completo.

Tenía razón. No era solo Tadhg. Era ese estilo de vida. Al pensar en los sacrificios que tendría que hacer se le hundieron los hombros.

Era curioso que con James no sintiera lo mismo. Pero tenía más chances de casarse con un rey que con un hombre de otra época que pensaba marcharse lo antes posible.

Se puso de pie, recogió la bolsa y vertió la corteza de sauce en el agua hirviendo.

—Te agradezco la oferta, Tadhg —comenzó con la mirada

clavada en la corteza que flotaba agitada en el agua burbujeante —, pero no sé si quiero casarme.

Lo que quiso decir fue «casarme contigo». Porque si James le hubiera pedido matrimonio, no creía que le fuera tan fácil decirle que no.

CAPÍTULO 24

Llegaron por la tarde del día siguiente.

Catrìona observó a los guerreros que cruzaban la puerta y le agradeció a Dios por haberlos protegido. De pie en el patio interior, pasó la mirada por los rostros de los que entraban cabalgando sobre los caballos y las carretas en busca de sus hermanos y de James. Le pidió a la Virgen María que la ayudara a calmar los estremecimientos fríos de preocupación. Una parte de ella deseaba haber podido estar allí, al lado de sus hermanos, para protegerlos; la otra estaba agradecida de no haber tenido la necesidad de acabar con más vidas.

Estaba aferrada a la mano de Rogene, que se encontraba de pie a su lado y observaba a los guerreros con los ojos abiertos de par en par.

Como tenían muchos heridos y varios caballos, habían cruzado el lago desde Dornie en una barcaza. Angus entró cabalgando seguido de Raghnall y David. Los tres se veían bien, a excepción de algunos rasguños y moretones. Catrìona sintió una ola de alivio. Angus las divisó y se desmontó de un salto para apresurarse al lado de Rogene y darle un abrazo tan fuerte que Catrìona creyó que se la quería tragar entera. David se acercó a abrazar a su hermana. Se veía mayor, más sombrío y endurecido por la batalla.

Raghnall vio a Catrìona y le guiñó un ojo. En respuesta, le ofreció una sonrisa y le hizo la señal de la cruz. Luego echó un vistazo hacia atrás por encima de hombro y señaló un punto. Catrìona siguió la dirección indicada y lo vio... «James». Estaba sentado en una de las carretas entre otros guerreros y se inclinaba sobre algo o alguien. Cuando alzó la vista, sus miradas se encontraron.

Varios siglos parecieron transcurrir en el momento en que se hundió en la calidez como miel derretida de sus ojos profundos. Le sostuvo la mirada como si nada ni nadie más existiera, como si «ella» fuera su religión.

Sintió un cosquilleo cálido. Pero no tuvo tiempo de disfrutarlo, ni de apreciar la atención plena de James porque la carreta se encaminó hacia ella, y cuando se detuvo, vio por qué estaba inclinado: estaba apretando un trapo contra la herida de un hombre.

Todo lo que siguió fue un borrón. Trató las lesiones que habían emparchado a las apuradas en el campo de batalla. Distribuyó tisanas y pócimas, limpió y vendó heridas. Detuvo varias hemorragias y extrajo algunas puntas de flechas que habían asestado en los guerreros. También trató hombros dislocados y brazos rotos, pero lo que más abundaba eran los rasguños y los moretones. La mayoría de los que habían sufrido heridas graves, no habían vuelto a casa.

Más tarde, sin siquiera hablar con James, que la ayudó todo el tiempo, se sintió satisfecha de haber ayudado a tanta gente y se quedó profundamente dormida.

AL DÍA SIGUIENTE, CATRÌONA SE LEVANTÓ TEMPRANO PARA IR a ver a sus pacientes. Volvió a vendar algunas heridas, suturó otras, y les administró más medicina. La tisana de corteza de sauce le fue muy útil. Le pidió a Ruth que se asegurara de que todos tuvieran bebida y comida.

Satisfecha de haberse encargado de todos los heridos, decidió ayudar con los preparativos de los Juegos de las Tierras Altas, que tendrían lugar en tres días. Podía comenzar a hornear *bannocks*, que no se echarían a perder. Para recaudar dinero que usarían para pagar lo que debían del tributo, iban a vender comida en la feria del evento... aunque Catrìona no sabía si Eufemia cesaría los ataques aún después de saldar la deuda.

En la cocina, un hombre de unos cuarenta años estaba terminando de limpiar. A juzgar por el aroma que provenía del caldero y el sonido burbujeante, el cocinero estaba preparando el almuerzo.

—Señora —la saludó—, quería ir a descansar un poco antes de terminar el almuerzo. ¿Necesita algo?

En respuesta, negó con la cabeza.

—No te preocupes, Sgàire. Ve a descansar. Voy a comenzar a hacer los *bannocks* para los Juegos de las Tierras Altas.

Pasó un trapo por la mesa grande que había en el medio del espacio.

—De acuerdo, gracias, señora. Yo también quería comenzar hoy. Toda ayuda es bienvenida.

El cocinero asintió en muestra de respeto y se marchó de la cocina. Se dirigió a la pequeña recámara en la parte posterior donde solía dormir.

Catrìona fue a la despensa a buscar el cuenco de arcilla con mantequilla fresca y otro que contenía la valiosa miel. Abrió una caja de madera donde almacenaban harina molida, pero como estaba vacía, regresó a la cocina con una bolsa de avena. Dejó la mantequilla y la miel sobre la mesa y se dirigió al molino de mano que se encontraba en una pequeña mesa en la esquina.

Cuando volvió la cabeza, apareció James en el umbral de la cocina y le robó el aliento. La habitación oscura se iluminó. Era alto y atractivo y tenía unas sombras bajo los ojos que no había notado antes. ¿Qué habría vivido en la batalla? El corazón le dolía por él, y tuvo que reprimir las ganas de correr hacia él y pasarle los brazos por el cuello.

—No queda harina —le dijo y, cuando se dio cuenta de que era algo extraño de mencionar, se sonrojó—. Voy a hacer *bannocks* para los Juegos de las Tierras Altas y tengo que moler la harina primero.

—¿Con eso? —Frunció el ceño al ver las dos piedras redondas separadas por un agujero y la pequeña manivela sobre la piedra más alta.

—¿Por qué no? ¿Acaso no muelen la harina en el futuro?

—No.

—Entonces ¿no comen pan?

—Lo compramos. Tanto el pan como la harina.

Catrìona negó con la cabeza y vertió avena en el agujero del centro. Acto seguido, tomó la manivela y comenzó a rotarla rápido. Oyeron los sonidos que producía el molino y, de a poco, la harina comenzó a salir de entre las piedras.

—Aguarda —dijo James, y se detuvo—. Debe ser trabajo arduo. Déjame hacerlo mientras haces algo... menos intensivo.

—Oh, no hace falta. Lo he hecho muchas veces...

—No, por favor. Me gustaría ayudar. Estoy seguro de que puedes hacer muchas cosas que yo no sé.

Catrìona apreció que intentara ayudarla.

—Sí, tiene razón, puedo encender el horno para los *bannocks*.

—Bueno, hazlo mientras muelo la avena. —Se detuvo cerca de ella y la hizo tragar con dificultad al inhalar su aroma masculino.

Por primera vez, se dio cuenta de que estaba a solas con él, y el corazón le latió desbocado en el pecho.

—Sí. —Soltó la manivela y dio un paso al costado como si el suelo a su alrededor estuviera en llamas—. Gracias.

James tomó la manivela y comenzó a rotar la piedra. Catrìona se quedó de pie sin habla, con la vista fija en los bíceps que se le tensaban bajo la túnica. Una imagen de él con los brazos tensos mientras se ceñía sobre ella desnudo la dejó sin aliento.

Por todos los cielos, ¿qué estaba haciendo? Se volvió tan rápido, que la trenza le golpeó la mejilla. Avanzó hacia el horno grande que había en la pared opuesta y lo abrió. Como había esperado, estaba frío. Se dirigió a la pila de leña y comenzó a apilar varias piezas en el recodo del brazo.

—¿Estabas preocupada por ellos? —le preguntó James por encima del sonido de las piedras que molían avena.

Lo había estado. Al igual que se había preocupado por sus hermanos todos los días que habían pasado luchando al lado de Roberto I.

—Dios estaba con ellos y con usted, *sir* James —repuso cargando el último leño en el brazo.

—Por favor, no me llames *sir*. No soy ningún *sir*. No soy nadie. Solo un policía.

Catrìona regresó frente al horno y comenzó a colocar la leña en el interior.

—No sé si puedo creerlo. Todo es tan...

Durante un momento, en la cocina reinó el silencio. Lo único que se oía era el rotar de las piedras, pero de pronto cesó. Catrìona se volvió a mirarlo por encima del hombro. La observaba con intensidad y tenía los ojos negros. Algo en su interior se ciñó hasta causarle dolor. Él y ella eran tan distintos. Él venía del futuro y tenía reglas y valores de lo más extraños. ¿Cómo podía alguien no creer en Dios? Y, sin embargo, nunca se había sentido más en paz ni más viva cerca de alguien.

Debía saber por qué.

—¿Por eso no crees en Dios? —le preguntó—. ¿Porque vienes del siglo XXI?

Él le miraba los labios como si fueran bayas maduras que quisiera saborear.

—No —respondió y reanudó la tarea de moler avena—. No es por eso.

—Y entonces, ¿por qué?

—No es una historia agradable.

La historia de por qué creía en Dios con tanta vehemencia

tampoco era bonita. Le dio la espalda y colocó el último leño en el horno. Parpadeó al tiempo que la invadían los recuerdos de ella acurrucada contra su madre, aterrorizada y rogándole a Dios que su padre se calmara.

—Estoy familiarizada con esas historias.

James terminó de moler.

—La avena está lista. ¿Quieres que haga más harina? —le preguntó.

Ella se volvió hacia él.

—Déjame ver.

Como si estuviera atraída hacia él por una soga, anduvo hasta él a paso lento y se detuvo a su lado. Vio la harina molida gruesa sobre la mesa bajo el molino.

—Hay que molerla una vez más.

Tomó un cuenco limpio, se inclinó sobre la mesa y comenzó a colocar la harina en el cuenco con las manos. Cuando James se arremangó la túnica, se quedó inmóvil, hipnotizada por los antebrazos hermosos y fuertes cubiertos con un vello suave y castaño que se acercaba a sus manos. Le rozó una mano con la palma para tomar el cuenco, y se le derritieron los huesos. Soltó el cuenco como si estuviera hecho de hierro caliente y dio un paso hacia atrás.

—Cuidado —le dijo y se rio entre dientes. El sonido la tentó a acercarse y acariciarle los labios con los de ella—. No querrás derramar toda esa valiosa harina, ¿no?

Al oírlo, se sonrojó. La había visto reaccionar a él de ese modo... Y no debería hacerlo. Enderezó los hombros y se encaminó hacia el hogar.

—No —respondió y se arrodilló, tomó una fajina e introdujo uno de los extremos en el fuego.

Cuando el sonido del molino volvió a llenar el aire, regresó al horno y colocó la fajina larga y en llamas en la pequeña pila de leña que había construido de forma estratégica. Sopló con cuidado y observó cómo el fuego cobraba vida y consumía los pequeños trozos de madera. Cuando las llamas comenzaron a tocar la leña, se preguntó si las manos de James se sentirían así sobre su cuerpo. Cálidas... fundidas... ¿La consumirían por completo?

Con una fuerza que la sorprendió, cerró la puerta del horno con un golpe.

James alzó la mirada para observarla con interés sin dejar de rotar la piedra. Mientras caminaba alrededor de la mesa, tomaba una fuente de horno de hierro y la colocaba sobre la mesa, sintió los ojos sobre ella, pesados y crepitantes.

—¿Alguna vez te hizo algo? —le preguntó mirándola a los ojos.

—¿Quién?

—Tadhg. Estuvieron comprometidos. ¿Alguna vez te ha hecho daño?

—¿Qué te hace pensar eso?

Soltó un suspiro y molió la avena a paso más lento.

—Porque no logro descifrar por qué una mujer hermosa y amable como tú querría descartar la posibilidad de ser feliz con un hombre. Y te sobresaltas mucho cuando estoy cerca...

La sangre le quemó el rostro. Desató el hilo que amarraba un trapo encima del frasco de mantequilla.

—No, *sir* James...

Quería distraerlo, hablarle de otra cosa, pero la preocupación que reflejaba su rostro era real. Y quería contárselo todo.

—Físicamente, no. Habíamos... Habíamos acordado una hora en la que me vendría a recoger para huir juntos y casarnos. Todo estaba listo, y lo arriesgué todo por él. Fui al embarcadero y lo esperé allí. Y, como nunca vino, me dolió.

Los ojos de James se oscurecieron más que una tormenta por la noche.

—¿Porque lo amabas?

Se rio entre dientes y tomó una cucharada de mantequilla. Amar a Tadhg... le parecía la noción más extraña ahora, pues cada vez que cerraba los ojos veía la mirada cálida y los rasgos esculpidos de un hombre de otra época.

—Sí, lo amaba —respondió y comenzó a esparcir la mantequilla sobre la superficie de la fuente.

James dejó de moler.

—¿Todavía lo amas? —Tenía la voz ronca, como si se hubiera tragado un sapo.

No estaba segura de qué sentía por Tadhg. Él le importaba, pero ¿sería otro tipo de cariño o un eco del pasado? ¿Era un sentimiento que surgía de la esperanza del futuro que había anhelado la muchacha de quince años? A pesar de lo que fuera, lo cierto era que no se parecía en nada al anhelo intenso que sentía por James. Pero nunca le podría decir eso.

—No importa. —Tomó otra fuente—. Le voy a servir a Dios el resto de mi vida.

James asintió y apretó los labios. Pasó las manos por la mesa para juntar la harina y colocarla en el cuenco.

—Sin dudas, es tu decisión. Pero dime algo, ¿te vas a convertir en monja porque te rompió el corazón? —No dejó de pasar las manos por la mesada. Alrededor del cuenco, se formó una pequeña nube blanca—. Porque si ese es el caso, hay hombres mejores para ti que Tadhg. No vale la pena arruinar tu vida por él.

—¿Arruinar mi vida? —Enmantecó la fuente como si estuviera intentando hacerle un agujero—. ¿De qué hablas? Voy a ser libre. Libre de los hombres y de sus opiniones acerca de lo que debería hacer. Libre para hacer la diferencia en la vida de otras personas. Libre para leer, escribir y aprender. ¿Sabes que mi padre es la razón por la que no sé ni leer ni escribir? ¿Te das cuenta de que, si no voy al convento, la alternativa es casarme con un hombre que tome todas las decisiones por mí? El único lugar donde las mujeres tienen poder es en el convento.

James la observó con el ceño fruncido.

—Pero nunca tendrás niños. Nunca sabrás lo que es pasar la vida con alguien. Nunca besarás... Nunca harás el amor...

Parpadeó. El recuerdo del beso le invadió la mente como una ola a punto de reventar. Los recuerdos de la calidez de sus labios, las cosas deliciosas que le había hecho con la lengua y la sensación de estar flotando y nadando en una especie de poción exquisita de placer le recorrieron las venas. Hacer el amor... Si un beso la había hecho sentir de ese modo, ¿cómo sería yacer con él desnuda, piel a piel, enredada en su cuerpo grande y duro?

Como curandera, sabía lo que ocurría en teoría entre un hombre y una mujer, y había visto a varios animales aparearse como para saber que algo similar ocurría entre los seres humanos. Pero ¿cómo se sentiría en realidad?

Lo miró a los ojos sin poder moverse o apartar la vista.

—¿Hacer el amor? —susurró sin saber de dónde venían las palabras—. ¿Y quién me amaría? A la verdadera yo, no a la muñeca hermosa que gestará hermosos bebés y limpiará la casa.

Allí estaba, la verdad expuesta por primera vez en su vida. Algo que apenas podía admitirse a sí misma. James parpadeó y en sus ojos vio reflejado todo su dolor.

—Durante toda mi vida —continuó en una voz que no sonaba como la de ella—, mi padre se aseguró de que supiera que no era más que un medio para alcanzar un fin, una posesión que lo volvería más importante. Me lo decía todos los días, y mi madre me alentó a convertirme en monja y escapar de la vida en la que me convertiría en la posesión de otro hombre, como le pasó a ella.

Soltó el aliento.

—Cuando falleció mi madre, apareció Tadhg. Me oyó, rezó conmigo, y hablábamos. Me hizo sonreír. Por primera vez en mi vida, me sentí apreciada, valorada y... bueno, amada.

—Deberías haber sentido eso todos los días de tu vida.

Sintió una lágrima que le rodaba por la mejilla. Las palabras le calaron el pecho y le hicieron sentir calidez en el corazón, como si estuvieran cerrando las grietas que tenía en él. Durante un breve momento, se imaginó cómo sería saber que era amada. ¿Se habría enamorado de Tadhg de todos modos? ¿Habría llegado a considerar convertirse en monja?

—Quizás —dijo—, pero él fue la primera persona que me

hizo sentir que lo era. Y luego, cuando accedimos a casarnos, me rompió el corazón y desapareció. Mi madre me había dicho que no esperara que alguien me amara. Cuando decidí seguir el camino de Dios fue porque supe que si no me iban a amar como era, no me casaría. No terminaría en las manos de otro tirano como mi padre. Sería fuerte, independiente y culta en una comunidad de mujeres que dedicaban la vida a ayudar a la gente.

—Pero ¿y si alguien te amara? —Avanzó hacia ella y colocó el cuenco de harina sobre la mesa—. Si te amara de verdad, tal como eres, y te diera toda la libertad que quieres. ¿Aún querrías ser monja?

Ella no respondió. La idea era de lo más descabellada, pero a la vez seductora.

—Quiero hijos —susurró—. Y un marido.

—Entonces no vayas al convento —le sugirió.

—¿Por qué? ¿Quién me va a amar, James? ¿Quién no me va a tratar como una posesión?

Le tomó la mano entre las suyas y le hizo sentir un frenesí de luz estelar. Sus manos se unieron. Las de él tenían harina, las de ella, mantequilla. No pudo evitar hundirse en la oscuridad cálida de su mirada.

—Para ser una creyente de lo más obstinada, es sorprendente la poca fe que tienes.

El corazón le latió desbocado en el pecho, y creyó que hasta él podía oírlo. ¿Qué estaba diciendo? Ese hombre era tan atractivo que era difícil concebir que pudiera existir. Le despertaba cada rincón del cuerpo y la hacía sentir viva, como nunca nadie lo había hecho antes. Era amable y desconcertantemente perceptivo.

—¿En qué? —le preguntó sintiendo cómo se derretía la mantequilla por el calor de sus dedos.

—En ti.

CAPÍTULO 25

TENÍA los ojos tan grandes y tan azules que le parecieron ver un trozo de cielo brillar a través de ellos. Entreabrió los labios rosados y carnosos, y James anheló reclamarlos. Lo miraba con una mezcla de vulnerabilidad y luz que le iluminaron todo el mundo.

—Quien te haya hecho creer que no eres digna de amor merece arder en el infierno —le aseguró con la voz ronca—. Eres tan encantadora tal y como eres que no puedo evitar...

La garganta se le cerró de la emoción. Sentía ira hacia su padre por haberle hecho creer que no valía nada... Tenía miedo de lastimarla al decir en voz alta la palabra que era tan cierta que creyó que veía todo con claridad por primera vez en su vida.

«Amarte».

Era tan encantadora que no podía evitar enamorarse de ella. Eso era lo que le había querido decir. Tan encantadora que, por un momento, deseó no pertenecer a otro siglo. Tan encantadora que quería caer a sus pies y ofrecerle su lealtad como un condenado caballero de radiante armadura. Pero no lo era. Y pronto desaparecería de su vida para siempre. No podía ser el tercer hombre que la lastimara. No se merecía eso.

—¿No puedes evitar qué? —le preguntó.

James exhaló y dio un paso hacia atrás para interrumpir el contacto.

—Lo siento... Eh... —Se pasó los dedos por el cabello. Cuando vio que a Catrìona se le agrandaban los ojos, recordó que los tenía cubiertos de harina y mantequilla.

Ella soltó una carcajada que lo hizo reír.

—No puedo evitar preguntarme cómo cambiaría tu vida si fueras capaz de verlo tú también —respondió y se volvió para regresar al molino—. Necesitas más harina, ¿no?

Aun riendo, parpadeó. Se veía muy hermosa iluminada con esa luz y fuerza internas, con esa sonrisa ancha en el rostro, los pequeños hoyuelos en las mejillas y los ojos brillantes.

Vertió la harina en la mesa y tomó un puñado de mantequilla.

—Sí, ¿puedes hacer más, por favor?

—Claro. —Se volvió a acomodar en la estación de trabajo y llenó el hueco del molino de avena. No le molestaba trabajar. Se dio cuenta de que de allí provenía el término «moledor». Era un trabajo arduo y tedioso. Si esas personas supieran que en cientos de años la humanidad habría logrado un gran avance, de seguro pensarían que se trataba de magia.

Pero mientras tomaba la manivela y comenzaba a rotarla, se dio cuenta de que había algo muy gratificante en esa tarea simple que realizaba con las manos. Una conexión con el cuerpo y con la tierra. Recordó que, en la secta, siempre se les asignaban las tareas de jardinerías a los corporativos, a los hombres que pensaban demasiado y, para su sorpresa, siempre los había ayudado a encontrar el equilibrio.

Catrìona comenzó a mezclar la masa. Movía las manos rápido, con los movimientos de alguien que había hecho eso en cientos de ocasiones. ¿Cómo se sentiría tener esas manos masajeándole la espalda? ¿Cómo se sentiría si se las deslizara por el estómago y le envolviera el miembro...? Se endureció en el instante y se obligó a aclararse la garganta al sentir el peso de la culpa sobre los hombros. Sería mejor concentrarse en la tarea que estaba realizando.

—¿Sabe qué, *sir* James? Para ser alguien que no cree en Dios, suena como un sacerdote.

James se rio.

—¿Cómo dices?

—De verdad, suena como el padre Nicholas, el sacerdote de la iglesia de Dornie.

Riendo, negó con la cabeza.

—Nunca creí que me acusarían de eso.

Apretó la masa contra la mesa y lo miró pensativa.

—¿Qué lo hizo ser así, *sir* James?

El único sitio en el que quería que lo llamara «*sir*» era debajo de él mientras gritaba de éxtasis y añadía «por favor».

—¿Cómo soy, Catrìona? —le preguntó con la firme resolución de ahondar en el tema para deshacerse de la imagen de tenerla desnuda bajo el cuerpo.

—Es un hombre parado al final del arcoíris con un cofre lleno de oro a los pies, pero asegura que lo único que hay es musgo.

James dejó de moler y alzó la vista al brillante par de ojos azules que le calaban hasta el alma. Se le tensó el mentón al tiempo que asimilaba la dolorosa verdad de esas palabras.

—Un arcoíris no es más que unas gotas de agua en el aire —le dijo con los dientes apretados—. Es una ilusión que genera la luz del sol.

En respuesta, arqueó las cejas victoriosa como para decirle: «Acaba de demostrar mi punto». Luego continuó amasando.

—¿Piensas que no quiero creer? —le preguntó abriendo las manos grandes y dejando un rastro de harina en el aire—. Ojalá fuera tan ingenuo e inocente como la mayoría de las personas. Pero no lo soy. Demasiado pronto comprendí que mi existencia era un error. El resultado del lavado de cerebros, un medio para obtener un fin.

Catrìona se quedó inmóvil.

—¿Lavado... de qué?

James suspiró, se inclinó sobre el molino con ambas manos y hundió la cabeza entre los hombros. Luego la miró a los ojos.

—Nací en una secta. Supongo que no sabes lo que es, pero se trata de adorar a una persona que hace que los miembros crean que puede curarlos u obrar milagros para ellos. Pero para hacerlo, deben pagar mucho dinero.

Catrìona frunció el ceño.

—Entonces, ¿es como el paganismo?

—Bueno... no. Se parece. Digamos que sí, pero que, en lugar de creer en dioses como Thor, Odín o Zeus, la gente cree en una persona en concreto. Le rezan y la consideran una deidad. Y, en lugar de las donaciones que la gente le da a las iglesias y los monasterios, le dan dinero a esa persona por el privilegio de ser miembros de su secta y para que esa persona mejore sus vidas de algún modo.

—Oh, eso no suena apropiado.

James asintió.

—No lo es. En mi época, es ilegal.

Nunca había hablado de eso con nadie, excepto con Emily y la oficial de policía que había llevado a cabo la redada en la secta. En el momento que se marchó del lugar, se había resuelto a enterrar los recuerdos en lo más hondo de su ser y olvidar que los primeros años de su vida habían ocurrido. A primera vista, él y Catrìona no podían ser más diferentes. Habían nacido y crecido a cientos de siglos de distancia. Pero había una similitud entre ellos, algo que no podía describir con palabras. Era como si todo estuviera electrificado cuando se encontraba cerca. Como si la vida tuviera sentido, y pudiera ser él mismo. Quería contarle acerca de su infancia. Aunque no entendería los detalles, comprendería la experiencia.

—Mi madre se involucró en la secta de Brody Guthenberg, que se llamaba Maravillas Invisibles. Todo se trataba de creer en el poder del pensamiento, de las intenciones positivas y el éxito. Todo eso suena genial, ¿no? Pero él era la fuente de ese éxito. Les decía a todos que era como un diapasón que se podía alinear a las frecuencias de las maravillas. Era el único hombre en el mundo capaz de hacerlo, y luego canalizaba esa magia en la gente para cambiarles la vida. Lo más sorprendente es que para algunos funcionó, al menos en parte. En la psicología lo llaman «profecía autocumplida». Funcionó lo suficiente como para que mi madre creyera que podía lograr más cuanto más pagara y más alto escalara en la membresía.

—¿Qué significa eso?

—Tenía que pagar dinero para acercarse a Brody. Cuanto más te acercabas a él, más rezaba, cantaba y leía contigo. En cada círculo había muy pocos miembros. Cuantos menos miembros, más atención individual recibías. Y eso te traía más éxito y felicidad en la vida.

—¿Éxito y felicidad? ¿Esas son cosas importantes en tu época?

—Sí, algunas de ellas. Creo que mi madre siempre tuvo una personalidad adictiva, y él era como una droga para ella. Le daba la euforia, la emoción que necesitaba en la vida. Por eso me tuvo a mí, el hijo de Brody, con la esperanza de atarlo a su lado a través de un hijo, pero no funcionó. El bastardo ya tenía una docena de bebés en el recinto. Luego, tuvo a mi hermana, Emily.

Cuanto más se hundía en los recuerdos, más lento molía la avena.

—Tuve que rezar y meditar con mi madre desde que tengo uso de memoria. Crecí creyendo en esas cosas, Catrìona. Creyendo que Brody era Dios. Y viendo que la fe ciega era la destrucción de mi madre.

A Catrìona se le llenaron los ojos de lágrimas y parpadeó. Se llevó los dedos cubiertos de masa al cuello, donde James sabía que tenía una cruz. Era un instinto, un gesto automático que probablemente había hecho a lo largo de toda la vida en busca de fuerza. Pero también lo hacía para invocar a Dios.

Y él acababa de decir que la fe había sido la destrucción de su madre.

Vio que la epifanía le despejó el rostro. Parpadeó, se limpió los dedos con un trapo y avanzó hacia él despacio, como si fuera un animal salvaje que temía espantar.

—¿Y qué pasó después? —le preguntó al detenerse delante de él.

No vio juicio ni deseo de convencerlo de la existencia del verdadero Dios o de Jesucristo, y eso lo hizo respirar más relajado. Estaba parada a su lado, y su presencia lo hacía sentir cálido y le calmaba la tormenta de emociones que se le había desatado en el pecho.

—Comenzó a beber —continuó James—. Él comenzó a usarla, a manipularla para que le diera hasta el último centavo que ganaba.

—Un día, cuando vi a Brody golpear a mi hermana detrás de nuestra casa para que nadie lo viera, me di cuenta de que algo iba muy mal. Corrí para intentar detenerlo, pero me empujó y me amenazó. Me dijo que, si le decía algo a alguien, también le haría daño a mi madre. Luego, mi madre me envió a hacer un recado a la ciudad, y una oficial de la policía habló conmigo afuera del recinto y me preguntó qué estaba ocurriendo. Nos habían enseñado a no hablar con nadie acerca de nuestras vidas allí. Pero, de algún modo, la oficial logró que me abriera a ella y que la oyera. Cuando me preguntó si mi mamá se encontraba bien, supe que no lo estaba. Que mi hermana tampoco. De hecho, ninguno de todos esos hombres y mujeres bajo el hechizo de Brody se encontraba bien. En ese momento, supe que había sido un tonto. Había creído. Había fallado a la hora de ver los hechos. Mi hermana correría más riesgo con Brody cuanto más creciera. Brody era un hombre podrido. Y mi madre nunca vería la razón. Prometí que nunca permitiría que Brody le volviera hacer daño a mi familia. Ayudé a la policía a reunir pruebas para desmantelar la secta. Brody fue a prisión de por vida. Los detectives de la policía encontraron a mis abuelos, y nos mudamos con ellos. Mi madre comenzó a beber mucho y falleció a los dos años.

—Lo siento mucho, James —susurró con unas lágrimas que le brillaban en los ojos—. No entiendo todo. Pero sé una cosa. Tú sabes lo que es vivir bajo el hechizo de un tirano y ver a tu madre morir bajo su sombra.

—Pero tú encontraste la salvación en la religión —señaló James—. Y yo la encontré al destruir la mía. Por eso no quiero que cometas un error del que te arrepentirás por el resto de la vida.

Catrìona parpadeó, y una lágrima le rodó por la mejilla.

—¿Y si reconsidero convertirme en monja, James? —le preguntó—. ¿Y si me haces cambiar de parecer? ¿Qué ocurrirá luego?

«Nunca me apartaré de tu lado, al diablo con mi hogar». Las palabras cálidas, seductoras y liberadoras querían escaparle de la boca.

Pero la puerta de la habitación privada del cocinero se abrió, y el hombre entró en la cocina rascándose la barriga redondeada y bostezando. Catrìona dio un paso hacia atrás como si hubiera tocado un horno caliente.

—Señora... —comenzó el cocinero mirándola con el ceño fruncido—. Déjeme amasar a mí. Debe comer. Ya ha hecho demasiado ayuno. Tome, aquí hay algunos...

Pero Catrìona se limitó a apretarle el hombro y ofrecerle una sonrisa débil, le asintió a James y huyó. James clavó la mirada en la puerta por la que acababa de desaparecer.

¿Qué hubiera dicho si hubiera logrado decirle cómo se sentía?

James comenzó a moler la avena de nuevo, y las piedras trituraron los granos hasta convertirlos en harina.

Quizás eso era lo mejor. Quedarse allí era una fantasía tonta. Emily y el bebé lo necesitaban en el siglo XXI. No importaba lo que sentía por Catrìona, tenía que quitárselo de la mente.

CAPÍTULO 26

Catrìona soñó que corría. Un viento cálido le hacía cosquillas en la piel mientras se movía liviana y libre. Pasaba de largo las ramas negras de los árboles. No había ningún indicio de la luna en el cielo negro, pero no necesitaba la luz para saber a dónde iba. No llevaba puesto nada, pero se sentía bien... Interesante. Excitante.

Oía su respiración agitada en los oídos, y el corazón le latía desbocado en el pecho por la anticipación. Sentía el cuerpo distinto. No era el espantapájaros en el que se había convertido hacía poco. No, estaba exuberante: con las caderas redondeadas, el vientre lleno, los pechos pesados y las piernas grandes y fuertes. Y le gustaba.

No había ningún sentido de pena o culpa o de falta de mérito. Se sentía completa y hermosa. Era parte del mundo, y el mundo era parte de ella.

En algún punto más adelante, entre los árboles, vio unas llamas que brillaban: su destino. El hombre imponente con los ojos como castañas oscuras, músculos ondulados y más misterios de los que podía develar la llamaba. Llegó a una casa alta de piedra pulida que tenía unos tallados de ríos y manos en la superficie. Cuando la puerta grande se abrió, lo vio de pie en el umbral, tan desnudo como ella, y luego le ofreció la mano.

¿Por qué no estaba avergonzada? ¿Por qué no se cubría ni huía? Porque deseaba eso. Lo deseaba a él, en el sueño. Detrás de él, una luz dorada brillaba como si el sol estuviera rompiendo el alba en algún punto de la casa, y supo que era una luz cálida, hermosa y buena.

Mientras se acercaba a él, la misma luz solar le nació en el centro del pecho y, cuando tomó la mano que le ofrecía, se expandió por todo su ser como un fuego que consumía un trozo de madera delgado. Cuando se acercó incluso más a él, el hombre comenzó a irradiar la misma luz. Luego la tomó en sus brazos y la besó.

La besó... Los labios suaves rozaban los suyos, la lengua le acariciaba la suya, jugaba con ella y le hacía sentir una descarga de placer en las venas. Le recorrió la espalda con las manos y le apretó las nalgas. La maravillosa ola de deseo que la embargó le hizo soltar un sonido. En respuesta, el hombre emitió un gruñido animalesco y la levantó. Le envolvió las piernas por la angosta cadera, y algo duro y caliente se apretó contra su sexo hinchado. Al frotarse contra ella, le produjo unas deliciosas sensaciones de ardor y dolor. El hombre caminó con ella al interior de la casa iluminada, y la fricción le provocó explosiones de deseo que la llevaron a mover las caderas contra él. Quería más... más... más...

Se incorporó de un salto, y la luz solar cálida quedó reemplazada por la penumbra de la habitación. Con la respiración entrecortada, clavó la mirada en la misma pared de piedra que había visto todos los días de su vida. No había ninguna luz solar allí. Ni estaba James. Tenía el cuerpo caliente, la carne entre los muslos le ardía por él, deseaba que la tocara allí, que le hiciera... algo...

¡Oh, cielos! ¿Qué le pasaba? ¿Cómo podía tener un sueño tan indecente y pecador? Era evidente que estar cerca de él le hacía mal a la psiquis. Era una tentación; una tentación dulce e irresistible. La manzana del pecado que había llevado a Dios a echar a Adán y Eva del paraíso.

Sin embargo, el sueño no había tenido nada que ver con el verdadero Dios o con Adán y Eva. De hecho, había algo pagano en él, algo que siempre le habían dicho que estaba mal. Que era pecaminoso. ¿Sería que algún demonio la había llevado por el mal camino?

Todo acerca de James era muy confuso. No solo lo había deseado en ese sueño, sino que también se había sentido completa y en paz. Por primera vez desde que tenía uso de memoria, se había sentido libre, se había amado y había estado satisfecha con su cuerpo. No había sentido vergüenza. Se había sentido digna.

¿Estaría mal sentir esas cosas?

«Para ser una creyente de lo más obstinada, es sorprendente la poca fe que tienes», le había dicho. Nunca nadie le había dicho nada más cierto.

Y en ese sueño con él, había tenido fe en sí misma. Y se había sentido maravilloso.

Se pasó la palma contra el rostro, se volvió a recostar en la cama y miró la luz plateada que proyectaba la luna sobre el suelo.

Era una lástima que no se pudiera quedar en ese sueño para siempre. No habría ningún convento al que tuviera que ir. Ningún pecado que cometer. Ningún dolor ni pena en el corazón. Solo existiría el amor, la luz solar y James.

Se cubrió con la manta. Qué sueños más tontos.

Pero... ¿lo eran? Le había dicho que quería tener niños y que quería un marido. Aún no había hecho los votos. Aún podía cambiar de parecer. Aún podía permitirse vivir una vida simple y secular. En ese caso, el marido más lógico para compartir esa vida sería Tadhg. Le podía decir que había cambiado de parecer. Pero el hombre que «quería» era James.

Tenía que descubrir si esos eran en efecto sueños tontos.

Se envolvió con una manta, se puso los zapatos y salió de la habitación. Se apresuró a bajar las escaleras, atravesó el pasillo silencioso y el patio frío y entró en la edificación de las barracas. Solo había otros dos hombres durmiendo en la habitación, y se movió sin emitir ni un sonido mientras avanzaba hacia el colchón en el suelo sobre el que dormía James.

Por un momento, se maravilló de su perfil pacífico, pero antes de que pudiera despertarlo, él se volvió y la miró directo a los ojos.

—¿Catrìona?

Le apretó un dedo contra los labios.

—Calla —le susurró—. Ven, por favor.

James asintió y se incorporó. El pecho poderoso parecía más pálido en la semi penumbra de la habitación, y se le tensaron los músculos fuertes de los hombros y los brazos mientras se colocaba la túnica y se ponía de pie.

—¿Todo bien? —le preguntó en un susurro.

—Sí, ven —le respondió.

Acto seguido, le tomó la mano grande, que estaba cálida y áspera. Aunque no le generó una explosión de luz solar en el pecho, sintió esa sensación familiar de paz y completitud que se le extendía por todo el ser. Jaló de él y lo condujo de regreso a su habitación. Cuando entró, James se detuvo con el ceño fruncido.

—¿No deberías evitar estar a solas con un hombre? —le preguntó.

—Sí —le respondió—. Está bien, entra. Necesito hablar contigo.

Él echó un vistazo al rellano antes de entrar y cerrar la puerta a sus espaldas. Catrìona encendió la vela de sebo que había sobre el baúl que yacía al lado de la cama y lo miró.

—¿Qué sucede? —le preguntó.

—Acabo de soñar contigo —le dijo.

James se puso serio y adoptó una expresión de estupor.

—¿Sí?

—Sí... Eh... Estabas en una casa llena de luz solar y me dabas la mano, y yo... Nunca me sentí tan bien.

James recorrió la habitación y se pasó los dedos por el cabello corto.

—Mierda.

—¿Qué?

—No puedo creer que estoy por decir esto. ¿Acaso había unos tallados de ríos y...?

—¿Manos? —terminaron al mismo tiempo.

Un escalofrío la recorrió. Cuando sus miradas se encontraron, los ojos de James estaban completamente negros y brillaban con intensidad.

—Me estás poniendo el mundo patas para arriba, Catrìona —susurró—. Yo... Nunca sentí nada como esto por nadie. Nunca tuve este tipo de experiencia espiritual, como de otro mundo. Por el amor de Dios, si nunca viajé en el tiempo. ¿Qué me haces?

Sus palabras eran cálidas y pesadas, pronunciadas con una voz ronca y llena de necesidad.

Catrìona eliminó la distancia que los separaba y le pasó los brazos por el cuello.

—¿Qué me haces «tú» a mí?

Cuando James le pasó los brazos por la cintura y la apretó contra su cuerpo, se le derritieron los músculos hasta convertirse en miel cálida.

—Pero ¿no tienes que ir al convento? —le preguntó mirándola con una expresión dolorosa.

—No sé si quiero... Yo... No me puedo alejar, James.

—Sabes que me voy a marchar, ¿no?

Tragó con dificultad y asintió.

—Sí, pero ¿de verdad tienes que marcharte?

—Tengo una vida en el futuro. Mi hermana está embarazada, y su prometido falleció. Solo me tiene a mí. No la puedo dejar criando a un hijo sola. Además, no me puedo quedar en la Edad Media...

El silencio reinó en la recámara.

—¿Ni siquiera por mí?

Tragó con dificultad.

—No quise decir eso, Catrìona. Yo...

Catrìona negó con la cabeza y le sonrió.

—No lo expliques. Sé lo que quisiste decir.

No era digna de amor. O al menos no lo suficiente como para que él abandonara su vida y se quedara allí por ella. Pero no podía pensar en eso ahora.

—Entonces tendremos esto —susurró—. Hasta que te marches. Hasta que tenga que ir al convento. Tendremos esto. Llévame a la casa de la luz solar, James. Hazme tuya.

En lo más profundo de su ser, sabía que estaba a punto de arruinarse y que se dirigía a una ruptura de corazón que nunca más sanaría. Iría al convento y pasaría el resto de su vida haciendo penitencia por haber pecado de lujuria. Nunca sería una esposa o una madre, pero tendría ese recuerdo. Eso debía de bastarle.

Los recuerdos de James y los sueños de la vida que nunca tendría deberían de bastarle para poder vivir el resto de la vida.

CAPÍTULO 27

JAMES APLASTÓ la boca contra la de Catrìona, quien lo atrajo como una fuerza gravitacional. Abrió los labios suaves para recibirlo, para responder el beso con un deseo que le hacía eco al suyo. Era muy pequeña y se sentía frágil en sus brazos y... por, Dios, cómo la deseaba.

Ese sueño... La había visto desnuda, brillante e impresionante. Él había estado duro y había ardido por ella.

Al igual que en el sueño, la levantó y le permitió que le pasara las piernas por la cintura. La cargó hasta a la cama y se sentó con ella en el borde. Gimió de la dulce fricción del punto cálido y suave entre sus muslos apretado contra su erección.

Igual que en el sueño, el sonido que emitió Catrìona le hizo arder la sangre. Diablos, estaba listo para tomarla.

«Hazme tuya», le había dicho.

Detuvo el beso y se echó hacia atrás para mirarla a los ojos.

—¿Qué quisiste decir con que te haga mía?

Ella exhaló.

—Quiero esto... y más... ¿Cómo hace un hombre para tomar a una mujer?

—Pero eres virgen...

—Sí.

Maldijo por lo bajo. Nunca antes había estado con una virgen, ni quería hacerlo. Su idea de una relación eran dos adultos que brindaban su consentimiento y disfrutaban de su compañía sin crearse expectativas ni ponerle etiquetas a la conexión. Quitarle la virginidad a una mujer medieval que tenía pensado convertirse en monja no era una responsabilidad que quisiera asumir.

—¿Acaso no es un pecado o algo? —le preguntó con la respiración entrecortada.

—Sí, es pecado... —susurró—. Y tendré toda la vida para rogar por la expiación.

Le selló los labios con los suyos en un beso tierno y ardiente de deseo. El aroma a hierbas y a algo dulce y femenino lo embargó, y quiso sumergirse en él como si fuera una nube suave. Sabía divina, deliciosa y pura. Lo deseaba. Deseaba pecar con él. ¿Quién diablos era para negarle ese placer cuando él mismo ardía como una antorcha por ella?

Sin embargo, la condenada y fastidiosa voz de la razón le recordó que las cosas no eran tan simples.

Cuando soltó un gemido ronco de placer, la sangre le ardía y se le había convertido en un incendio abrasador que le hizo soltar un rugido alto que le acalló cualquier voz en la cabeza, excepto las que les hacían eco a los gemidos de ella. Le dejó la boca y comenzó a bajar por el mentón, por el cuello sedoso, y le inhaló el aroma que era como oxígeno. Catrìona echó la cabeza hacia atrás y dejó el cuello expuesto. Con los labios, sintió que el pulso le latía en la garganta a un ritmo acelerado que imitaba el suyo.

El dobladillo del camisón se sentía áspero contra los labios. Era lino rasposo. Cielos, tenía la piel tan suave que se preguntaba cómo esas prendas no la irritaban. Se merecía llevar las prendas más sedosas y bonitas. ¿Cómo se vería en un vestido celeste que le iluminara los ojos y le resaltara el tinte dorado del cabello? Desató los hilos que le sujetaban el camisón y se lo bajó hasta los hombros. Con un camino de besos, descendió hasta los senos, y Catrìona se deshizo cuando le acarició uno a través de la tela suave. Le dibujó círculos alrededor del pezón, que se enderezó y formó un pequeño capullo.

James se endureció tanto que creyó que iba a explotar. Bajó la cabeza, se llevó el seno a la boca y le succionó el pezón a través de la tela del vestido. Catrìona soltó un jadeo, se arqueó contra su boca y le enterró los dedos en el cabello.

—¡Oh, cielos! —gimió—. Oh, perdóname, Señor...

Tras oírla, volvió a hablar la voz de la razón en su cabeza. Lo cierto era que aún no estaba del todo de acuerdo con eso, a pesar de lo que había dicho. Aún creía que estaba haciendo algo mal. Se sentía débil y confundida, y se estaría aprovechando de ella.

James se sentó y la miró. Catrìona lo observaba con la boca entreabierta y jadeaba, con los ojos convertidos en dos piscinas oscuras de lujuria. Como el sol comenzaba a colarse por la ventana, una luz celeste pastel y melocotón la iluminaba.

—¿Qué sucede? —le preguntó.

Cerró los ojos un instante. Detenerse le provocaba dolor físico.

—Disculpa. —La miró a los ojos hermosos—. No puedo.

Vio el dolor del rechazo. Catrìona se retorció, y se le formó una arruga entre las cejas arqueadas.

—¿Por qué?

—Porque no te puedo hacer eso. Ahora me deseas, pero un día, te arrepentirás de esto. Y, una vez hecho, no se puede volver atrás. No me interpondré entre tú y tu alma inmortal.

Aun jadeando, se puso de pie, pero los ojos reflejaban enfado.

—Pero no crees en Dios ni en las almas. ¿Cómo me puedes dar una lección acerca de mi alma inmortal?

James soltó un suspiro.

—Hace mucho tiempo, creía en las dos cosas. —Cuando se volvieron a mirar a los ojos, el aire entre ellos estaba cargado de electricidad, y de un deseo y dolor pesado y tácito—. Y no te estoy dando ninguna lección —agregó con suavidad—. Solo te estoy cuidando.

Enderezó los hombros y comenzó a atarse el camisón.

—No necesito que me cuides. Es mi alma, mi cuerpo y mi vida. Tomé una decisión, ¿por qué no puedes respetarla?

James detestaba lastimarla, en especial sabiendo que ya se sentía rechazada.

—¿Te hubieras detenido si estuviéramos casados? —le preguntó.

—¿Casados? —Se retorció. No estaba seguro de haberla oído bien—. Pero...

—Sé que te tienes que marchar pronto —lo interrumpió, y en su voz se oyó una nota de acero—. Pero si no te marcharas. Si pudieras... si quisieras... quedarte y estuviéramos casados, ¿te hubieras detenido?

No, no se detendría nunca. Jamás la dejaría. Se aseguraría de que no derramara ni una lágrima más a menos que fuera de felicidad.

Abrió la boca para decir algo... Algo que no la lastimara, pero que no delatara cuánto le agradaba la idea de que ella le perteneciera para siempre. Sin embargo, no pudo. Había un hombre mucho mejor que él para ella. Y si estaba pensando en casarse, Tadhg lo derrotaba con creces. No debería alejar a Catrìona de Tadhg; él era la mejor oportunidad que tenía de alcanzar la felicidad. Tadhg se quedaría, y James se marcharía luego de asegurarse de haber atrapado al verdadero agresor. Su hermana lo necesitaba, y no pertenecía allí.

—No puedo responder eso —dijo por fin, y antes de que pudiera hacer algo para tentarlo a romper la resolución frágil que había logrado tomar, se puso de pie y se marchó.

CAPÍTULO 28

Los siguientes dos días transcurrieron en un frenesí de actividad con los preparativos de los Juegos de las Tierras Altas. Mientras el castillo entero parecía estar a las corridas para terminar con todo a tiempo, James también se ofreció a ayudar.

Aunque había tenido varias charlas más con Finn y con los centinelas que aseguraban haberlo visto en la muralla, no descubrió nada nuevo. A pesar de que Raghnall le había dicho que había estado en la cocina la noche del apuñalamiento, nadie pudo confirmar su coartada. Había muchos cabos sueltos, pero le faltaba algo. Algo importante para poder ver el panorama completo.

Por su parte, Catrìona parecía estar evitándolo y pasaba más tiempo con Tadhg, y James no se la podía quitar de la mente. Estaba en sus pensamientos cada segundo que pasaba, sin importar qué hiciera. Y, aunque Tadhg era un candidato mucho mejor para ella, detestaba verlos cerca. Para colmo de males, Tadhg nunca parecía encontrarse lejos. La ayudaba a cocinar y a coser trapos y lonas para los puestos y las tiendas de campaña que utilizarían en el evento.

James había pasado mucho tiempo en el campo abierto donde tendrían lugar los juegos, a media hora a pie de Dornie.

Junto con David, Raghnall y varios guerreros Mackenzie, construyó puestos de madera donde venderían productos, montó tiendas de campaña, ayudó a preparar el campo para los diferentes juegos, colocó los blancos para la competencia de lanzamiento de hachas, recolectó piedras para la de lanzamiento de piedras y creo un espacio alejado y seguro para los niños. Los hombres cortaron árboles para leña, y el claro del bosque se llenó de un aroma fresco a resina de pino. Luego prepararon sitios para las fogatas para cocinar y mantenerse calientes. Al cabo de unas horas, el claro parecía una feria medieval. El día anterior, habían comenzado a llegar algunos invitados, y la atmósfera se llenó de risas relajadas, canciones y charlas.

Durante esos dos días, James había pasado mucho tiempo con David; el chico le agradaba mucho. Era serio y muy bondadoso, y tenía una determinación desesperada de cumplir sus objetivos.

David había regresado de la batalla con algunos rasguños y moretones, pero no había sufrido ninguna herida de gravedad. Sin embargo, algo había cambiado en él: como un hombre que quedaba varado en una isla deshabitada, sus ojos reflejaban una soledad llena de pena, a pesar de que no pasaba mucho tiempo a solas en la Edad Media. Parecía que todos se metían en los asuntos de todos y que la sensación de comunidad era muy fuerte. Pero lo entendía. Ese no era el mundo de David. No era el futuro que había soñado. James sabía que David anhelaba regresar al siglo XXI con él lo antes posible.

Durante ese tiempo, James había hablado también con Rogene, que le contó todo lo que había pasado y le explicó varias cosas acerca de la Edad Media que lo ayudaron a entender la situación mejor.

Por fin llegó el primer día de los Juegos de las Tierras Altas y todos en el castillo se acercaron al claro, excepto Laomann y algunos criados. La procesión que precedía a James era larga; la gente llevaba sacos de lino recién tejido, así como también prendas y zapatos, algunos barriles de *uisge* de Angus y cajas de madera con pastelillos, pan y *bannocks* para vender. El herrero del castillo había hecho espadas, escudos, herraduras para caballos y hachas, y varios hombres las cargaban hacia el evento.

La procesión era tan larga que James se tuvo que detener tras cruzar las puertas del castillo y esperar en una fila larga para abordar en las embarcaciones. Mientras aguardaba, disfrutó del aire limpio y miró alrededor. Recordó el día en que había llegado allí con Leonie y que habían recorrido el puente largo de piedra que aún no se había construido en esa época.

Inusitadamente, hacía tiempo cálido y seco, perfecto para los juegos. Miró el muro y se preguntó si ese había sido el sitio en que se había encontrado con Tadhg la noche que lo empujaron de la cima. Intentó imaginar cómo había sido para Tadhg caerse, encontrarse indefenso, intentando aferrarse a algo. Había sido muy afortunado de sufrir tan solo algunas heridas y de no haber perdido la vida.

Aunque tenía suerte de estar vivo, en general parecía como si a Tadhg se le hubiera acabado la suerte hacía poco. Primero, el hombre había recibido una herida, luego lo habían envenenado y, por último, lo empujaron de un muro de casi cinco metros. ¿Quién habría intentado matarlo? ¿Y por qué? ¿Qué conexión había entre él y Laomann?

El motivo más obvio para matar a Laomann era que era el *laird* del clan. Pero Tadhg... ni siquiera era miembro del clan, no lo había sido durante muchos años. ¿Sabría algo? ¿Algo importante que a lo mejor ni siquiera estaba al tanto de que era peligroso?

La mirada de James cayó sobre la base de la muralla y vio algo marrón que le llamó la atención. Colocó la caja de *bannocks* que llevaba en el suelo y le dijo a David que regresaría enseguida. Luego corrió hacia la muralla sin perder de vista el elemento marrón que había divisado. Mientras se acercaba, pensó que se trataba de una serpiente escondida en el césped. Pero al acercarse se dio cuenta de que era una soga.

¿Qué haría allí? La tomó y la estudió. Tenía unos tres metros de longitud. Alzó la vista al muro de piedra que se ceñía sobre él. Quizás se le cayó a uno de los centinelas y se olvidó de recogerla. Podría ser de utilidad para los juegos.

Al llegar a la pradera, el tiempo se pasó rápido. El primer día era el día del mercado. Unos puestos rojos, verdes y azules se alineaban sobre el terreno cuadrado. El espacio se llenó de gritos animados de los mercaderes que llamaban a los clientes, negociaciones apasionadas y discusiones que terminaban en carcajadas. Los puestos estaban repletos de armas, comida, bebidas, prendas, zapatos, cinturones de cuero, escudos y tapices. También había un puesto con libros, y James vio a Catriona estudiar uno de poesía francesa con anhelo. Deseó poder comprárselo y enseñarle a leer; sabía lo mucho que ansiaba aprender y era tan lista que estaría leyendo grandes tomos en breve. Pero antes de poder enseñarle, tendría que aprender francés.

Cientos de personas se habían reunido en la pradera y negociaban, comían, bebían y cantaban. Parecía que el evento había sido un éxito. James esperaba que bastara para reunir el dinero que necesitaban los Mackenzie.

En el segundo día, tuvieron lugar los juegos. El sol brillaba alegre sobre el césped verde que cubría la pradera que habían despejado para el evento. En uno de los extremos del campo, había varias tiendas de campaña donde se habían reunido la mayoría de los participantes. En los puestos seguían vendiendo pastelillos, *bannocks*, cerveza, una versión medieval de morcilla escocesa y tartas de carne. Una banda de cinco personas tocaba gaitas y tambores. A James, la melodía medieval le resultaba poco familiar, pero hermosa. En varias hogueras se estaban asando algunos jabalíes y freían más *bannocks* en sartenes de hierro. Los aromas de la carne asada y el pan recién horneado hacían que a los asistentes se les hiciera agua la boca.

Pero a pesar de la atmósfera alegre de los juegos, el paisaje increíble de las Tierras Altas y el cielo azul, James no podía disfrutar el día como los demás. Había algo en el aire, algo amenazante e inevitable. ¿De dónde vendría ese sentimiento?

Miró alrededor, pero no vio nada que indicara peligro. En ese momento, en el campo principal, estaban haciendo la competencia de lanzamiento de troncos. Angus, que probablemente era el hombre más alto y corpulento, sostenía un tronco de unos cincuenta y cinco kilos en posición sobre el hombro. Luego echó a correr, se detuvo y lo lanzó hacia arriba. La multitud contuvo el aliento mientras el tronco giraba de un extremo a otro. Luego, cayó en el suelo lejos de Angus. La multitud estalló en vítores y lo felicitó.

—Fue un lanzamiento perfecto —dijo alguien al lado de James.

Tadhg se había detenido al lado de él. Hacía varios días que había dejado de utilizar la muleta y se veía mucho mejor de lo que James lo había visto desde que llegó.

—¿Ah, sí?

—Sí. Es perfecto cuando el tronco aterriza lejos del lanzador. Mira. Casi quedó como el mástil de un barco.

—Sí.

Tadhg se volvió hacia él y lo recorrió con la mirada.

—¿Quieres intentarlo?

James se rio.

—No, no soy *highlander*.

—Sin embargo, deseas a una muchacha que lo es, ¿no?

James miró a Tadhg a los ojos duros y azules.

—No creo que lo que desee sea asunto tuyo.

—Cuando involucra a mi novia, lo es.

Las palabras fueron como una bofetada.

—¿Tu novia?

—Sí.

¿Acaso Tadhg le había propuesto matrimonio durante los últimos tres días mientras James y Catrìona habían estado ocupados con los preparativos de los juegos? ¿De verdad había cambiado de parecer después de todo? ¿Era posible que Tadhg la hubiera convencido de cambiar de opinión cuando James no fue capaz de lograrlo?

Los celos lo carcomieron y lo degradaron. Todo en su interior gritaba que no quería que Catrìona estuviera con nadie más que con él. Pero era un hombre racional, y como tal, sabía que eso era lo mejor... al menos para ella.

—Bueno —logró decir—, en ese caso, será mejor que la hagas feliz.

Tadhg se cruzó de brazos.

—¿Y de lo contrario?

James apretó los puños. Detestaba dejarla ir sin luchar por ella. Pero se recordó que era lo mejor para Catrìona.

Antes de que pudiera responder, vio que David avanzaba hacia ellos con los ojos en llamas.

—Necesito un hombre para el juego de la soga, James. Únete a mi equipo, hombre.

James echó un vistazo a la pradera en la que tenían lugar los Juegos de las Tierras Altas y vio un claro pequeño y dos filas de hombres en extremos opuestos que sostenían una soga gruesa y larga sin tensar.

Raghnall, que al parecer se encontraba en el otro equipo, se llevó las manos a la boca y gritó:

—¡Yo también necesito uno más!

—Vamos, James —insistió David—. *Highlanders* contra... bueno, no *highlanders*.

—¡Me uno a ustedes! —le gritó Tadhg a Raghnall y levantó una mano antes de emprender el camino hacia el claro apoyándose con suavidad sobre la pierna herida.

James vio a Catrìona de pie cerca del campo sosteniendo a Ualan en los brazos y dándole un trozo de un pastelillo de comer. El pecho le dolió al recordar el día que pasaron en el bosque con el niño. Había sido uno de los mejores días que recordaba en mucho tiempo.

—Seguro —le dijo a David, y se dirigieron hacia los dos equipos—. ¿Quiénes son los otros... no *highlanders*?

—Bueno... —David se rio entre dientes—. Hay un sujeto de

Francia. Y dos highlanders, así que... supongo que la lógica no aplica... pero, bueno. Ellos son Craig e Ian Cambel.

Los dos hombres lo saludaron. Uno de ellos, Craig Cambel, era alto y de cabello oscuro y tenía la mirada clara de un líder. Craig lo recorrió con la mirada y entrecerró los ojos. James tuvo la impresión de que lo estaban sometiendo a una radiografía de rayos x. El otro, un hombre de cabello rojizo tan alto como Angus y con unos músculos que parecían troncos de árboles, le sonrió, y James pensó que mientras Angus no se encontrara en el otro equipo, el de David tendría las de ganar.

—Ese acento... —comenzó Craig—. ¿De dónde eres?

—De Oxford —respondió James.

Craig frunció el ceño unos instantes y luego alzó la vista a la mujer que se hallaba de pie al lado de Catrìona. Tenía el cabello rojizo y sostenía a un niño en los brazos. Al otro lado de Catrìona, había una rubia voluptuosa. Conversaban con Catrìona y les dirigían miradas llenas de alegría a Craig e Ian. A diferencia de muchas mujeres medievales, ellas no se cubrían la cabeza, y James llegó a pensar que se veían bastante modernas para esos tiempos.

Craig abrió la boca para decir algo, pero David lo interrumpió.

—¡Vamos!

Los equipos se alinearon. De alguna manera, James terminó en el primer lugar de su equipo, y Tadhg, en el mismo sitio del equipo oponente. Observó el rostro de Tadhg y notó la animosidad que se leía en él. El motivo obvio era la competencia, pero ambos sabían que no se trataba de eso. James vio que Catrìona los estaba observando con unas arrugas de preocupación en la frente mientras acunaba a Ualan contra la cadera.

Iòna, uno de los hombres de confianza de Angus, alzó el brazo.

—Cuando baje el brazo, deben jalar.

Bajó el brazo, y la cuerda se estiró hasta tensarse cuando los dos equipos comenzaron a jalar. A James se le estiraron los músculos mientras clavaba los pies en el suelo, flexionaba las piernas y jalaba de la cuerda con toda la fuerza que tenía. Los seis guerreros del otro equipo gruñeron con los rostros rojos y los músculos de los hombros y los muslos hinchados como las olas del mar en medio de una tormenta.

Los nervios del cuello de Tadhg estaban tan tensos como la soga que jalaban. James estaba impresionado de que Tadhg, que acababa de sufrir una significante caída hacía poco, pudiera estar en forma. Para James era como intentar empujar un camión. Y Tadhg tenía la pierna herida enterrada en el suelo como si no sintiera ningún tipo de dolor. Pero había estado utilizando una muleta hasta hacía poco, y se había caído de una muralla de casi cinco metros... Y ahora sujetaba la cuerda y...

La respuesta lo golpeó tan duro que soltó la cuerda por una décima de segundo. Una imagen de Tadhg aferrado a la cuerda mientras colgaba del muro o descendía en rapel como un montañista le invadió la mente. Utilizar la cuerda para bajar del muro le hubiera ahorrado unos tres o cuatro metros, entonces la caída hubiera sido más segura que una de cinco metros.

El envenenamiento había comenzado cuando llegó Tadhg.

¿Era posible que el *highlander* estuviera detrás de todo y, al mismo tiempo, hubiera fingido estar lesionado y haber sido atacado y envenenado? Al ser una víctima, nadie sospecharía de él, y...

Todo tenía sentido y, por fin, la pieza del rompecabezas que faltaba comenzaba a encajar. Porque mientras tenía sentido que alguien quisiera hacerle daño a Laomann, porque era el *laird* y si fallecía el clan se encontraría debilitado, no tenía sentido que alguien intentara envenenar o asesinar a Tadhg.

Aunque los pensamientos le embargaron la mente por una décima de segundo, fue tiempo suficiente como para que soltara la cuerda y el equipo contrincante se aprovechara para jalar más fuerte. Al cabo de unos instantes, el equipo de James perdió el equilibrio y el de Tadhg obtuvo la victoria.

Mientras James observaba a Tadhg, Raghnall y el resto del

equipo alzar los puños en el aire y aullar con alegría para celebrar, un sudor frío le recorrió la columna vertebral. Porque ahora sabía que una serpiente vivía entre los Mackenzie. Una que se veía inofensiva, pero cuyo veneno era fatal. Una que estaba a punto de atacar. Y dependía de James detenerla.

CAPÍTULO 29

CATRÌONA LE PASÓ un trapo humedecido por la frente a Rogene.

Las sombras de los árboles se mecían sobre la superficie de la tienda de campaña que habían erguido para los familiares cercanos del clan Mackenzie. Laomann seguía en el castillo, demasiado debilitado y con mucho dolor como para moverse, aunque solo fuera una distancia corta, pero el resto de la familia se encontraba presente para saludar a los invitados y participar en los juegos.

Para permitir que Rogene descansara cuando lo necesitara, colocaron la tienda de campaña algo alejada de la pradera donde tenían lugar los juegos. Rogene estaba acostada en un catre improvisado y se llevaba un trapo de lino a la boca. La pobre embarazada estaba exhausta.

Mientras estudiaba el rostro pálido de su cuñada, Catrìona sintió curiosidad por el futuro y acerca de la vida que Rogene y David habían dejado atrás. No pudo evitar preguntarse cómo sería la vida que tenía James en Oxford. Había estado tan ocupada con los preparativos del evento, que no había tenido la oportunidad de hacerle preguntas al respecto.

Catrìona acababa de presenciar el juego de la cuerda en el que los dos hombres en los que más había pensado últimamente habían competido como gallos. Pero antes de que terminaran, Rogene se había inclinado a vomitar contra un árbol y, sin ver el resultado, Catrìona le entregó el bebé a Mairead y se llevó a su otra cuñada a la tienda de campaña.

—¿Te sientes mejor? —le preguntó.

—Sí. —Rogene suspiró—. Gracias, cariño.

Catrìona le entregó una taza humeante.

—¿Quieres té de jengibre?

—Oh, sí, por favor.

Mientras tomaba la taza y bebía un sorbo de té con un suspiro de satisfacción, Catrìona notó el movimiento de una sombra sobre la lona de la tienda de campaña. Unos segundos después, la apertura se movió para que James entrara.

—Estás aquí —masculló casi infeliz—. Te he buscado por todas partes. Debo hablar contigo de inmediato.

Catrìona escurrió el trapo de lino.

—¿Acerca de qué?

Rogene se sentó erguida en el catre.

—¿Va todo bien?

James se pasó la mano por el cabello corto.

—Ya sé quién es el asesino.

—¿De verdad? —preguntó Rogene con una chispa de curiosidad en los ojos—. ¿Quién?

Catrìona lo miraba con el ceño fruncido, y él la observaba con una expresión de culpa y precaución, como si estuviera a punto de matar a su perro favorito.

—Tadhg.

Catrìona soltó un largo suspiro.

—No es Tadhg.

—Lo descubrí. La noche en que hablé con él sobre la muralla y se cayó o, como él dice, lo empujaron, podría haber muerto en la caída, ¿no? Pero solo tenía unos cuantos moretones y una costilla quebrada.

—Tenía varias costillas rotas —repuso Catrìona con determinación. La ira comenzaba a arder en su interior. ¿Cómo se atrevía a culpar a Tadhg por algo que no podría haber hecho?

—Encontré una cuerda en la muralla. Bajo el mismo sitio en el que estábamos hablando.

Catrìona frunció el ceño.

—Eso no demuestra que sea de él.

—En el juego de la cuerda no parecía tener ningún dolor. Jaló de la soga con fuerza y puso mucha presión sobre la pierna como si estuviera bien... y por eso ganaron. ¿Qué tan segura estás de que sus heridas eran graves?

—No las he visto desde que regresamos del convento, pero también lo envenenaron.

—Creo que se pudo haber envenenado él mismo. Piénsalo. Las únicas víctimas del agresor eran Laomann y Tadhg. ¿Por qué alguien intentaría matar a Tadhg?

Rogene hizo una mueca pensativa.

—No, lo siento, James, pero pienso igual que Catrìona. Lo de la cuerda no demuestra nada. ¿Quién se lanzaría de una muralla?

—Alguien que quiere parecer una víctima. Alguien que no quiere ser sospechoso.

Las dos mujeres lo miraron dudosas.

—Tengan un poco de fe en mí —les pidió.

Catrìona se rio.

—Esa es una palabra fuerte para un hombre que solo quiere hechos e información.

—Está bien. Tienen razón, necesito más pruebas. —Se le tensó el mentón—. Por favor, dime que no has aceptado su oferta de matrimonio.

Rogene jadeó.

—¿Tadhg te propuso matrimonio?

Catrìona parpadeó.

—¿Y tú cómo lo sabes?

—Me lo ha dicho él. Dijo que ibas a ser su novia.

Ella se aclaró la garganta.

—Bueno, me dijo que quería que me casara con él, pero no le

he dado una respuesta... A decir vedad, le dije que seguía determinada a convertirme en monja.

—¿Y por qué cree que serás su esposa? —le preguntó Rogene.

Cuando Catrìona miró a James, vio dolor en los ojos oscuros.

—No lo sé. Quizás tiene esperanza de que cambie de parecer.

A James se le dilataron las fosas nasales.

—No caben dudas de que se quiere vengar por la muerte de su padre. Quizás por eso intenta matar a Laomann. Tiene un motivo.

Catrìona negó con la cabeza.

—No, es un buen cristiano. Sabe que matar es un pecado mortal...

—Pero es un guerrero, Catrìona —señaló James despacio—. Ya ha matado. No sería su primer pecado.

Con la boca seca, negó con la cabeza.

—No, me niego a creer...

—Entonces lo demostraré. —Se volvió y salió de la tienda de campaña.

Catrìona intercambió una mirada con Rogene, que tenía los ojos tan abiertos como ella.

Se le aceleró la mente. ¿Y si la gente le creía a James e intentaba lastimar a Tadhg? O, lo más probable de todo, ¿y si se volvían en contra del *sassenach* que lanzaba acusaciones contra un *highlander*? No, no podía permitirlo. Salió corriendo de la tienda y fue tras él. En la distancia, lo vio hablando con algunos hombres. Al acercarse, se dio cuenta de que les estaba preguntando si habían visto a Tadhg.

David estaba comiendo un trozo de jabalí asado y alzó la vista hacia él.

—Lo vi partir hacia el castillo. Dijo que iba a buscar más mantas porque hay más gente de lo que se anticipó para pasar la noche.

Catrìona se acercó y le jaló de la manga.

—¡James, debes detenerte!

Pálido, se volvió hacia ella.

—No creo que haya ido a buscar mantas, Catrìona. Creo que regresó a Eilean Donan porque Laomann está prácticamente solo.

Sintió una puñalada de preocupación en las entrañas. Si James estaba en lo cierto, eso le daría la oportunidad que nunca antes había tenido de asesinar a Laomann.

—Diles a tus hombres que vengan conmigo —la instó James—. Debemos detenerlo. Debemos prevenir que mate a Laomann.

Tragó el nudo que se sentía como una piedra. Una parte de ella estaba preocupada y quería decirle que sí... Pero no, no podía creer que Tadhg, el muchacho que había conocido desde la infancia, el que le había propuesto matrimonio dos veces, pudiera estar planificando el asesinato de su hermano.

—No —se rehusó—. Tadhg jamás haría eso. Te equivocas.

La esperanza murió en sus ojos, pero se volvió hacia David.

—¿David? ¿Vienes conmigo?

David hizo una mueca.

—¿Tadhg? ¿Crees que es el asesino? Lo siento, hombre, pero pienso lo mismo que Catrìona. No le encuentro sentido.

James se volvió hacia Raghnall.

—Y supongo que tú tampoco me crees.

Raghnall suspiró.

—El sujeto me salvó la vida, James. No puede ser él. ¿Puede ser que estés celoso?

A James se le tensó la mandíbula bajo la barba. Alzó el mentón con determinación.

—Bueno, no puedo permitir que asesine a Laomann. Así que por más que no me crean, debo detenerlo.

Sin decir otra palabra, echó a correr hacia el bosque, en dirección al castillo. Cuando la espalda ancha desapareció entre los árboles, Catrìona se abrazó y se preguntó si esa sería una prueba de Dios.

¿Debía confiar en el hombre que debería ser el indicado para ella cuando no lo era o en el hombre que no debería ser el indicado para ella y sí lo era?

CAPÍTULO 30

James no veía a Tadhg por ningún lado.

El bosque le daba la impresión de ver la cabeza rubia del *highlander* entre las sombras de los árboles o a la vuelta del siguiente giro en el camino. Las hojas y las ramas se movían y cubrían cualquier ruido de vegetación pisada.

Debía encontrarlo y demostrar que era el asesino. O, al menos, asegurarse de que no intentara más nada.

Mientras subía la colina, se dio cuenta de lo que resultaba peor de que Tadhg fuera el asesino: era muy cercano a Catrìona. Y James no tenía ni idea de si le quería hacer daño solo a Laomann... O si pretendía lastimar a todos los Mackenzie uno por uno. Incluida Catrìona.

A lo mejor era extraño, pero la idea de que le hicieran daño le hizo admitir una simple verdad que había estado negando: la amaba. Sabía que la amaba y sabía que nunca antes había amado a ninguna mujer. No había nadie como ella. Ni en el siglo XXI, ni en el XIV.

Pero no quería causar estragos en su vida o hacerle cambiar de parecer en cuanto al convento para que luego se arrepintiera. Ya había causado suficientes problemas. Y estaba a punto de causar más... cuando demostrara que el hombre al que una vez amó, y quizás seguía amando, era un potencial asesino y luego desapareciera de su vida.

Había estado andando por un tiempo. Abajo, vio el valle rodeado de colinas que crecían hasta convertirse en montañas. La combinación de tonos amarillos, oliva y musgo, con los de las piedras y la tierra era deslumbrante. ¿Cómo sería pasar el resto de la vida allí? Respirar ese aire, vivir en harmonía con la naturaleza...

Era tan diferente a la vida en Oxford. Aunque no era una gran ciudad, la vida allí era ajetreada. Había automóviles, bicicletas, camiones y peatones que abarrotaban las calles. Las conferencias universitarias y los eventos culturales generaban mucha actividad y ruido. El olor a gasolina de la calle se mezclaba con el aroma del café, la vainilla de las panaderías y el de la cerveza agria que provenía de los bares para estudiantes. Nada de eso lo había hecho feliz.

Allí, la vida era más simple. Una parte de él anhelaba esa vida conectada con los elementos y alejada de la tecnología y el paso acelerado del siglo XXI. Pero su hermana no se encontraba allí, ni su futuro sobrino o sobrina. Tenía una responsabilidad y no la dejaría sola. Era la única familia que le quedaba.

De pronto, algo le llamó la atención. Detrás de una de las colinas, mucho más abajo, varios puntos grises y marrones se movían. Se quedó completamente quieto y observó. Los puntos fueron creciendo a medida que se acercaban y pudo ver cientos de ellos que avanzaban en dirección a él.

Cuando el sol destelló contra algo metálico, se dio cuenta de lo que estaba viendo. ¡Un ejército!

Un ejército que avanzaba hacia él, con espadas que destellaban al sol. Los estandartes que volaban hicieron que le diera un vuelco en el estómago: eran banderas rojas con tres leones blancos. Los había visto en la batalla contra el clan Ross.

El enemigo estaba por lanzar un nuevo ataque. Debía regresar corriendo y advertirle a Catrìona y a los otros. Pero algo afilado y frío se le clavó en el cuello.

—No te muevas —indicó una voz masculina.

Era Tadhg. Reconocería esa voz en cualquier sitio.

James se quedó quieto, y un escalofrío de terror le recorrió la columna vertebral. Con cuidado, se llevó las manos a la cabeza.

—Bastardo —escupió Tadhg—. No me causarás más problemas.

James se volvió despacio para mirarlo.

Tadhg había cambiado. La máscara del hombre bueno, del sirviente fiel que le temía a Dios había desaparecido. En su lugar, los rasgos atractivos estaban distorsionados por una máscara de amenaza.

James se rio entre dientes.

—Siempre ha sido un acto noble cortarle la garganta a un hombre desarmado. Tu padre habría estado orgulloso.

Tadhg se puso pálido.

—No te atrevas a hablar de mi padre. No te atrevas a ensuciar su nombre con tu boca asquerosa.

—¿Por eso intentas matar a Laomann? ¿Para vengarte por la muerte de tu padre? Laomann fue el que descubrió lo tuyo con Catrìona. Él fue el que provocó que te expulsaran del clan, ¿no?

Tadhg tomó una profunda bocanada de aire y se relajó. Era evidente que sabía que había ganado. Lo único que tenía James eran sus puños, pero sabía cómo usarlos. No obstante, también sabía que se encontraba cara a cara con un asesino. Las máscaras habían caído. Tadhg no tenía ningún motivo para seguir mintiendo. Nadie sabría la verdad. Solo James. Y Tadhg quería alardear.

—Siéntate en el suelo —le ordenó al tiempo que le apretaba la punta de la daga contra la garganta—. Apoya la espalda contra ese árbol.

James miró el árbol detrás del cual Tadhg se debió haber estado escondiendo. El ejército se acercaba cada vez más. El campo estaba lleno de gente y caballos.

Diablos. Tenía que advertirle a los Mackenzie, de lo contrario sería una matanza.

—¿Ves eso? —preguntó James.

—Claro que lo veo —repuso Tadhg—. Siéntate o te haré sentarte.

James se sentó en el suelo.

—Pon las manos detrás del árbol.

James lo fulminó con la mirada.

—Creí que me querías matar.

Tadhg sonrió.

—No tendré que hacerlo. —Con la cabeza, señaló al ejército—. Lo harán ellos.

A James se le congeló la sangre.

—Pon las manos detrás del árbol —le repitió.

James necesitaba mantenerlo ocupado con la conversación. Cuando hizo lo que le ordenó, Tadhg se acuclilló detrás del árbol para amarrarle las manos con una cuerda. Los brazos le dolían de estirarlos de esa manera tan anormal.

—¿Esa es la misma cuerda que utilizaste para acortar la caída de la muralla? —le preguntó.

Tadhg lo siguió amarrando.

—¿Cómo lo sabes?

—La encontré. Estoy muy impresionado con tu habilidad para ocultar las evidencias, pero esa cuerda se te olvidó por completo. ¿Por qué no la escondiste?

—No quería alzar sospechas al salir del castillo con la pierna y las costillas sin sanar.

—Se ven muy bien ahora.

—Están bien. Exagerar un poco ayuda mucho. Tenía que hacerlo. Tú sospechabas del *uisge*. Y el *uisge* te iba a conducir a mí.

James no pudo evitar admirar la determinación del hombre de cumplir con su objetivo al punto de causarse daño a sí mismo.

—Entonces ¿pusiste la mandrágora en el *uisge* de Laomann?

—Sí, pero no era solo mandrágora. También añadí acónito, que lo dejó inconsciente durante varios días.

—¿Cuándo?

—Mientras Catrìona estaba ocupada suturándome. Laomann me dio su cantimplora de *uisge*. Cuando se distrajo, vertí el veneno, pero luego tuve que beber un poco. Aunque es asqueroso, no tenía mucho sabor. Pero es evidente que me equivoqué en la dosis porque sigue vivo.

—¿Y tú colocaste la daga entre mis cosas?

—Sí, por supuesto. Esperaba quitarte del medio para poder terminar el trabajo. Pero luego llegó Angus y te salvó ese pellejo *sassenach* que tienes por algún motivo.

Cuando las fibras duras de la cuerda le apretaron las muñecas, tuvo que sofocar un gruñido.

—Entonces ¿estás con el clan Ross? ¿Cómo es eso?

Tadhg terminó de amarrarlo, le hizo un último nudo y le comenzó a hacer lo mismo con las piernas.

Cuando James lo pateó, le colocó la daga contra el tobillo.

—Si no dejas de moverte te vas a apuñalar.

James soltó un gruñido de impotencia. Si quería que Tadhg siguiera hablando, tenía que hacerlo sentir victorioso.

Tadhg le pasó un trozo de cuerda por los tobillos.

—He vivido con los Ross durante muchos años. Le sirvo a *lady* Eufemia como a ella le plazca. De la manera que sea.

Terminó de amarrarlo y se paró delante de él con una expresión arrogante.

—De hecho, estaba complaciendo a *lady* Eufemia cuando Angus llegó para convencerla de que se casara con ella. Estuve de pie delante de él, y no me reconoció. Y cuando la traicionó por segunda vez, cuando la rechazó en el altar y se casó con Rogene, trazó un plan. Enviaría a alguien que pasara desapercibido, que fuera invisible y digno de confianza, para matarlos a todos. A todos los que ama. A todos menos a él. Y tendría que verlo sin poder hacer nada.

A James se le aceleró el pulso.

—¿Y Catrìona?

La nuez de Adán de Tadhg se movió hacia arriba y abajo mientras tragaba con dificultad.

—A ella no.

—Pero ¿por qué aceptaste asesinar por ella?

—Porque Eufemia me ayudará a convertirme en barón. No soy peor que los Mackenzie y, si Catrìona se hubiera casado conmigo, sabría que soy mejor que cualquier noble porque nadie más la amaría como yo.

—¿Aún quieres casarte con ella?

—Sí, claro. En cuanto la vi, supe que nunca había dejado de amarla. Pensé que se había casado con un noble, pero no lo hizo.

—Quiere ser monja.

—Le haré cambiar de parecer. Me amó en el pasado. Me volverá a amar. —Miró colina abajo con una expresión de triunfo en el rostro—. Llegarán pronto.

—Sabes que arderás en el infierno por esto, ¿no? —gruñó James.

Tadhg clavó la mirada en la distancia. Tenía los ojos opacos y vacíos.

—Sí, pero pasaré esta vida con la mujer que amo.

—Nunca te perdonará.

Se acercó a James y se agachó delante de él.

—Deja que yo me preocupe por eso. —Con puro veneno en los ojos, echó el brazo hacia atrás para clavarle un puñetazo en el rostro.

Por instinto, como tenía las manos amarradas en la espalda y no tenía ninguna posibilidad de protegerse, James cerró los ojos y se preparó para recibir el golpe. Sin embargo, oyó un golpe seco, seguido de un gruñido y, al cabo de unos segundos, sintió el peso de un adulto encima que le bloqueó la respiración.

Cuando abrió los ojos, Catrìona se hallaba de pie sobre Tadhg, que estaba desparramado a los pies de James bocabajo.

Mientras luchaba por volverse a mirarla y ponerse de pie, Catrìona exclamó:

—¡Eres un bastardo! —le asestó un rodillazo en el rostro, y el *highlander* se tambaleó hacia atrás y cayó al suelo. Se quedó inmóvil.

Catrìona se arrodilló frente a James y le tomó el rostro entre sus manos.

—Oh, por todos los cielos, James, ¿te encuentras bien?

James miró los ojos más hermosos del mundo: eran del color azul del cielo y del océano, estaban iluminados como también lo estaría el paraíso si existiera. Los *highlanders* sí que eran como los gatos, los dos se le habían acercado sin que se percatara de nada.

—Ahora, sí —le respondió.

—Siento mucho no haberte creído antes —le dijo antes de darle un beso dulce en los labios—. Te alcancé cuando Tadhg te estaba amarrando al árbol. Oí todo. Déjame liberarte, así amarramos a esta serpiente traicionera y vamos a salvar a mi clan.

CAPÍTULO 31

—¡Preparen las armas! —gritó Catrìona—. ¡Nos atacan los Ross!

Aún no podía ver el claro donde se festejaban los Juegos de las Tierras Altas, pero James ya podía oler el olor acre del humo. Se oían gritos, y el corazón le latió desbocado en el pecho.

Cuando logró ver el claro, se dio cuenta de que llegaban demasiado tarde. Las tiendas de campaña ardían, los guerreros del clan Ross luchaban con los Mackenzie, y las espadas y las hachas destellaban en el aire.

Catrìona se volvió hacia él y le dio un beso duro y apasionado en los labios. Fue casi violento. Sus ojos no eran los de una monja ni los de una mujer obediente. Eran los ojos ardientes de una leona atacada que no iba a permitir que nadie le hiciera daño a su familia.

—No debes morir —le ordenó—. En serio. Prométemelo.

James sintió un nudo duro en la garganta, pero lo tragó. En ese momento se dio cuenta de las pocas posibilidades que tenían de vencer a un ejército de cientos de hombres armados con espadas, hachas y arcos.

Inhaló hondo.

—Te lo prometo.

Se notaba que la Edad Media era contagiosa porque se sentía como un *highlander* que le hacía una promesa a su *laird*. O, en este caso, a su señora.

—Tú también promételo —añadió apoyándole la mano en el hombro.

Los ojos de Catrìona destellaron mientras tomaba aire.

—Te lo prometo.

Asintió y echó a correr hacia la batalla. Alguien le entregó una espada, y la tomó y la blandió con una habilidad que lo sorprendió.

¿Acaso había algún límite para las sorpresas que esa mujer le causaba?

«¡Diablos! Prometí que no moriré...». ¿Cómo podía honrar esa promesa? De alguna manera, sabía que debía hacerlo. Por ella.

Miró alrededor con rapidez y se detuvo en la tienda de campaña de los Mackenzie. El fuego que provenía de un círculo de leña, ramas y palitos ardía por doquier. Se oían gritos del interior.

Angus se rebatía y gritaba mientras varios hombres lo sujetaban de los brazos. Una ola de terror lo paralizó cuando comprendió que Rogene debía de encontrarse dentro. Tampoco veía a David, a Raghnall o a Mairead con Ualan...

Con la sangre congelada en las venas, avanzó. Tenía que ayudarlos. Tenía que salvarlos.

Una sombra se movió a su derecha y se agachó para evitar la espada brillante. Se trataba de Tadhg, por supuesto, que blandía la espada con el rostro distorsionado y una mueca furiosa. Tadhg continuó embistiéndolo, y lo único que atinó a hacer fue agacharse y retroceder.

—Otro acto muy honorable —le gritó en medio del ataque—. De nuevo intentas matar a un hombre desarmado. Parece ser tu especialidad: apuñalar por la espalda.

—¡Cierra el pico! —rugió—. Me deberías haber matado en el bosque, pero los Ross me liberaron.

Mientras Tadhg blandía la espada, James retrocedió un paso más, se tropezó con algo y se cayó de espaldas.

—Así que te voy a matar ahora —añadió con un tono furioso. Con las dos manos, alzó la espada sobre el pecho de James como si fuera una estaca. La muerte le pasó por los ojos, pero mientras lo miraba fijo, una espada le atravesó el hombro.

Tadhg se detuvo y balbuceó algo. Anonadado, James vio a David, que tenía el cabello quemado, sin cejas ni pestañas, y una quemadura desagradable en una de las mejillas. Tadhg se volvió.

—Maldito hijo de puta —rugió David—. ¡Has intentado asesinar a mi hermana embarazada!

Tadhg aún no se daba por vencido. A pesar de la herida, alzó la espada y se la apuntó a David. Las armas chocaron, se desprendieron y volvieron a encontrarse. A pesar de que estaba lastimado, Tadhg seguía siendo un enemigo peligroso. Los años de experiencia en la batalla valían más que el entrenamiento que había recibido David en su corta estadía en la Edad Media.

James se puso de pie mientras luchaban. Vio un arco y un carcaj con flechas apoyado contra un árbol y se apresuró a cogerlos. Con un movimiento familiar, alzó el arco, jaló de la cuerda y apuntó a Tadhg.

Iba a ayudar a David. Era un oficial de policía y acababa de atrapar a un criminal medieval.

—Tadhg MacCowen —gritó—, estás arrestado por intento de homicidio.

Tadhg se volvió a mirarlo sorprendido y, en ese momento, James soltó la flecha. Le atravesó la manga y lo clavó contra un árbol. Sin poder moverse, Tadhg intentó liberar el brazo. Raghnall avanzó hacia él tan chamuscado como David, con quemaduras que le atravesaron la túnica a la altura del hombro.

Con una mirada asesina, le clavó la espada en el cuello a Tadhg.

—Y yo te sentencio a muerte por traición contra el clan Mackenzie —le dijo Raghnall. Cuando James alzó la mano para intentar detenerlo, el *highlander* le enterró la espada en la garganta.

El hombre emitió sonidos burbujeantes, y la sangre le comenzó a brotar de la boca. El rostro adquirió una expresión de terror y dolor.

—Muérete, bastardo —escupió Raghnall mientras retiraba la espada. El cuerpo de Tadhg se desplomó y quedó colgado de la túnica que James había ensartado contra el árbol.

—No hacía falta que hicieras eso —señaló James, aunque una parte de él no lo lamentaba.

Raghnall extrajo la flecha y se la devolvió.

—Sí, hacía falta. Es mi culpa. Yo traje a esta serpiente a casa. Ahora, ponte a trabajar, *sassenach*. Ayúdanos a proteger a nuestra gente y nuestra tierra una vez más. ¿Contamos contigo?

James miró a David y a Raghnall y luego clavó la vista en el campo de los Juegos de las Tierras Altas, que se había convertido en un campo de batalla. Su mirada se detuvo en Catrìona, que blandía la espada como una diosa celta de la guerra. Asintió con la cabeza.

—Cuenten conmigo.

Se volvió a la muralla de guerreros Ross y comenzó a disparar flechas.

CAPÍTULO 32

Catrìona se quedó congelada y jadeando mientras veía cómo su hermano le insertaba la espada en la garganta a Tadhg. El hombre que acababa de matar yacía bajo sus pies con una herida en el estómago. Y el hombre al que una vez creyó amar, el hombre que la traicionó no solo a ella sino también a su familia, se desplomó como una bolsa de piedras en el suelo. Se le contrajo el pecho ante el desencadenamiento de tristeza, culpa y alivio que la inundó.

Debería haber podido ver a través de él. No debería haber confiado en Tadhg como lo había hecho. Debería haber confiado en el hombre al que de verdad amaba. James.

Sin bajar la guardia alrededor de sus enemigos, observó a James, que tenía una mueca de preocupación en el rostro y disparó una flecha a un punto a sus espaldas.

Era muy atractivo, muy grácil con el arco en las manos. El corazón le dio un vuelco.

Pero cuando se volvió a ver a dónde había disparado la flecha, se le hundió el corazón hasta los pies. Una muralla de guerreros Ross avanzaban por el bosque. Y detrás de ellos, sentada sobre el lomo de un caballo, iba Eufemia de Ross.

Mientras Catrìona asumía la pose de lucha, sosteniendo la

espada a la altura de los hombros, James continuó disparando y asestando en varios guerreros enemigos.

Eufemia gritó algo, y las tropas emitieron un rugido antes de echar a correr. Encontraron a los Mackenzie agotados que seguían luchando con firme determinación, y dos hombres se lanzaron contra Catrìona.

De nuevo se encontraba poniéndole fin a muchas vidas y hundiéndose más y más en la oscuridad. ¿Lograría perdonarla Dios por sentirse tan poderosa mientras pecaba? ¿Lograría perdonarse ella misma?

Giró la *claymore* y la chocó contra las espadas de sus enemigos con golpes fuertes. Se sintió mareada; tenía el cuerpo debilitado por el ayuno y por haber luchado contra tantos hombres ese día, y sus dos oponentes eran guerreros jóvenes y fuertes que recién entraban en la batalla. Sin embargo, compensaba la fuerza física que le faltaba con la agilidad y el poder de la fe. Dios debía de estar con ella porque estaba luchando por su clan y por su familia. Estaba luchando por el hombre que amaba. En cambio, los guerreros Ross luchaban porque su señora era avara y quería vengarse.

Catrìona perforó a un hombre entre las costillas y le cortó la garganta a otro. Mientras caían y derramaban sangre en la pradera del evento, notó que Angus se abría paso entre el ejército de los Ross como si fuera un cuchillo atravesando la mantequilla. Raghnall giraba y se movía; la *claymore* que sostenía parecía más veloz que el viento. David tenía una expresión de determinación y luchaba contra otro guerrero, pero estaba retrocediendo. Era evidente que se veía abrumado por el ataque. La flecha de James asestó en el lateral del atacante y lo hizo caer y llevarse las manos al arma de madera.

También vio a los Cambel, los Ruaidhrí y los MacDonald luchando por los Mackenzie. Tantas vidas perdidas para ambos bandos... ¿y para qué? ¿Para sanar un ego magullado?

Supo que podría detener esa locura si llegaba hasta Eufemia.

La mujer que había enviado a Tadhg a asesinar a toda su familia, la que los quería ver muertos.

Catrìona ya había acabado con muchas vidas. Pero podía ponerle fin a una más. A una que ayudaría a ponerle fin a todo ese derramamiento de sangre.

Un hombre corrió hacia ella con la espada desenvainada. Catrìona no lo dudó.

—¡*Tullach Ard*! —rugió antes de echar a correr al encuentro.

Desvió el primer ataque, pero el hombre era tan grande y el golpe había tenido un impacto tan fuerte que la hizo retroceder. Sin embargo, no tardó en alzar la *claymore* y casi logra cortarle el brazo, pero el enemigo reculó oportunamente. Contuvo el aliento y, con las dos manos, alzó el arma para clavársela en el abdomen, pero se volvió a apartar a tiempo, alzó un brazo y le asestó un puñetazo en el mentón.

—¡Oh! —Jadeó atónita y desorientada.

Se obligó a despejar la vista nublada y ver con normalidad justo en el momento que la hoja del enemigo descendía sobre su cuello. Se agachó, pero no fue lo suficientemente ágil, y sintió una explosión de dolor en el hombro.

El guerrero alzó la espada con las dos manos para asestarle el golpe mortal de un verdugo. No tenía tiempo para apartarse. Cuando el guerrero gigante estaba a punto de acabar con ella, una flecha se le clavó en el pecho y lo hizo tambalearse. El enemigo jadeó y se trastabilló. Se aferró al arma de madera y se cayó con los ojos abiertos de par en par.

Catrìona miró por encima del hombro y vio que James corría hacia ella. Alrededor de él, varios guerreros luchaban, y tuvo que dar un paso a un costado cuando uno de los *highlanders* se le cruzó en el camino.

Se detuvo delante de ella y la abrazó por los hombros tan fuerte que le produjo dolor en la herida.

—¿Te encuentras bien? ¿Te lastimó?

Se volvió para mirar a Eufemia, que fulminaba a Angus con una mirada salvaje mientras luchaba.

—No te preocupes —repuso—. Me encuentro perfectamente bien. Debo llegar a ella.

James frunció el ceño y miró a la mujer con los ojos entrecerrados.

—¿Esa es Eufemia de Ross?

—Sí.

Llevó la mano al carcaj y tomó la última flecha.

—Puedo hacerlo por ti, puedo cargar con esta muerte en mi consciencia. —Colocó la flecha en el arco, jaló de la cuerda, apuntó y soltó el arma.

A Catrìona el corazón le martilleaba en el pecho mientras seguía la trayectoria de la flecha. El tiempo se prolongó. Lo amaba por hacer eso por ella, por cargar con ese pecado en su alma. Sin dudas, hubiera hecho lo mismo por él.

El caballo de Eufemia se movió, y la flecha los pasó volando y se perdió en el bosque.

—Maldita sea —masculló James—. Me quedé sin flechas. Tengo que buscar algunas.

—Está bien —dijo Catrìona al tiempo que enderezaba los hombros e ignoraba el dolor.

Reunió toda la fuerza que le quedó en el cuerpo. Tenía los músculos tan agotados que le ardían y se le hundían del cansancio de la batalla. Aún había muchos guerreros entre ella y la mujer que había llevado la muerte a la celebración. El bullicio de las espadas, los gritos y aullidos de dolor y los golpes de los cuerpos al caer le abrumaban los oídos.

Apretó la *claymore* con más fuerza en los puños.

James dio un paso hacia ella.

—Catrìona, no...

—Tengo que hacerlo.

Cuando le pasó los brazos por el cuello para besarlo, saboreó la sangre y la tierra en su propia lengua. El beso le dio fuerza y poder, como un sorbo de agua fresca de manantial. Miró los atractivos ojos marrones antes de volverse para adentrarse en la batalla.

Ignoró el grito de James, empujó, se agachó y giró. Por la comisura del ojo, lo vio correr para juntar las flechas que estaban clavadas en el suelo o en los cuerpos de guerreros caídos. Blandió la *claymore* en un baile mortal, la enterró en los cuerpos del enemigo para luego extraerla. Pronto, se hundió en el estado sediento de sangre de un guerrero desaforado. La fuerza la dominaba. Era curioso que el origen de esa fuerza fuera el profundo temor a la muerte que la seguía como una sombra carmesí.

En algún sitio remoto, supo que también estaba herida, que tenía rasguños superficiales e insignificantes. Moretones. Quizás alguna costilla rota también. Y una patada fuerte en el riñón izquierdo la había dejado sin aliento. Pero se obligó a olvidar. Hizo que todo se desvaneciera, excepto la mujer de cabello dorado sentada sobre el caballo de guerra. Y luego, pasados varios siglos, la alcanzó.

Los ojos azules de Eufemia la miraron con sorpresa exaltada, como si hubiera visto un ratón sucio que acababa de escapar de una trampa.

Catrìona apretó la *claymore* con la mano. La empuñadura estaba resbaladiza por la sangre.

—¿Así que has venido a matar a mi familia? —rugió—. ¡Pues, no me parece!

Eufemia abrió la boca y jadeó. Catrìona cogió un puñado del vestido de la mujer y jaló de ella, pero la *highlander* se aferró a la crin del caballo y se las ingenió para mantenerse montada. El caballo rechinó y dio un paso hacia atrás. Uno de los hombres Ross vio a Catrìona y corrió hacia ella con el hacha chorreando sangre.

Para su sorpresa, la atacó y apenas logró dar un salto hacia atrás. Pero el movimiento la acercó a Eufemia, que le apuntó una hoja de acero fría contra la nuca.

—¿A dónde crees que vas, muchachita? —le preguntó en un murmullo—. ¿Crees que puedes venir y acabar conmigo? Como tú dices: «No me parece». ¡Mátala!

La mirada del hombre se clavó en Catrìona, y ella supo con la misma certeza que tuvo en la torre del castillo de Delny que no lo dudaría. El hombre dio un paso hacia adelante, alzó el hacha y la blandió en el aire antes de apuntársela al cuello y bajarla. Se oyó un estrépito y luego se cayó.

Una flecha le sobresalía del ojo. Catrìona miró hacia la batalla y vio a James que apuntaba un poco más alto, a un punto detrás de ella.

Le apuntaba a Eufemia.

—Tan solo dime una palabra —gritó James—, y le disparo.

—Si te mueves —le advirtió Eufemia enterrándole la hoja aún más en la nuca—, se le caerá la cabeza de los hombros.

Catrìona miró a James a los ojos. Si moría ese día, moriría como una mujer que solo tenía un arrepentimiento: no haber sabido cómo se sentía encontrarse entre sus brazos. Enredar el cuerpo y el alma con los del hombre que amaba. Tenerlo enterrado en su interior, tan profundo que se habría disuelto en él. Si sobrevivía a la batalla de ese día, eso sería lo que más querría hacer.

Sin apartar la mirada de él, movió los labios para decirle en silencio: «Hazlo».

Al siguiente instante, la flecha salió disparada. Sintió que la hoja se le enterraba aún más y le causaba un dolor agobiante. Luego oyó un jadeó de sorpresa a sus espaldas, y la hoja desapareció.

Dio un paso hacia atrás y tomó la espada con las dos manos. Eufemia sujetaba la flecha que le sobresalía del hombro derecho. Tenía las cejas fruncidas, los ojos enfurecidos, la boca curvada hacia abajo y una máscara de furia absoluta.

—¡Retirada! —gritó—. ¡Retirada!

Giró el caballo y cabalgó hacia el bosque.

Catrìona miró a James.

—¡De nuevo! ¡Dispárale de nuevo!

Sin embargo, James le mostró el carcaj vacío.

Mientras Catrìona observaba a los hombres Ross seguir a su

comandante de regreso al bosque, se dio cuenta de que la batalla había terminado. Al menos, por ese día.

Tenía las piernas débiles y sintió que la tierra se desvanecía bajo sus pies y colapsaba. Lo último que notó fueron unos brazos fuertes que la sostenían.

CAPÍTULO 33

Catrìona suspiró cuando James la depositó en la cama. La había sostenido en sus brazos en la carreta durante todo el camino a Eilean Donan tras finalizar la batalla. Estaban totalmente exhaustos.

Habían ganado. Pero el precio había sido la vida de decenas de Mackenzie y de hombres de los clanes aliados. ¿Acaso la herida de Eufemia la detendría? Catrìona no estaba segura.

Con tan solo unos rasguños y moretones superficiales y una herida en el hombro que le habían suturado, Catrìona se había quedado en el campo de batalla para atender a los heridos. Cuando terminó con todos, los invitaron al castillo para que estuvieran seguros en caso de que los Ross volvieran a atacar mientras se encontraban vulnerables.

Habían regresado tarde por la noche, y apenas logró mantener los ojos abiertos del cansancio físico. Ahora que sabían con certeza que Finn era inocente, lo habían liberado del calabozo, y acto seguido, el curandero se ofreció a ayudar a atender a los heridos.

Catrìona lo vio tratar a Bhatair, el centinela que había asegurado ver a Finn empujar a Tadhg de la muralla. Mientras Finn le cubría la herida, el hombre se disculpó.

—Lamento haberte culpado. De verdad creí haberte visto. No le temo a ninguna espada, pero a la magia... la hechicería me aterra. Creí que eras la fuente de todas las desgracias que le ocurrían a nuestro clan.

Finn asintió.

—Que Dios te bendiga. Solo soy un curandero.

Ahora James se encontraba de pie a su lado y la observaba como una estatua solemne. Inmóvil y confiable.

—Has luchado bien —le dijo Catrìona.

Se arrodilló para mirarla a los ojos. Con delicadeza, le apartó un mechón de cabello de la frente.

—Tuve que hacerlo. Me prohibiste morir.

Ella suspiró y acomodó el rostro contra la palma antes de cerrar los ojos. Dejó que la sensación de seguridad y alegría pacífica que le producía James la embargara. Sintió satisfacción con la vida. Como si hubiera cumplido con alguna suerte de deber.

Había vuelto a acabar con varias vidas. Sabía que la culpa la aplastaría como un peñasco más tarde, pero ahora solo se sentía vacía. Vacía, pero contenta de que su familia estuviera viva.

James le retiró la mano del rostro y se incorporó. Catrìona entró en pánico y le sujetó la mano.

—No te vayas —le pidió.

—¿No quieres dormir?

—Quédate conmigo, eres mi ángel —le dijo. Al oírla, parpadeó, y una necesidad cruda mezclada con angustia le humedeció los ojos—. Protege mis sueños.

—Catrìona, estoy seguro de que en esta época no es adecuado ni nada...

—Ya te lo dije antes: no me importa. Por favor.

James dudó un instante y luego asintió. Le dio la vuelta a la cama, se acomodó y se estiró detrás de ella antes de pasarle un brazo por la cintura. Al sentir el cuerpo musculoso, cálido y fuerte, se relajó de inmediato.

—No te vayas —volvió a susurrar antes de quedarse dormida—. No me dejes...

Pero antes de hundirse en el dulce olvido, supo que no hablaba solo de esa noche. Le estaba rogando que se quedara a su lado en esa época para siempre.

Cuando abrió los ojos, la oscuridad reinaba en la habitación. Apenas lograba ver la silueta de James entre los rayos de luz que proyectaba la luna. Se habían enredado mientras dormían. Ahora estaba frente a él y, aunque no se encontraba envuelta en sus brazos, sentía una paz profunda.

Catrìona había espiado a varios hombres semidesnudos. Pero James era distinto. Una necesidad de ver hasta el último centímetro de su ser la embargó. No podía apartar la vista de la mata de vello oscuro que le cubría el pecho. Por primera vez en su vida, no reprimió el deseo, sino que estiró la mano y le pasó los dedos por los rizos ásperos.

Al cabo de un segundo, James le tomó la mano con la suya.

—¿Qué tramas, Catrìona?

Catrìona parpadeó y lo miró a los ojos ahora que se había acostumbrado a la penumbra.

—No lo sé. Te deseo tanto que me duele todo.

James se tensó un momento y luego, casi a regañadientes, le soltó la mano y se la apoyó contra la sábana arrugada.

—No me deseas. Puede que solo estés conmocionada.

Catrìona negó con la cabeza y se le acercó más. La tela de lino del camisón se le enredó en la cintura.

—No es por la batalla. Parece que en la oscuridad tengo el coraje de tomar lo que deseo.

—¿Tomar? Hummm... ¿y qué sabes acerca de «tomar» cosas de un hombre?

El agradable desafío hizo que se le erizara el vello de la nuca. Se acercó aún más y lo empujó de espaldas contra el colchón.

A James se le escapó un jadeo de sorpresa que se convirtió en un gruñido estrangulado cuando se montó sobre él. Le sujetó las caderas para mantener su figura pequeña equilibrada sobre la contextura ancha de él.

—Sé mucho acerca del tema.

Lo que no sabía, excepto en el caso del reino animal, era qué venía a continuación. Pero no estaba dispuesta a confesárselo a él.

Las manos grandes se le fundieron contra las caderas, y con los ojos le recorrió la silueta del cuerpo a través del camisón delgado. Tenía los pezones apretados contra la tela. Era evidente que lo deseaba y, a juzgar por el miembro largo y pesado que se le apretaba contra los muslos, él no la quería rechazar.

—De verdad, Catrìona, ¿qué es lo que sabes? Cuéntamelo.

Sintió una ola de calor en las mejillas y se sintió aliviada de que no pudiera verla sonrojarse en la oscuridad tras atreverse a pronunciar esas palabras.

—Cuando un hombre y una mujer se quieren o... cuando están casados, se unen.

A James se le puso la voz ronca.

—Dime por qué.

—Para tener hijos, pero también para darse placer.

Al oír la palabra «placer», lo recorrió un temblor y arqueó las caderas contra las de ella. Apenas fue un impulso, pero la fricción del cuerpo contra el de ella le hizo sentir una ola crepitante. Como un rayo de pura alegría sin disolver.

Sin aliento, Catrìona se inclinó hacia adelante para apoyarle las manos contra el pecho. Al ver sus ojos abiertos de par en par, supo que él también lo había sentido. Antes de que se pudiera deslizar del calor de su cuerpo, James la sujetó fuerte por los brazos y los giró en la cama de modo que quedó acostada debajo de él. Catrìona abrió los muslos sin pensarlo mientras el peso de él la hundía en el colchón. No era incómodo; se sentía más adecuado que una plegaria.

—¿Sientes eso? —Pronunció cada palabra mientras se acomodaba entre sus caderas. Aún con lo que pesaba, lo hizo con tanta delicadeza, con tanta reverencia, que la hizo soltar el aire. Le acarició el rostro con los nudillos—. Cuando un hombre desea a una mujer, primero la prepara para él. Se asegura de que sienta placer.

¿Por qué le estaba diciendo todo eso cuando podía estar demostrándoselo?

Catrìona se humedeció los labios secos.

—¿Y luego?

—Luego, cuando está caliente, húmeda y lista para él, se desliza despacio en su interior para brindarle todo ese placer de nuevo. La primera vez puede doler, pero es probable que ya lo sepas.

Catrìona asintió. Las otras mujeres hablaban de esos temas, pero no mencionaban lo que él le había dicho, lo de... En ese momento, se dio cuenta de que estaba caliente y húmeda entre las piernas, donde su piel estaba en contacto con la de él. Entre ellos, ya había comenzado.

—Ya estoy húmeda para ti.

James apretó la frente entre sus pechos y amortiguó un gruñido contra el vestido. Catrìona alzó la cabeza.

—¿Te duele algo? ¿Puedo...?

En respuesta, negó con la cabeza.

—No es un gruñido de dolor.

Cuando alzó la mirada hacia la de ella, la indignidad dio paso a algo más oscuro y doloroso. Catrìona le apretó los muslos contra la cadera y tragó. Negó con la cabeza y se acercó como para besarla, pero se detuvo a un aliento de sus labios.

—No tomaré tu virginidad. No puedo hacer eso y vivir conmigo mismo.

A ella no le importaba su virginidad, no en ese momento. No se iba a casar con nadie... Bueno, con nadie que no fuera James, y él no era una opción. Tendría el resto de la vida para rezar por la absolución de ese pecado. Se arqueó contra él. Lo deseaba, lo necesitaba, lo anhelaba. No podía soportar la necesidad que tenía de que le aliviara el dolor palpitante y embriagador en el cuerpo con el suyo.

—Por favor. —No le importaba implorar, no por él. No por cómo se sentía en ese momento entre sus brazos.

Confiaba en él. Era algo que iba más allá de su cuerpo y más profundo que su corazón. Era algo que sabía en la sangre y en el alma: sin importar qué fuera lo que los había unido —una fuerza mágica, Dios o la simple coincidencia—, él era como ella. Así como ella no lo lastimaría, él no la lastimaría a ella. En su alma, James cargaba con el deseo imparable de servir, ayudar y proteger. Lo hacía siguiendo la lógica y la mente. Ella lo hacía siguiendo su corazón. Y cuando eran uno, como en ese momento, conectados, enredados, abiertos al otro sin ninguna reserva, estaban completos.

Como si le hubiera leído los pensamientos, los ojos le destellaron y brillaron llenos de significado. Despacio, bajó el rostro y le selló los labios con los suyos. Pero, para su sorpresa, el beso no fue delicado. Fue como si la última atadura se hubiera roto y por fin pudiera tener lo que más había deseado. Con la boca, fue demandante, la poseyó y se adueñó de ella. Cuando le deslizó la lengua en la boca y comenzó a lamerla y saborearla, un calor abrasador le recorrió el cuerpo.

La mente se le quedó en blanco. Se redujo a fuego, deseo y cosquilleos. Con los labios, le recorrió el cuello y siguió bajando hasta detenerse en sus senos. Se los acarició con las manos y le arrancó un jadeo cuando se llevó un pezón a la boca y comenzó a succionarlo a través del vestido mientras jugueteaba con el otro con los dedos. Le desató un deseo más indomable que un incendio forestal. Algo primitivo, animalesco rugió en su interior.

El placer iba en aumento y la llevaba a un sitio al que nunca había estado, a algún lugar en el reino de la dicha. Pero antes de que pudiera alcanzarlo, James alzó el peso cálido y sensual de su cuerpo, y tuvo que callar una protesta.

Siguió bajando por su cuerpo. Le besó el estómago a través de la tela del camisón. Con las manos, le recorrió los muslos, llegó al ruedo de la falda y le alzó la prenda hasta el vientre para dejarla expuesta a su vista. Debía de estar mortificada, debía de haberse cubierto, pero no quiso hacerlo; no al ver la mirada hambrienta en sus ojos que le recorrían la piel desnuda.

Si eso era lo que hacían un marido y una mujer —desnudos, abiertos y expuestos el uno al otro—, que así fuera. Catrìona reunió el coraje que había tenido cuando lo montó y separó las piernas para que la viera por completo.

—Eres muy hermosa —le dijo en un susurro.

El tono delicado y maravillado de su voz casi hace que se le detenga el corazón.

Con los codos, le separó las rodillas, apoyó el estómago contra el colchón y acercó el rostro a su punto más íntimo.

Catrìona contuvo el aliento y alzó la cabeza.

—Ja... James... ¿Qué haces?

Él le sonrió con una mirada llena de promesas oscuras.

—Te voy a amar.

Apenas tuvo tiempo de considerar lo que había dicho, porque se colocó las rodillas sobre el hombro y hundió la lengua en la carne palpitante.

Todo su mundo se estrechó y se contrajo al sentir su cuerpo contra el de ella. En donde la tocaba, le producía olas de placer que le bailaban por la piel. Tenía un puñado del camisón aferrado en una de las manos y se lo sostenía sobre el vientre. Con la otra, la abría más para explorarla. Después de la primera lamida, la volvió a recorrer con la lengua y le produjo una nueva ola de placer que la recorrió entera.

Al poco tiempo, no lo soportó más. Le enterró los dedos en el cabello y no se permitió pensar si estaba permitido que los hombres y las mujeres hicieran esas cosas, si era un acto pecaminoso o si Dios había querido que experimentaran ese tipo de placer.

James gruñó contra su piel y le hizo sentir vibraciones en todo el cuerpo. Luego concentró la lengua en un punto por encima de sus pétalos y la hizo arquearse contra él mientras la lengua adquiría un ritmo que hacía que su cuerpo cantara himnos. No solo himnos, sino también una plegaria de placer tan feroz que su piel canturreó también y las extremidades se le estremecieron.

Se aferró más a su cabello.

—¿Qué me haces? —La pregunta era un gemido, una plegaria, una canción de alabanza.

James alzó el rostro para observar el contorno de su cuerpo con una sonrisa pícara en los labios humedecidos. Indefensa, le sostuvo la mirada.

—Te estoy adorando.

Como respuesta recibió un suave jadeo que lo instó a redoblar los esfuerzos. Dirigió la mano que le había sostenido el camisón a su apertura.

Cuando la sintió estremecerse contra él, murmuró unas palabras inaudibles y muy despacio le introdujo un dedo. La estiró, la abrió hasta que le produjo un dolor placentero. No la lastimó.

Luego volvió a bajar la boca, y la sensación cambió. El cuerpo se le tensaba contra el dedo con cada paso de la lengua, y el placer adquirió el ritmo de una marea menguante, como las olas contra una orilla rocosa. Se retiraban y regresaban con la marea. Excepto que esa marea se estaba quebrando. Era como si en cualquier momento se pudiera hacer añicos contra las piedras del placer para no recuperarse nunca más.

—Suéltate, amor —le dijo antes de volver a lamerla—. No temas.

Con cualquier otra persona, podría haber temido entregarse a eso. Pero con él, no.

No fue la presión de la lengua lo que la llevó al abismo del olvido, sino el lascivo movimiento de sus caderas contra el colchón. Era como si James la deseara con tanta ferocidad que se veía reducido a conformarse con las sábanas para mantenerla a salvo de él. Se imaginó cómo se sentiría tener sus caderas meciéndose contra las de ella, tenerlo hundido en su interior con esa intensidad. La idea le rompió algo en su interior, algo que la abrió.

El poder de su placer le arrancó un gemido largo y luego todo el cuerpo se le estremeció. La lamió más rápido, más fuerte, hasta que el placer comenzó a retroceder, y las caricias se volvieron demasiado para su piel sensible.

No tuvo que decirle que se detuviera. James lo sintió y redujo el ritmo antes de retirarle el dedo del cuerpo. Cuando se movió determinada a tenerlo o, al menos, a darle el mismo placer que él acababa de brindarle, él negó con la cabeza y le apartó la mano.

—No, Catrìona. No tienes ni idea de lo difícil que es no abalanzarme sobre ti. Si me tocas, no podré controlarme. No podré ser el hombre honorable que crees que soy.

Al oírlo, negó con la cabeza.

—No me rechaces, James. Te deseo más que a nada.

En respuesta, apretó la frente contra la de ella.

—No, no más que a nada. No más que a tus sueños, aunque ahora parezca que sí.

Con delicadeza, rodó sobre el colchón, le bajó el camisón y la envolvió en la fuerza cálida de sus brazos. Mientras suspiraba y oía el latido fuerte de su corazón, supo que nada volvería a ser igual luego de eso. Porque nunca querría dejarlo ir.

CAPÍTULO 34

Catrìona se acomodó en sus brazos. Era tan dulce, flexible y hermosa que le dolió el corazón. La erección aún le palpitaba de necesidad por ella, excitada por su lujuria y su liberación. Había sido una de las cosas más difíciles que había tenido que experimentar: no tomarla y hacerla suya.

Pero eso hubiera sido irreversible, y no hubiera sido capaz de hacer nada de lo que se pudiera arrepentir.

Quería abrazarla y quedarse en ese momento para siempre. Nunca más quería dejar su lado, nunca quería despertarse sin ella. Pero eso no era posible.

La apretó en sus brazos y le besó la frente.

—¿Estás segura de que estarás bien yendo al convento luego de esto?

Ella ocultó el rostro en su pecho y soltó un suspiro que le produjo un cosquilleo en la piel.

—No voy a convertirme en monja.

James se incorporó sobre el hombro. El cabello enredado de Catrìona se veía plateado en la penumbra de la habitación. Era un ángel caído del cielo.

—¿Cómo dices?

Ella le sonrió con el rostro sereno.

—He cambiado de parecer... Bueno, tú me has hecho cambiar de parecer. Ya no quiero ser monja. Quiero... —Se mordió el labio inferior, y una sonrisa insolente se le asomó de los labios—. Te quiero a ti.

James cerró los ojos y negó con la cabeza.

—No, Catrìona, no cambies de parecer por mí.

La sonrisa se le desvaneció. Se sentó y sostuvo la sábana para cubrirse el pecho.

—¿Por qué no? Te juro, James, que solo un hombre de otro siglo, de otro mundo directamente, podría haberme hecho cambiar de parecer en cuanto a convertirme en monja... Podría haberme cambiado a mí.

A James se le contrajo la garganta.

—Catrìona, nunca debería haber hecho nada de esto.

—¿Cómo dices?

—Besarte, hacerte el amor... Por Dios, no podía mantenerme alejado. Eres como una parte de mí que perdí hace mucho tiempo, una parte que duele de la necesidad de regresar a mí. Sin importar el siglo. Sin importar nuestro destino.

Ella le tomó el rostro en sus manos.

—¿Ves? Yo me siento igual. Como si hubiera estado durmiendo, atrapada en una pesadilla durante toda mi vida. Creyendo a ciegas que no era digna de amor. Que no merecía sentir felicidad. Nunca abandonaré a Dios, pero aún no me he convertido en monja, no he tomado los votos. Y tú has llegado y lo has cambiado todo. Ya no quiero ser monja. Quiero ser la mujer con la que te despiertas cada mañana. La mujer que te ama. La mujer por la que has viajado en el tiempo.

Dejó caer la cabeza y negó.

Diablos, la iba a lastimar y se iba a hacer daño a sí mismo... era como perforarse el pecho con una daga desafilada y girarla para quitarse el corazón. Y el de ella.

—Nunca me debería haber vuelto tan cercano a ti —susurró.

—James... —El susurro estaba cargado de anhelo.

Alzó la cabeza y la miró a los ojos. Le tomó las manos entre las de él, las unió y las besó. ¿Cómo podía dar el golpe con la mayor suavidad posible?

—Solo quería que abrieras los ojos —le dijo—. Para que tomaras la decisión por ti misma. Quería que supieras que eres digna y hermosa y que no te lavaran el cerebro con la religión como le pasó a mi madre. Quería que vieras la realidad como es. Y que supieras que puedes tener un hombre que te ame... Diablos, puedes tener al hombre que desees. Cualquiera sería afortunado de tenerte.

Las lágrimas le inundaron los ojos.

—No quiero a cualquiera, James. Te quiero a ti.

—No puedo...

Las palabras fueron como una detonación. Cerró los ojos un momento y exhaló fuerte. Parecía como si acabara de darle un puñetazo.

Diablos, cómo se detestaba.

—¿Por qué? —le preguntó—. ¿Es porque tienes que cuidar de tu hermana?

James asintió.

—¿Creíste que podía abandonarla? Me he quedado aquí demasiado tiempo.

—No, solo creí que encontrarías otra manera.

Algo le dolió en las entrañas, como si un puño le estuviera apretando los órganos.

—No creo que haya otra manera.

Ella se rio.

—«Creo». ¿Acaso no fuiste tú quien me dijo que deje de creer a ciegas y abra los ojos?

Sabía que podía tener razón. Pero había más.

—También soy un agente de policía. Vine a buscar a dos personas, y David quiere regresar al siglo XXI, de modo que debo llevarlo.

Catriona asintió. Respiraba con dificultad y lo miraba a través de las pestañas.

—Aún no has prometido ser monja, pero yo he prometido

defender y proteger. No puedo abandonar mi trabajo.

—Tu trabajo... —susurró.

—Sí. Mi trabajo.

Lo miró a los ojos durante un largo instante, como si estuviera intentando recordar su rostro, recordar cada arruga en la piel y cada detalle. Luego asintió con firmeza y se incorporó. James se sintió vacío, triste y enfadado. Y sentía dolor, como si alguien le hubiera cortado una extremidad.

Se volvió hacia él, solemne y resuelta, con una profunda mirada de pérdida.

—Creí... como una tonta... que cambiarías de parecer si yo lo hacía. Pero es evidente que me equivoqué. ¿Por qué lo harías?

«Diablos...».

James se arrodilló y se movió en la cama para tomarla en sus brazos y quitarle todo el dolor del mundo como si no fuera más que una ráfaga de polvo.

—Catrìona...

Pero ella se apartó. El pequeño gorrión se había asustado y se había alejado volando. Nunca volvería a confiar en él lo suficiente como para sentarse otra vez en la palma de su mano.

—No me interpondré entre usted y su promesa, *sir* James. Si alguien entiende la fuerza de una promesa, esa soy yo.

¿Por qué no le arrancaba el corazón y se lo pisoteaba?

—Ojalá las cosas fueran diferentes, Catrìona. Ojalá pudiera quedarme.

Se le secó la boca, y tragó lo que le pareció una piedra en la garganta.

—Pero podrías venir conmigo.

Al oírlo, parpadeó.

—¿Cómo dices?

—Podrías venir conmigo. Si no vas a ser monja, ven conmigo al futuro.

Guardó silencio un rato, pero los ojos le destellaban.

—¿Quieres que esté contigo?

—Mucho. ¿Puedes dejarlo todo por mí?

La luz en sus ojos murió, y bajó la mirada a sus pies.

—Mi clan me necesita, James. Necesitan una curandera, y debo ayudarlos. Se avecina una gran guerra, lo puedo sentir. Tendremos que volver a alzar las espadas contra Eufemia. Le pediré a Rogene que me enseñe a leer y escribir. Tomaré libros prestados de la abadesa Laurentia. Por fin tengo la oportunidad de ser independiente, fuerte y útil. Tenía la esperanza de ser todo eso y poder estar contigo. Pero no puedo vivir con mi alma si abandono a mi clan en un momento de necesidad. Y, al parecer, tú no puedes vivir con la tuya si abandonas a tu hermana y tu trabajo.

James sintió como si le hubieran aplastado el pecho entre dos piedras de amolar.

—El hada se equivocó. El deber es más fuerte que el destino para los dos. Yo no soy tu destino, ni tú eres el mío.

Se sintió vacío, completamente hueco por dentro.

—Nos ha ayudado a encontrar al asesino —le dijo volviendo a adoptar un tono distante y formal—. Ha ayudado a proteger a mi clan. Creo que su misión aquí se ha cumplido, ¿no, *sir* James?

Él le sostuvo la mirada durante un momento eterno. Luego asintió.

—Creo que sí.

—En ese caso, lo dejo ir —añadió en un susurro quebrado.

Con un nudo en el estómago, asintió y salió de la cama. Sintió como si algo lo atrajera hacia ella, pero luchó contra las ganas de volverla a envolver en sus brazos.

—Adiós, Catrìona Mackenzie —se despidió con la voz áspera.

¿Eso era todo? ¿Sería la última vez que la vería en su vida? Diablos, deseaba poder tomarle una fotografía para poder mirarla en el futuro y sentir que aún estaba con él de algún modo. Con lágrimas en los ojos, Catrìona asintió. El mentón le sobresalía en lo que supuso era una resolución terca para no llorar. Hizo el esfuerzo de recordar hasta el detalle más pequeño: cada pestaña, cada destello dorado en sus ojos azules.

Luego, cuando supo que eso no sería más fácil y que ella no le diría más nada, se volvió y se marchó. Era como si el suelo lo arrastrara, como si tuviera las suelas de los zapatos pegadas a él. Catrìona no lo siguió, y se dijo que era lo mejor. Cuanto más se alejaba de ella, más difícil le era seguir andando. Y supo que cuanto más se demorara, más seductora le parecería la idea de olvidar su vida en el siglo XXI y quedarse allí.

Bajó las escaleras, cruzó la alacena subterránea en la planta baja, salió al patio matutino de las Tierras Altas y se dirigió a las barracas para cambiarse de ropa. Al entrar, vio a David que dormía en una de las camas. Los otros hombres, la mayoría de los cuales habían luchado en los Juegos de las Tierras Altas el día anterior, también dormían.

James se sentó en el borde de la cama de David y lo sacudió despacio. El joven se volvió a mirarlo con los ojos somnolientos y confundidos. Tenía una venda en el hombro que le cubría una profunda herida de batalla. En el rostro llevaba varios moretones, cortes y ampollas de las quemaduras.

—James —murmuró mientras se frotaba los ojos.

—Me marcho —le informó.

David se sentó. Los ojos se le iluminaron de esperanza.

—¿De verdad?

—Sí. ¿Vienes conmigo?

—¡Claro que sí! —exclamó mientras salía de la cama.

De ambos lados de la habitación se oyeron unos gruñidos. Los otros hombres que dormían allí, se vieron perturbados por la exclamación de David.

—Disculpen —susurró David mientras se ponía los zapatos y se retorcía del dolor.

Mientras se paraba para ir a cambiarse a la esquina, James se preguntó si estaría tan contento de marcharse como David si no se hubiera enamorado de Catrìona.

—Debo ver a Rogene antes —dijo David—. Nunca me perdonará si no me despido.

—Claro. Ve a hablar con ella. Te esperaré al lado de la piedra.

David se marchó de las barracas entusiasmado. Mientras James se cambiaba, sintió como si estuviera arrastrando las extremidades por la arena humedecida.

Cuando terminó y dejó las pertenencias medievales atrás, echó un último vistazo alrededor de la habitación. Les agradeció en silencio a los hombres que habían luchado a su lado para ayudar a proteger el clan, a la mujer que amaba y a él del enemigo. Mientras atravesaba el patio, se asombró de haber luchado por su vida al lado de guerreros medievales.

De camino a la alacena subterránea, tomó una antorcha para iluminar los escalones. No le llevó mucho tiempo oír unos pasos a su espalda seguidos de unas voces agitadas.

Se detuvo al lado de la piedra y la miró fijo como si fuera una ventana que daba a un abismo en el que se tenía que adentrar. El corazón le palpitaba desbocado como si fuera una herida descubierta y alguien le acabara de echar vinagre encima.

Cuando la puerta se abrió, alzó la vista. Varias antorchas aparecieron en el umbral y luego vio las siluetas. David entró primero, con el rostro sonriente de alegría. Rogene llevaba puesto el camisón y estaba entre su hermano y Angus.

—...y no te olvides de llamar a los tíos —instruía Rogene—. Siguen siendo nuestra familia... la única que tienes. ¡Y no te atrevas a meter la pata con los estudios! No te la pases de fiesta ni saltando de una cama a otra. Espero que hayas oído de las enfermedades de transmisión sexual y de los embarazos no planificados. —Tras decir eso, bajó la vista a su propio vientre, y sus rasgos parecieron suavizarse.

—Rogene, tranquila —le dijo Angus.

—Estaré bien —le aseguró David—. No hace falta que me des sermones.

Le entregó la antorcha a Angus para darle a su hermana un abrazo de oso que se prolongó varios segundos. Rogene se aferró a la túnica de David y sollozó contra su pecho. Cuando la soltó, le tomó el rostro entre sus manos.

—Cielos, ¿cómo has crecido tan rápido?

David le apretó la mano.

—Te quiero —le susurró Rogene—. ¡Te quiero mucho!

Sollozó, y Angus le pasó los brazos y casi se la tragó en un abrazo. Su esposa no paraba de llorar y temblar contra su pecho.

David se puso de pie con una expresión perdida y los ojos abiertos de par en par.

—Estoy seguro de que son las hormonas, Rory —le dijo parpadeando—. Estaré bien.

Estiró los brazos y le apretó la mano por última vez antes de volverse y encaminarse hacia James con el rostro endurecido por la determinación.

—Adiós, Rogene. Adiós, Angus —dijo James con el corazón hundido—. ¿Pueden cuidar a Catrìona por mí?

Angus asintió, y Rogene tembló aún más.

James se volvió hacia David.

—¿Estás listo?

David asintió.

—Espero que esta vez funcione.

Del otro lado de la puerta, se oyeron unos pasos fuertes, a James le dio un vuelco el corazón cuando se abrió.

Catrìona entró apresurada con una antorcha en la mano que le iluminaba el rostro con una luz dorada y anaranjada. James recordó de pronto el momento en que lo encontró encerrado en la oscuridad de la alacena subterránea: la imagen del ángel que había abierto la puerta hacia la luz para salvarlo. Cuando sus miradas se encontraron, sintió que se hundía en el suelo.

Una esperanza repentina le floreció en el pecho. ¿Habría decidido acompañarlo? ¿Habría encontrado otra forma de que estuvieran juntos?

—No llego demasiado tarde —susurró—. Gracias a Dios.

Se acercó a él con pasos rápidos y grandes.

—No me podía mantener alejada. Tenía que...

¿Ir con él?

—... despedirme —terminó.

Fue como un golpe en el plexo solar.

—Sí —fue lo único que logró decir.

Catrìona se llevó la mano al colgante del cuello, se lo quitó por la cabeza y lo juntó en la mano. Era su simple cruz de madera y se la estaba entregando.

—Es para usted, *sir* James —continuó—. Que lleve mi bendición y la de Dios a donde quiera que vaya.

James se quedó de pie sin capacidad de reacción por un momento. La cruz sería la única parte de ella que tendría. Le estaba entregando un recuerdo de su madre.

—Esto significa más de lo que puedo explicar —logró decirle con la voz quebrada.

Si dejaba pasar un segundo más, cambiaría de parecer. Se arrodillaría y le suplicaría que fuera con él o que lo aceptara de regreso. Pero ambas situaciones implicaban el aniquilamiento de sus almas, ya fuera la de ella o la de él.

Se inclinó hacia adelante y la envolvió en un último abrazo intentando grabar su recuerdo en su cuerpo e inhalar su aroma por última vez.

Luego la soltó, dio un paso hacia atrás, apoyó una mano en el hombro de David y lo condujo hacia la piedra. Sin detenerse, apoyó la mano contra la huella.

La vibración familiar se intensificó, el aire se estremeció y se movió, y la piedra fría desapareció bajo su palma. Sintió que caía.

Cuando se volvió para mirar a Catrìona, no la vio llorando, sino que vio los ojos de una mujer que nunca volvería a estar completa.

La oscuridad lo consumió y cuando abrió los ojos, vio una bombilla eléctrica que iluminaba la alacena subterránea llena de andamios y vigas de soporte. La pila de escombros y piedras estaba oculta detrás de la piedra picta.

Estaba acostado en el suelo. Se sentó y miró alrededor.

—¿David? —Lo llamó.

Pero estaba solo.

CAPÍTULO 35

Cinco días después, 2021

El grito de un bebé hizo que James se sobresaltara en la silla y se despertara del sueño de las colinas de las Tierras Altas, los muros grises de Eilean Donan y los intensos ojos azules de la mujer a la que jamás volvería a ver. Desorientado, parpadeó en la realidad dura de las luces de hospital y las paredes blancas.

Al ver a su sobrina recién nacida, Lilly, que yacía acurrucada en la cuna de plástico transparente de la sala de bebés del hospital, se le llenó el pecho de una calidez que le quitó el doloroso vacío. Se incorporó y avanzó hacia ella.

—Déjame a mí —le dijo Emily.

Su hermana apretó el botón de la cama del hospital, que soltó un silbido mecánico mientras la montaña de almohadas se elevaba. La pobre estaba exhausta y apenas podía mantener los párpados pesados abiertos tras ocho horas de trabajo de parto.

Recogió a la bebé de tres kilos y cuatrocientos gramos que no dejaba de emitir sonidos alarmantes parecidos a los de la sirena de un patrullero.

—Debe tener hambre —dijo Emily frotándose los ojos.

James le alcanzó la bebé a su hermana, que la tomó en sus brazos y se volvió para darle privacidad antes de que se abriera el camisón para amamantar a su hija. Mientras que la abuela de Lilly, la madre de Harry, estuvo presente durante el parto, él aguardó afuera. La mujer se había marchado a su casa a descansar un poco, pero regresaría cuando llegara el momento de llevar a la niña a casa.

—¿Quieres té? —le preguntó James mientras se encaminaba hacia la puerta—. Puedo buscar en el ala de la cocina.

—No, solo un poco de agua —le respondió Emily.

Como los gritos se habían apagado, James asumió que Lilly estaba amamantando. Mientras vertía agua para Emily pensó por quincuagésima vez lo fácil y conveniente que era hervir agua en el siglo XXI y lo bueno que era que una mujer pudiera dar a luz en la seguridad de un hospital. Aunque habían pasado cinco días desde su regreso, seguía pensando que debía ir a extraer agua del pozo para lavarse las manos.

El día anterior, había entregado el reporte acerca de la desaparición de Rogene y David. A pesar de que la investigación no estaba concluida de manera oficial, el reporte le daba cierta finalidad. Sabía que lo más probable era que se estancara y cayera en la pila de casos sin resolver. En algún punto, asumirían que habían muerto, y sus amigos y familiares tendrían que aceptar sus muertes. Sin embargo, a James se le alegraba el corazón de saber que ambos estaban bien y que al menos uno de ellos era feliz.

En el reporte, escribió que no encontró ningún rastro de Rogene o David más allá de Eilean Donan y que tampoco había encontrado evidencias de nada sospechoso. Los había dejado vivir sus vidas en paz. Aunque todavía no entendía por qué David no había podido regresar al siglo XXI con él.

—¿Cómo te sientes? —le preguntó a su hermana.

—Bien —le respondió bostezando—. Tengo hambre. ¿Y tú?

—Yo también. —Se rio.

Desde que regresó del siglo XIV, había comenzado una lista de todas las cosas que no habría podido disfrutar si se hubiera quedado allí. Los espaguetis a la boloñesa que hacía su hermana encabezaban la lista, junto con los hogares cálidos, las luces eléctricas, el ibuprofeno y los automóviles. Los cigarrillos ya no estaban en la lista. Estaba aliviado de haber perdido las ansias de fumar, y había decidido tomar ventaja del tiempo que había dejado de hacerlo para no recaer en el mal hábito. Pero la lista estaba allí para recordarle todos los motivos por los cuales era algo bueno que estuviera allí, caminando como un zombi deprimido.

Tomó un vaso de agua fría y se lo llevó a Emily. La había visto todos los días desde que había regresado. Le había explicado que la investigación lo había llevado a lugares inesperados y que no podía hablar del caso porque era un asunto policial. También se había disculpado por no haberse puesto en contacto con ella y por haberla hecho preocupar.

Todo eso era mejor que la explicación imposible de haber viajado en el tiempo, que aún a él mismo le costaba creer. Al final, cuando regresó, tanto su hermana como la bebé se encontraban bien, aunque ella se había preocupado por él. Después de todo, había desaparecido durante casi dos semanas.

Al cabo de un tiempo, Lilly se quedó dormida, y Emily se la entregó, pero en lugar de volverla a acostar en la cuna, se la acomodó en los brazos y se sentó en la silla al lado de la cama de Emily. La niña emitía un sonido dulce y, mientras James la acunaba, se quedó tranquila.

—Se parece un poco a mamá —señaló James sin poder quitar los ojos del rostro arrugado—. ¿No crees?

Emily bebió un sorbo de agua y se volvió a recostar contra las almohadas.

—Sí, un poco. —Lo miró con detenimiento y frunció el ceño—. ¿Eso es una cruz?

Se bajó la vista al pecho. La cruz de madera de Catrìona se le había salido de la camisa de vestir. Deseó poderla esconder, pero tenía las manos ocupadas.

—Eh... sí.

—¿Desde cuándo crees en Dios?
—No creo en Dios.
Las cejas se le subieron hasta el nacimiento del cabello.
—Y entonces, ¿por qué llevas una cruz?
—Es más un recuerdo que un símbolo de mi fe.
—¿Un recuerdo de qué?

De la única mujer a la que había amado. De la parte de su alma que nunca recuperaría. De los días más felices de toda su vida. De la mayor aventura que había tenido.

—De algo que no quiero olvidar.
—Mi enigmático hermano, damas y caballeros. —Negó con la cabeza y sonrió—. Hay cosas que nunca cambian.

Guardaron silencio unos instantes sin quitarle los ojos de encima a Lilly.

—¿Sabes algo? —comenzó su hermana—. Estás muy cambiado desde que regresaste de Escocia. Llevas una cruz, no fumas y pareces afligido. ¿Qué te pasó allí?

Al oírla se quedó quieto y el corazón se le volvió a romper, como ocurría cada vez que alguien decía la palabra «Escocia».

Deseaba poder contarle todo a su hermana. Compartían una oscuridad, un evento trágico en sus vidas, el de haber sido criados en una secta, pero aun así le era difícil abrirse a ella. O a alguien. Pero ¿con quién más se podía abrir si no con Emily?

—De hecho, sí, pasó algo.

Su hermana era su familia, la persona más cercana que tenía en el mundo. Y sabía que, al igual que él, estaba superando una gran pérdida. Su prometido había fallecido, y acababa de dar a luz a su hija.

—Conocí a alguien —dijo.
—Oh —respondió sorprendida. Luego, exclamó entusiasmada—: ¡Oh!

Lilly soltó un sonido de protesta, y la meció.

—¿Y bien? —lo presionó—. ¿A quién?

Oh, diablos, ahora vendría un sinfín de preguntas. ¿Cómo le podía contar a su hermana lo que había ocurrido? ¿Debía decirle la verdad o inventar una mentira creíble? Al fin y al cabo, Rogene le había dicho la verdad a David, y así terminó el pobre muchacho. Ni de broma permitiría que su hermana y su sobrina fueran con él... Bueno, de cualquier modo, no se iba a ningún lado. Sin importar cuánto lo deseara. Pero aun así... No le veía ningún sentido a probar la habilidad de Emily de creer en lo imposible.

—Es escocesa —le respondió con tono tranquilo—. Es hermosa, amable e increíblemente valiente... —Se rio, y el recuerdo de Catrìona hizo que se le ciñera el pecho y se le llenaran los ojos de lágrimas.

—¿Esa cruz es de ella? —le preguntó Emily con suavidad.

—Sí.

—¿Es religiosa?

—Sí.

—¡Ay, no! ¿Qué has hecho, James Murray?

—No lo suficiente. O demasiado. Escoge tú.

—Bueno, ¿siguen juntos? A juzgar por tus ojos de cachorro, no lo creo, pero me gustaría que me lo digas tú.

—No, y nunca estaremos juntos.

—¿Por qué? Le puedes pedir perdón. Si te ama, no hay nada... bueno, casi nada que puedas haber hecho para arruinar las cosas por completo.

James jadeó.

—¿Y por qué crees que es mi culpa?

—¿Es culpa de ella?

Se le hundieron los hombros.

—No. Tienes razón. Es mi culpa.

Emily bebió un sorbo de agua y lo estudió con atención.

—Solo quiero saber... —comenzó James—. ¿Cómo lo haces?

Emily apoyó el vaso a un lado.

—¿Cómo hago qué?

—¿Cómo estás bien?

Su hermana se subió la sábana hasta el mentón y lo miró con otros ojos: tristes y llenos de luz al mismo tiempo.

—No estoy haciendo nada, Jamie. Extrañarlo duele como si me estuviera bañando con agua hirviendo, ¿sabes?

Lo sabía y asintió.

—Hay días en los que pienso que lo daría todo por recuperarlo. En serio, lo que fuera. Haría un trato con el diablo. Robaría un banco. Suplicaría, rezaría, no comería carne por el resto de mi vida. Y tú sabes que me encanta la carne.

James se rio, y ella le sonrió con tristeza.

—Pero luego me doy cuenta de que sigue estando a mi lado, ¿sabes? —Miró hacia afuera de la ventana. El viento movió las ramas de un árbol alto, y unas sombras suaves se proyectaron contra la pared. Unas aves cantaron, y varios automóviles se oyeron en la distancia—. Me está cuidando. No me dejará, ni a mí, ni a Lilly. Recuerdo los buenos momentos. Nuestra primera cita, nuestro primer beso. Cómo me dijo que me amaba. Cómo me propuso matrimonio. Sé que no es el fin. Y, aunque conozca a alguien, él lo aceptará siempre y cuando sea un buen hombre.

James la miró y parpadeó.

—¿Estás pensando en conocer a alguien?

—¡Bueno, todavía no! Pero en unos años, cuando esté lista, sí. No es que vaya a cazar a un hombre, pero si conozco a alguien, sé que Harry lo aceptará. Querría que fuera feliz. No puedo ser madre soltera para siempre.

—No serás madre soltera —le dijo con determinación—. Yo estaré a tu lado todos los días.

Ella se bufó.

—No, no lo harás.

—Sí, por eso estoy aquí. Por eso regresé.

Las palabras se le escaparon antes de que pudiera contenerlas. Emily abrió los ojos de par en par.

—¿Cómo dices? ¿Has regresado para estar a mi lado?

—Sí, regresé por las dos. No puedes hacerlo sola.

Emily se bajó la sábana hasta las rodillas.

—¿Disculpa? ¿Que no puedo sola dices? ¿Es broma? No soy

ninguna damisela en apuros. Tengo un buen trabajo y puedo cuidar de mí y de mi bebé.

—No quise decir de eso. Cuidar de un bebé es difícil.

—Ya lo sé, James. Los primeros años serán difíciles, pero soy una maldita leona. Acabo de sacar a un ser humano de mi cuerpo, y de verdad que no necesito que me cuides.

—No quise decir que no eres capaz de hacerlo —insistió pensando en otra mujer que le recordaba a una leona—. Es solo que no quiero que te sientas sola. Como si te hubieran abandonado.

—¿Qué te hace pensar que me siento abandonada?

—Soy la única familia que tienes.

Emily se volvió a recostar contra las almohadas.

—Jamie, aprecio tu preocupación. De verdad. Y sé que lo haces por amor. Pero estoy bien. No tienes que preocuparte por mí. No eres el único que quiere ayudar. Los padres de Harry me llaman todos los días. Como bien sabes, su mamá estuvo a mi lado durante el parto y me acompañó al curso prenatal.

James le sonrió y asintió, y algo en él se sintió más liviano. La pequeña Lilly tendría una familia. No solo a él, sino también a los padres de Harry y otros parientes.

—Pero ¿qué quisiste decir con eso de que regresaste por mí? —insistió—. ¿Rompiste con ella porque creías que te necesitaba de regreso en Oxford?

—Sí, eres mi hermana.

—De acuerdo. —Se sentó derecha—. Tengo muchas preguntas al respecto. ¿Por qué sentiste que tenías que escoger entre yo y esa misteriosa escocesa? ¿Por qué no se podía mudar a Oxford si te amaba tanto?

—Es... eh... difícil de explicar. Y no es mi secreto, pero digamos que es imposible que ella venga a Oxford. Yo tendría que mudarme a donde vive ella.

—¿Y crees que no puedes porque necesito tu ayuda?

—Pues, claro que necesitas mi ayuda.

Emily se inclinó hacia él y le dio un papirotazo en la frente.

—¡Qué tonto eres!

—¡Basta! Ya no somos niños. —Se frotó la frente.

—Entonces ¿por qué crees que yo lo soy?

—No lo creo.

—Sí, sí lo crees, sobre todo si basas todas las decisiones de tu vida en la idea de que no puedo valerme sola sin tu ayuda. No seré responsable de arruinar tu felicidad.

—¿Qué dices? ¿No quieres mi ayuda?

—¡No! No al precio de tu felicidad.

James la miró furioso y anonadado y parpadeó.

—No había considerado que podrías pensar eso.

—Mira, te conozco. Nunca te has enamorado. Lo único que has hecho durante toda tu vida ha sido cuidar de mamá y de mí. Soy una mujer adulta. Soy una madre. Tú no serás mi marido. Lo siento, sé que suena raro, pero ya sabes lo que quiero decir. Y no quiero ser el motivo de que seas infeliz.

—Em...

—¿Por qué no te puedes mudar a Escocia y visitarnos cada varios meses?

—Porque no puedo. Si me mudo... —Se aclaró la garganta, y Lilly se removió y se frotó la mejilla dormida. Diablos. Ahora entendía con lo que lidiaba Rogene—. Nunca podría volver a verte. Ni a mi sobrina.

Emily frunció el ceño.

—Entonces, no estamos hablando de Escocia, ¿no?

James suspiró y se mantuvo callado.

—¿Por qué es tan secreto? —Su rostro perdió la expresión y se acercó a él para susurrarle—: Aguarda... ¿se trata del MI6?

Era el servicio de inteligencia secreto... pero por lo general, los agentes tenían familia y una vida normal.

—Eh... ¿Y si así fuera? ¿Y si, por algún motivo que no te puedo contar, el único modo de estar con Catrìona sería no volver a verte a ti o a Lilly, no volver a hablar contigo ni regresar aquí nunca más? ¿Aún querrías que escoja la felicidad?

Ella parpadeó con unas lágrimas en los ojos.

—Sí, Jamie, de verdad. —Le ofreció una sonrisa triste—. Yo lo hubiera hecho por Harry y no me hubiera arrepentido ni un segundo.

Tragó con dificultad, el pecho se le cerró de dolor. Le dolía tener esperanza.

—Pero... ¿Y si...? —Exhaló—. No sé si me quiere de regreso. No sé si es demasiado tarde. Si cumplió su promesa...

—¿Qué promesa?

—Quería ser monja.

A Emily se le cayó la mandíbula.

—¡James Murray, cuando te pregunté qué habías hecho, jamás en la vida esperé que hubieras seducido a una monja! ¡No puedes faltarle el respeto a la religión de ese modo!

James se retorció.

—Calla, despertarás a Lilly. No seduje a una monja. Aún estaba decidiendo si quería convertirse en monja. Y ahora que me marché, no sé si lo ha hecho. Si es demasiado tarde.

Emily inhaló hondo. Clavó la mirada en la cruz que le colgaba del cuello.

—En ese caso, querido hermano, tendrás que tener la única cosa que siempre has rechazado.

—¿Qué cosa?

—Tendrás que tener fe.

CAPÍTULO 36

Cinco días después, 1310

Laomann alzó la copa de vino francés.

—Atención, por favor.

Agradecida por la distracción y anhelando con dolor en el pecho al hombre que nunca volvería a ver, Catrìona alzó la mirada. La familia del clan Mackenzie estaba sentada a la mesa en la recámara del señor. Los rostros de sus seres más queridos estaban iluminados por el brillo cálido y anaranjado de las velas que se encontraban sobre la mesa. Eran velas de cera costosas, no las de sebo que despedían un olor fuerte.

La habitación olía al banquete de comida que estaba sobre la mesa. Para alegrar a todos, Rogene había organizado una cena especial. Aunque se estaban preparando para defenderse del clan Ross, Rogene había sugerido que se olvidaran del enemigo por una noche y se reunieran como familia para disfrutar de la vida antes de que tuvieran que volver a luchar.

Catrìona se preguntaba si eso se debía a David. No había sido él mismo tras el intento fallido de marcharse con James. Era evidente que los sentimientos de ira y frustración hervían en el interior del muchacho, aunque los escondía tras una máscara sombría. Cuando los ojos de Catrìona se posaron en él y le sonrió en señal de consuelo, él le devolvió una sonrisa triste.

—¿Y bien? —preguntó Raghnall que, por primera vez, había aceptado la invitación de la familia—. Continúa, hermano, antes de que la vejez nos mate a todos.

Todos los presentes se rieron, y Laomann se aclaró la garganta.

—Creo que estarás complacido con lo que voy a anunciar, Raghnall —dijo. Tomó la mano de su esposa, que le apretó la suya con una sonrisa de apoyo—. Renuncio como *laird*.

—¿Cómo dices? —tronó Angus.

Se oyeron unos jadeos de confusión y sorpresa alrededor de la mesa.

—¿Y por qué me alegraría? —le preguntó Raghnall.

—Me gustaría que Angus tomara mi lugar como *laird* —continuó Laomann—. Y a Angus le agradas más que a mí.

Angus negó con la cabeza.

—¿Qué dices, Laomann?

—Hermano, eres buen *laird* —intervino Catrìona—. Todos te queremos y nadie quiere que te des por vencido.

Laomann negó con la cabeza y miró su copa.

—Si te soy sincero, hermana, los ataques de Tadhg me dejaron más debilitado de salud de lo que pensé... Yo... Ya no soy el mismo. Nuestra gente necesita a alguien fuerte y capaz, alguien a quien respeten y en quien puedan confiar, en especial con la amenaza inminente del ejército Ross. Todos sabemos que Angus ha sido el *laird* de manera extraoficial todo el tiempo. Es hora de que sea oficial.

En la mesa reinó el silencio mientras todos consideraban las palabras e intercambiaban miradas. Catrìona no podía estar en desacuerdo con la afirmación de Laomann. Nadie podía. Todo lo que había dicho era cierto.

—Es muy altruista de tu parte, Laomann —le dijo—. Y noble.

Angus se rascó la barba.

—Sé que no lo haces por temor, pero ¿qué pensará la gente?

Mairead suspiró.

—Es lo mismo que le he dicho, pero a Laomann no le importa lo que piensen los demás cuando se trata de la seguridad del clan.

Laomann asintió.

—Sí. Nuestro clan tiene mejores posibilidades bajo tu liderazgo, Angus. No me importa si me creen cobarde.

En la habitación reinó el silencio.

—¿Estás seguro, hermano? —preguntó Raghnall.

Laomann asintió solemne.

—Lo cierto es que nunca debería haber sido *laird*. Solo fue por orden de nacimiento, no por capacidad. Angus, ahora es tu papel. Si lo aceptas.

Angus miró a Rogene, que le sonrió.

—¿Eso es lo que la historia tiene deparado para mí? —le preguntó.

Catriona frunció el ceño. Ahora sabía qué quería decir, porque Rogene venía del futuro. Le estaba preguntando si eso sería lo que ocurriría. Pero todos los demás los veían confundidos.

Asintió.

—Sí.

—Entonces, ¿estás de acuerdo? —le preguntó Angus—. Ser la esposa del *laird* trae muchas responsabilidades nuevas. Tendríamos que vivir aquí, y tendrías que ayudar a administrar el castillo.

Ella le apretó la mano.

—Mientras esté contigo, no me importa si vivimos en una granja o en un castillo.

A Catriona se le llenaron los ojos de lágrimas. Deseaba poder estar con James. Le diría lo mismo.

Raghnall soltó un resoplido.

—Ya es suficiente. Toda la dulzura que les chorrea va a hacer que se me pegotee hasta el trasero.

Angus le dirigió una mirada más fría que una piedra.

—Acepto, Laomann. Seré el *laird* del clan Mackenzie, e incluso sé cuál será mi primera resolución.

La sonrisa de Raghnall se desvaneció.

—¿Por qué me miras así?

Angus le dio un beso en la mejilla a Rogene, se puso de pie y avanzó hacia Laomann con la copa en la mano.

—Te agradezco el honor y la confianza, Laomann. —Abrazó a su hermano y le dio una palmada en el hombro—. No te desilusionaré, te lo juro por mi vida.

Laomann alzó la copa.

—¡Por Angus, el nuevo *laird* del clan Mackenzie! ¡*Slàinte*!

Todos alzaron la copa y repitieron el brindis.

—¡*Slàinte*!

Laomann le dio una palmada en el hombro, se sentó en el otro extremo de la mesa e hizo un gesto hacia la silla en la cabeza de la mesa.

—Ahora te pertenece —le dijo.

Angus asintió y se aferró al respaldo de la silla para mirar alrededor de la mesa solemne y serio.

—Tenemos tiempos complicados por delante —comenzó—. Lo sé y disculpa, Rogene, por traer esto a colación, porque no querías que habláramos del tema, pero es importante que no bajemos la guardia. Habrá varias batallas, y perderemos a muchos hombres. Pero les prometo que no permitiré que Eufemia nos arrebate la felicidad. Triunfaremos, pero debemos proceder con cautela.

Miró a Raghnall con severidad.

—Has pasado mucho tiempo alejado del clan, y nuestro padre se equivocó al echarte. Mientras sea *laird*, siempre serás un miembro de este clan y nunca has sido menos que eso.

Catrìona estiró la mano para apretar la de Raghnall. Sin mirarla, le devolvió el gesto apretándola tan fuerte que casi le dolió. Raghnall se limitó a parpadear con los ojos abiertos de par en par. Si no se equivocaba, los ojos oscuros le lagrimeaban. Asintió con la cabeza una vez.

—Pero para estar mejor, necesitas un hogar. —Angus se detuvo y añadió despacio—: Necesitas una esposa.

Raghnall frunció el ceño.

—¿Que necesito qué?

—Una esposa —repitió Angus—. Te voy a devolver la propiedad que te pertenece por derecho cuando me demuestres que estás listo para sentar cabeza. Cuando te hayas casado y seas un hombre serio.

La expresión de Raghnall se tornó sombría.

—Angus, ¿qué es esa tontería?

Laomann miró a Raghnall con una sonrisa entretenida.

—No lo había pensado, pero estoy de acuerdo. Tener una esposa y una familia de la que preocuparte será bueno para ti. Te hará centrarte, te convertirá en hombre.

El labio de Raghnall se curvó en una mueca.

—Ya soy un hombre.

—Por el modo en que te comportas, sigues siendo un muchacho —lo corrigió Angus—. Eres mi hermano y te quiero. Sé que no es lo que quieres, pero porque me importas, creo que será lo mejor para ti. Así que demuéstrame que eres serio, cásate y la propiedad será tuya.

Raghnall se puso de pie tan rápido que casi tira la silla.

—No me obligarán a nada.

—Pero será bueno para ti —señaló Catrìona con suavidad.

Raghnall la fulminó con la mirada.

—¿Y tú quién eres para decir nada, hermana? Si es que aún quieres ser monja. ¿Por qué no le exiges a ella que se case, Angus?

Todos se volvieron a mirarla, y Catrìona deseó que se la tragara la tierra. Rogene sabía demasiado bien lo que le pasaba.

En el momento en que James desapareció para siempre, Catrìona se cayó al piso. Rogene la sostuvo durante mucho tiempo y la meció en sus brazos hasta que la muchacha terminó de liberar todas las lágrimas. Angus y David sabían que amaba a James, pero no tenía certeza si el resto de la familia lo sabía.

A Angus se le suavizó la mirada al verla.

—Catrìona ya ha tenido suficientes personas en su vida diciéndole qué hacer. No seré una de ellas.

El sollozo de alivio que se le escapó sorprendió a todos, incluso a la misma Catrìona. Rogene se puso de pie y se detuvo a su lado para sostenerle la mano.

—Todo está bien, cariño —le dijo.

—Lo... lo siento, hermana —se disculpó Raghnall—. No era mi intención ponerte así. Si quieres ser monja, deberías hacerlo.

—Pero ¿aún quieres eso? —le preguntó Rogene con suavidad.

Catrìona se quiso aferrar a la cruz que le colgaba del pecho, pero solo encontró un espacio vacío. Su cruz se encontraba en el futuro, con James.

—No lo sé... Me gusta ser de utilidad y servir a la gente.

—Puedes hacer todo eso aquí —señaló Raghnall—. ¿No lo sabes?

—Yo... —¿Eso era cierto? Durante toda su vida, había sentido que nadie deseaba su presencia ni que era digna de amor. Y cuando se imaginó viviendo como monja, sanando a la gente y cuidando de los pobres y los enfermos, rezándole a Dios, leyendo, pintando, cosiendo o cultivando plantas, creyó que por fin se sentiría útil. Apreciada. Amada. Pero James lo había cambiado todo.

«Para ser una creyente de lo más obstinada, es sorprendente la poca fe que tienes».

Y si tenía esa fe incondicional que había puesto en Dios, en los miembros de su familia y en sus amigos, también podría tener más fe en sí misma. Creer en ella. Saber que se encontraba bien. Tener certeza de que la querían.

Miró alrededor y estudió los rostros de su familia, cada uno de ellos la miraba con amor. ¿Cómo no lo vio antes? ¿Por qué pensó que el hecho de que su padre la tratara como un objeto significaba que todos los hombres harían lo mismo? Sin dudas, Tadhg había sido un traidor, pero *sir* James la había tratado con respeto y aprecio. A pesar de que no creía en Dios, se preocupaba por su alma. Hasta se había negado a tomar su virginidad, a pesar de que quería entregársela. Si eso no era ser amada, no sabía qué sería.

Su familia estaba en lo cierto: no necesitaba ser monja para cuidar de la gente y ser útil. Si Angus le permitía tener toda la libertad que quisiera, no tendría que ir al convento. Se podría quedar con su familia, aunque nunca pudiera ser del todo feliz sin el hombre al que amaba.

—Tienen razón —les dijo sonriendo a cada miembro de la familia—. No necesito estar en el convento para servirle a la gente. Y si me prometen que no me obligarán a casarme en contra de mi voluntad y me dejarán vivir aquí, no me convertiré en monja.

Rogene le apretó la mano. Angus asintió, y las comisuras de los ojos se le arrugaron cuando le sonrió con cariño.

—Por supuesto que te puedes quedar aquí. Siempre te cuidaremos.

Catriona sabía lo que significaba eso. Una mujer soltera solía ser una carga, una boca más para alimentar, y ese era uno de los motivos por los cuales se solía enviar a las nobles a los conventos. De modo que la promesa de su hermano de cuidarla y protegerla para siempre lo era todo.

Deseó que las cosas fueran distintas. Que las mujeres no necesitaran que los hombres las protegieran, como sucedía en el futuro, en la época de James, Rogene y David.

—Gracias, hermano —le dijo.

Rogene la miró.

—Entonces ¿comenzarás a comer como un ser humano y no como un pajarito? ¿Y nos podemos deshacer de este costal de harina que te pones y hacerte un vestido hermoso? ¿Por favor?

Catrìona sonrió y soltó un suspiro.

—Sí, hermana. De acuerdo.

Lo único que le faltaba en su vida era James. Porque sin importar cuánto tiempo pasara, nunca amaría a otro hombre como lo amaba a él.

CAPÍTULO 37

UNA SEMANA DESPUÉS, 2021

James le echó un vistazo a la cámara de seguridad localizada en la parte superior de la esquina del vestíbulo del castillo de Eilean Donan. ¿Qué pensarían? ¿Enviarían a uno de los oficiales de policía de Oxford a investigar su desaparición? La pobre Leonie tendría otra persona desaparecida bajo sus narices.

Pero quizás la explicación de la MI6 satisfaría a sus colegas. De seguro, había sido suficiente para su hermana, que había llorado contra su camiseta como si le hubiera dicho que se estaba muriendo.

A pesar de que le rompió el corazón dejar a su hermana y a Lilly, ella le había dicho que estaba haciendo lo correcto y que le contaría a su sobrina todas las historias acerca de su tío, el agente secreto. Y, quizás, un día, cuando se retirara, podría regresar a sus vidas. James le aseguró que eso sería lo que haría, pero sabía que nunca ocurriría.

Había renunciado a su trabajo de policía y había pasado tiempo considerando qué hacer con el resto de sus asuntos. Ahora comprendía los preparativos meticulosos y prácticos de

Rogene antes de marcharse. Deseaba poder dejarle todo su dinero y sus pertenencias a su hermana, pero de seguro generaría sospechas, y no quería hacer nada que llevara a la policía a sospechar de ella.

Una parte de él se seguía cuestionando su cordura. A lo mejor había heredado los genes de su madre de creer en cosas que no existían. ¿Qué pruebas tenía de que podía atravesar una piedra por tercera vez? ¿O de que terminaría en el mismo año? ¿Y qué haría si al llegar, Catrìona se había unido al convento?

Pero se siguió apretando la cruz y repitiéndose que debía tener fe como la tenía ella. Debía tener fe en ella. En su amor. Y en que ella también lo amaba a él.

Le echó un último vistazo a la cámara de seguridad y al vestíbulo vacío, empujó la puerta que decía «Ingreso solo para empleados» y bajó las angostas escaleras de piedra. Mientras avanzaba por los escalones, se acomodó la mochila sobre el hombro.

Al igual que Rogene, se había preparado para quedarse para siempre en la Edad Media. Sin importar si Catrìona fuera suya, tenía la certeza de que en esa ocasión no podría regresar.

Pero la fe que tenía en ella lo había llevado a empacar el anillo de compromiso de su abuela para ofrecérselo. También tomó un rollo de tela de lana suave y fina de color azul para que Catrìona hiciera un vestido hermoso. Tenía bordados unos patrones de flores y hojas con hilo plateado, y cuando se imaginó cómo los colores le realzarían los ojos, el corazón casi se le detuvo.

Llevó libros porque sabía que echaría de menos las novelas, y pensó que los podría utilizar para enseñarle a leer a Catrìona. Y Rogene y David también podrían tomarlos prestados. También empacó una antorcha eléctrica, pero ningún paquete de cigarrillos. Oficialmente era un no fumador y no podía creer lo bien que se sentía.

Como Angus hacía el aguardiente que llamaban *uisge*, llevó una excelente botella de *whisky* para ver si podía imitarlo. Si bien hasta el siglo XV, no se conocería el verdadero *whisky* escocés,

James pensó que no habría nada de malo con intentar acelerar el proceso.

A medida que se acercaba a la puerta, más se le aceleraba el corazón. Cuando la abrió, se quedó congelado porque, a diferencia de las otras ocasiones en las que se había encontrado allí, había un espacio grande que no se encontraba vacío ni en penumbras. Sìneag se hallaba de pie brillando como una farola. Inhaló el aroma a lavanda y césped recién cortado y supo que era real.

—¡James Murray! —exclamó y juntó las manos—. Oh, querido muchacho, sabía que serías mi mayor victoria.

Con el pulso latiéndole en los oídos, cerró la puerta a sus espaldas y se volvió hacia ella.

—Eh, hola.

Las emociones batallaban en su interior. Sentía ira de que Sìneag le hubiera hecho vivir la experiencia más descabellada de su vida, gratitud por haber conocido al amor de su vida, confusión de verla de nuevo, curiosidad por saber cómo hacía que la gente viajara en el tiempo y temor... Temor de que, por algún motivo desconocido, no lo dejara pasar.

—¡Hola! —lo saludó riendo—. Has venido preparado.

—Bueno... sí. Tenías razón. Catrìona es el amor de mi vida. Es el amor más allá de mi vida. Lo es todo.

El rostro de Sìneag perdió la sonrisa, y unas lágrimas le invadieron los ojos. Parpadeó, se llevó las manos a los ojos y se miró el dedo húmedo.

—Cielos, me estoy volviendo más humana cuanto más tiempo paso así... Mírame. Me alegro mucho de que te hayas abierto al amor. Me alegro mucho de que vas a estar con ella.

—Sí... No me lo vas a impedir... ¿no?

—Oh —le dijo y le sonrió con picardía—. Qué listo que es, detective. En esta ocasión, no será tan fácil.

«Diablos...».

—Debe pagar el pasaje.

—No hay problema. ¿Aceptas tarjeta de crédito?

Inclinó la cabeza y se rio.
—No, pero acepto algo delicioso.
James parpadeó.
—¿Algo delicioso? ¿Hablas de comida?
—Claro. ¡Comida!
—¿De verdad? —James se quitó la mochila y revisó el interior—. Tengo salsa de tomate y albaca para hacer pizza. Sé que a Rogene y a David les encantaría, pero no es muy deliciosa cuando no está cocinada. ¿Quieres un chocolate?
—¿Qué es eso? —Los ojos le destellaban.
—Es un postre... Es muy rico. A las mujeres les suele gustar. Se lo compré a Catrìona, pero si es el precio del pasaje, por favor, tómalo. —Sacó una caja de pralinés de chocolate.
—Mmm... —Sìneag estiró la mano y tomó un bombón de chocolate con un pequeño limón en la punta.
Lo observó con el ceño fruncido unos instantes y luego se lo llevó a la boca. Mientras lo mordía, puso los ojos en blanco en señal de dicha.
—Por la madre naturaleza... —susurró con la boca llena—. ¿Qué es esta delicia de sol y estrellas?
James no pudo evitar sonreír. Por tratarse de alguien que se dedicaba a cambiar el destino de las personas sin su consentimiento, era demasiado encantadora como para estar ofendido con ella.
—Entonces... —comenzó mientras se volvía a poner la mochila sobre los hombros—. ¿Cuenta como pago?
—Oh, sí —le respondió antes de llevarse otro chocolate a la boca—. Sobre todo si me puedo comer toda la caja.
—Claro, es tuya. Disfrútala.
—¡Gracias! Ya te puedes marchar, pero siempre le advierto a todos que es la última vez, ¿de acuerdo? No podrás volver a viajar en el tiempo.
A pesar de que lo había sospechado, tener la certeza de eso le pesaba en el pecho. Le echó un vistazo a la puerta que llevaba de

regreso al castillo, su última oportunidad. Pero no. Solo sería una vida a medias. Una parte de su alma se encontraba en el siglo XIV, con una *highlander* que tenía el cabello dorado y los ojos de un cielo turquesa. Una mujer que le había enseñado a creer otra vez.

—Sí —repuso—. De cualquier modo, no querré regresar.

La piedra comenzó a brillar y, mientras avanzó hacia los escombros, la vibración familiar hizo que el estómago le diera un vuelco de anticipación. Pero aún había una pregunta que debía hacer. Se volvió y se rio entre dientes al ver el rostro de Sìneag cubierto de chocolate.

—¿Ese pago es suficiente para David? ¿O te puedo ofrecer algo más para que él pueda regresar?

El hada dejó de masticar y sus ojos se tornaron tristes.

—Oh, ese pobre muchacho no ha de regresar a esta época.

—Eso me temía. Diablos...

—Bueno, no hasta que conozca a la mujer de su destino. Entonces, el túnel del tiempo volverá a funcionar para él.

James frunció el ceño sin lograr comprender lo que le quería decir.

—Aguarda... ¿Allí hay alguien para él también?

Sìneag sonrió con los dientes manchados de chocolate.

—¡Oh, claro!

James negó con la cabeza.

—Pobre chico. Bueno, nos vemos, Sìneag. Por favor, deja de enviar a la gente al pasado. La policía ya tiene suficientes cosas que hacer como para investigar desapariciones que nunca lograrán resolver.

Sìneag se rio.

—Apenas he comenzado.

Tras decir eso, desapareció. James se acercó a la piedra y apoyó los dedos contra la huella.

Abrió los ojos en la oscuridad total. Olía a moho, polvo y tierra húmeda. Al principio, estaba desorientado. Pero al cabo de unos instantes, se dio cuenta de que era una buena señal. La falta de luz eléctrica y el silencio sepulcral significaban que había viajado en el tiempo.

¡Oh, diablos! ¿Y si la puerta estaba trabada de nuevo? Se sentó sobresaltado y palpó alrededor hasta que encontró la mochila. Extrajo la linterna que había empacado y la encendió.

Sí, estaba en el mismo espacio familiar. Vio la misma piedra y las mismas paredes. Luego, divisó la puerta. Se puso de pie un poco mareado. Con los pasos más agigantados de su vida, avanzó hacia ella y la abrió. La puerta cedió. El aire frío cargado de un aroma metálico y leñoso lo invadió.

«¡Gracias a Dios!».

Se acomodó la mochila sobre los hombros y se aferró a la cruz de Catrìona con la mano libre. Él no rezaba. Creía que nunca había rezado en su vida, ni siquiera cuando vivía en el recinto de la secta con su madre. Pero en ese momento rezó.

«Por favor, que no haya tomado los votos todavía. Por favor, que sea libre. Por favor, que aún me quiera».

Exhaló y avanzó por el espacio oscuro del subsuelo hacia las escaleras angostas. Subió los escalones a paso tan acelerado que casi se resbala y se cae. Cuando abrió la otra puerta, no vio a nadie en la zona de almacenamiento de la planta baja. Salió a un mundo iluminado con la luz rosada y dorada del amanecer. No había viento, ni se oían los ruidos de un castillo ocupado. Solo oyó el canto alegre de las aves que saludaban al nuevo día. Las edificaciones se veían oscuras contra el cielo destellante.

Catrìona debía estar durmiendo. Soltó un suspiro. No se había dado cuenta de lo tenso que estaba. No estaba seguro de si había llegado a tiempo o si todavía la encontraría allí. Podría ir a caminar mientras aguardaba a que los habitantes del castillo se despertaran. Colocó la mochila contra la pared y se dirigió al canal de salida al mar. Un centinela cansado le abrió la puerta para que pudiera salir.

El mundo exterior destellaba en tonos rosados, anaranjados y azulados que se reflejaban sobre la superficie del lago. Las colinas y las montañas formaban un paisaje negro en el espejo del agua.

Pero ninguna parte de esa belleza importaba. Nada se comparaba con la dicha absoluta que sintió en el alma al divisar una figura delgada de cabello largo que miraba el amanecer de pie sobre el embarcadero.

El mundo cedió bajo sus pies. De inmediato, sintió calma y paz. En cuanto la vio, sin saber si sería suya o no, las grietas de su alma se volvieron a unir. Ni siquiera necesitaba que le dijera algo o que lo amara. Solo respirar en el mismo mundo que ella, en la misma época, bastaba para que estuviera completo.

No se movió ni dijo nada.

Entonces ella se dio vuelta y, al igual que él, se quedó petrificada. Sin embargo, sintió la misma atracción que siempre lo llevaba hacia ella. Catrìona se llevó la mano a la boca y amortiguó un jadeo que hizo que se le detuviera el corazón.

Ahora le podía dar las gracias a Dios... a cualquier Dios. Ella estaba allí. No se había convertido en monja.

—Hola —la saludó.

Catrìona se movió. Primero dio unos pasos hacia él y luego echó a correr como una velocista olímpica y, cuando por fin se lanzó a sus brazos, lo dejó sin aire. La envolvió en su abrazo y la apretó contra su cuerpo para atraparla por temor a que fuera a desaparecer como un sueño.

—¿James? —susurró mientras se apartaba para tomarle el rostro con las manos. Unas lágrimas le brillaban en los ojos. Le recorrió el rostro con la mirada como para asegurarse de que de verdad se encontraba allí. Solo llevaba puesto el camisón y tenía una manta envuelta en los hombros que se había caído al suelo.

—Sí. —Se rio—. Soy yo.

—¿Has regresado?

—Sí, he regresado.

—Oh... —Ocultó el rostro en el cuello, y James cerró los ojos para inhalar el aroma herbal y angelical, para beberlo y convertirlo en parte de su sistema.

—¿Llego tarde? —le preguntó—. ¿Has tomado los votos?

Catrìona negó con la cabeza y lo miró con una sonrisa enorme en el rostro.

—Si me preguntas si me he convertido en monja, la respuesta es no. Y no lo haré.

Al oírla, soltó un suspiro audible.

—Qué bien. No sabía qué haría de lo contrario. Porque... Bueno... —Se llevó la mano al bolsillo de los vaqueros y extrajo el anillo de su abuela. Lo sostuvo con los dedos delante de ella.

A Catrìona se le agrandaron los ojos.

—¿Qué es esto?

—Me di cuenta de que tu fe te da fortaleza y te ayuda a superar los momentos difíciles. Es algo que me vendría bien. Mi fe en ti, en nosotros, me dio la fuerza para regresar a tu lado. Me da la fuerza para hacerte una promesa.

Mientras aguardaba a que continuara, tragó con dificultad. Unas lágrimas se le formaron en los ojos.

—Esta es mi promesa —prosiguió—. Prometo amarte hasta el final de los días y de los tiempos. Amarte más allá de la vida y de la muerte. Amarte incluso cuando no pueda hablar, ver u oír. Te prometo que seré tu marido leal... si accedes a convertirte en mi esposa.

Catrìona se volvió a cubrir la boca, y una lágrima le cayó por el rostro.

—¿Aceptas mi promesa? —le preguntó sintiendo el amor que le florecía en el pecho.

En respuesta, asintió.

—Sí, claro que me casaré contigo, James. —Tomó el anillo y se lo deslizó en el dedo—. Eres el amor de mi vida, un eco de mi alma y el único hombre al que siempre amaré.

—Cielos, eres hermosa —le susurró.

—Te haré una promesa, James. Prometo que siempre tendré fe en mí, en ti y en nuestro amor.

James sintió las palabras en los huesos. En lo más profundo de su ser, en un sitio que no podía tocar ni explicar. La promesa resonó allí, y supo que estaban unidos como nunca antes lo había estado con nadie. Era un sentimiento más profundo que el juramento como oficial de policía de servirle a la reina y proteger a la gente. Y más importante que la necesidad de respirar. Era como un murmullo del más allá. Más eterno que el tiempo. Más vital que la vida. Era amor.

Mientras lo comprendía, lo besó.

EPÍLOGO

Una semana después...

Cuando el banquete de bodas terminó y los asistentes continuaron bebiendo y bromeando, Catrìona le dirigió una mirada especial a James, quien se apresuró a terminar la cerveza, golpear el vaso contra la mesa y tomar a la novia en sus brazos.

Los gritos aumentaron, y algunos parranderos jóvenes y valientes siguieron a la pareja de recién casados hasta la puerta de la recámara. Catrìona no logró contener la risa mientras subían las escaleras. Tenía el rostro ruborizado de oír las bromas de los que los escoltaban hasta el umbral. James le dio un beso a su novia y cerró la puerta en las narices del resto.

Catrìona se rio de camino a la cama y se puso seria de pronto al ver el deseo en el rostro de James mientras la observaba. No temía esa noche. Por el contrario, la había esperado con ansias. Pero ahora que se encontraba en el lecho matrimonial, se estremeció ante la intensidad de la mirada.

Como si pudiera sentir su ansiedad, James dio un paso hacia ella y le separó los muslos cubiertos por la tela pesada de la falda para tener mejor acceso. Catrìona estiró los brazos y le acercó el rostro al suyo.

La besó como si fuera el último beso y necesitara recordar todo lo que sentía en ese momento. La urgencia de sus labios le aseguró que sentía todo y que quería que ella también lo experimentara.

Cuando le recorrió los labios con la lengua, le abrió la boca para permitirle deslizarse en su interior y poseer su boca como pronto lo haría con su cuerpo. Sabía a cerveza y a romero e hinojo, que habían utilizado para marinar la carne que sirvieron en el banquete. En sus labios sabía aún mejor.

Con un jadeo se apartó, pero él se mostró reacio a dejarla apartarse con facilidad y le pasó los nudillos por la mejilla.

—Déjame ayudarte a quitarte el vestido.

Le ofreció una sonrisa y acto seguido se incorporó y se volvió para darle acceso a los lazos de la prenda.

—De acuerdo, marido. Desvísteme.

Entre medio de maldiciones, comenzó a deshacer los lazos del vestido de bodas azul. Catrìona se rio. Le llevó mucho más tiempo que desvestir a cualquier otra mujer. De seguro se debía a la falta de experiencia desnudando a una mujer medieval. Cuando por fin le quitó el vestido de lana por la cabeza, se quedó de pie ante él con la túnica interior y las medias puestas.

Se volvió hacia él y lo recorrió con la mirada.

—Te toca a ti.

Le ofreció una sonrisa suave, asintió y se quitó el cinturón de la túnica antes de quitársela por la cabeza. A continuación, se sacó la túnica interior, los zapatos, los pantalones y las medias hasta que lo único que le quedó puesto fue la sonrisa.

Todo rastro de humor se desvaneció mientras lo estudiaba. Le recorrió las largas líneas musculares con la mirada. Tomó nota del vello suave que le cubría el pecho y el torso, así como también de la piel pálida que destellaba bajo la luz de las velas que iluminaban la recámara de los novios.

Decidió que nunca se sentiría más atrevida que en ese

momento y se apresuró a deshacerse del resto de las prendas, que cayeron en la pila improvisada a los pies de la cama de cuatro postes.

—Mírate —susurró. La reverencia que oyó en su voz la hizo sentir hermosa y adorada. Había subido de peso y se sentía como la mujer de su sueño: más llena, más femenina, más libre.

—Tú también eres hermoso —le aseguró, sin saber qué debía hacer ahora que los dos se encontraban desnudos. Sabía qué quería hacer. Quería explorar hasta el último centímetro de su ser, desde los pies hasta la cabeza, y aprender qué lo dejaba sin aliento y necesitado.

Sin embargo, James tenía sus propios planes y la tomó en sus brazos. Le cubrió el cuerpo con el suyo y le dijo:

—Dime qué quieres, Catrìona.

Sentía la longitud dura de la erección apretada contra su centro húmedo. Si le preguntaba qué quería en ese preciso momento, era tenerlo en su interior, pero no podía «decir» eso.

—Quiero que hagas lo que me hiciste la otra vez. —Se sintió orgullosa de que la voz no le hubiera fallado hacia el final de la oración.

Un destello de picardía le brilló en los ojos, y las comisuras de los labios se le curvaron hacia arriba.

—Será un placer complacerte. Pero en esta ocasión no me detendré cuando hayas llegado a la cima.

Estaba lista para todo lo que quisiera darle y más.

—Muy bien.

Se deslizó por su cuerpo despacio y le fue depositando besos por doquier. Cuando llegó a la curva de los senos, se llevó un pezón a la boca. Catrìona se arqueó en la cama y le apretó el rostro contra su cuerpo. Cuando terminó con el primero, dirigió su atención hacia el segundo. Capturó el capullo con delicadeza y lo soltó al cabo de un rato.

Lo único que atinó a hacer fue mirarlo maravillada.

—¿Qué fue eso?

En lugar de responder, le ofreció otra sonrisa y continuó

descendiendo por la curva plana de su vientre. Cada tanto, la lamía o la mordía mientras continuaba su trayecto hacia los muslos. Se detuvo a acariciarle la unión de las piernas antes de separárselas para dejarla expuesta por completo a él.

Se tragó la vergüenza que le recorrió la piel. No necesitaba temer ese momento. James era su marido, y no podía pedirle que se detuviera, no cuando tenía los ojos clavados en su centro. No con la mirada voraz con la que memorizaba cada pliegue de su carne.

Se apoyó sobre los hombros y con los dedos le separó los pliegues con suavidad. Luego apartó la mano y la adoró con la lengua.

Catriona clavó los dedos en el cubrecama para aferrarse a algo. Si la volvía a tocar así, temía que su alma abandonaría su cuerpo del placer intenso.

—No, amor, aférrate a mí, no a las sábanas —la instruyó en un susurro.

Se dio cuenta de que tenía los ojos tan cerrados como los puños. Le llevó un instante apartarse del placer para mirarlo. Luego siguió sus indicaciones, soltó las sábanas y le enterró los dedos en el cabello.

Le canturreó el agradecimiento contra la piel, y le hizo sentir un placer que la recorrió entera.

Pero eso no lo dejó satisfecho. Con cuidado, le acomodó las rodillas de modo que los muslos se le apoyaran contra las mejillas y su rostro quedara enterrado contra su piel. Luego incorporó un dedo para penetrarla con delicadeza.

—Ya estás lista para mí —le susurró.

Se tuvo que limitar a asentir con la cabeza como respuesta. Las palabras se le habían desvanecido de la mente por completo con las sensaciones nuevas que amenazaban con arrojarla al abismo.

Como no respondió, James le introdujo otro dedo y le dibujó círculos con la lengua en el capullo lleno de nervios cerca del montículo. Cada caricia de la boca la dejaba sin aliento. Sentía que el corazón estaba a punto de escaparse del pecho.

—Primero te voy a mostrar las estrellas, y luego me voy a enterrar en tu calor para llevarnos a la luna —le prometió en un susurro más para él que para ella.

Catrìona asintió sin comprender algunas de las palabras, pero feliz de hacer lo que le pidiera mientras no dejara de tocarla.

Volvió a hundir la cabeza y la lamió con más intensidad. Cada caricia le hacía alzar las caderas al ritmo que él había establecido.

La última vez había aprendido a no luchar contra las sensaciones, a dejar que el placer la embargara por completo. Y, al hacerlo, le hizo ver las estrellas. Se aferró a su cabello, le apretó los muslos contra la cabeza y meció las caderas hasta llegar a la cima y quedar temblorosa.

Cuando por fin abrió los ojos, vio que la miraba como un predador.

Le abrió los brazos, y sin decir nada James le cubrió el cuerpo con el suyo y se acomodó entre sus piernas. Su longitud dura le quedó apretada contra el vientre, y Catrìona sintió la punta pegajosa contra la piel.

—¿Estás lista? —le preguntó.

Catrìona asintió.

—Sí, te deseo más que nada. Siempre te he deseado.

Le dio un beso en los labios, se acomodó entre sus piernas y con delicadeza se deslizó en su interior.

No fue doloroso, más bien un malestar que no debería aliviar. Se aferró a sus hombros anchos mientras continuaba deslizándose en su interior con lentitud.

James tenía el mentón tenso mientras absorbía su cuerpo y la vista clavada en su unión con una intensidad que solo había mostrado en la batalla. Oh, cómo lo amaba.

Con cada centímetro que se enterraba en su interior, Catrìona se aflojó y se relajó bajo su cuerpo. Confió en que al final no sería todo incómodo. Cuando lo albergó por completo en su interior, se sintió llena y deliciosamente invadida, y se tensó alrededor de su miembro. James se acomodó entre sus caderas, apoyó los antebrazos a ambos lados de sus hombros y apartó su corpulento peso antes de quedarse quieto.

—¿Estás bien, amor? Si te duele, me detendré.

En respuesta, negó vehemente la cabeza.

—No te detengas. —Lo cierto era que no le dolía. En ese momento, el malestar había dado paso a una suerte de placer en el que sabía que se podría perder. No era de sorprender que ese acto fuera un pecado carnal. Nunca antes se había sentido más dentro de su cuerpo. O a él más cerca de ella.

James asintió y con cuidado se retiró. El movimiento le encendió chispas en el interior y le puso final definitivo al malestar para dar paso a algo mejor.

—No sé cuánto podré durar. Te sientes tan bien —le murmuró contra los labios.

Catriona le envolvió la cintura con las piernas y las cruzó en su espalda.

—Entonces no dures. Entrégate a mí.

James hundió la cabeza y la besó con dureza y voracidad. Luego se apartó para mirarla a los ojos y se volvió a deslizar hacia afuera y dentro de su cuerpo. Estableció un ritmo suave y delicado. Sin dudas, lo hizo por ella, pues podía ver el mentón tenso del esfuerzo que le requería controlarse.

—James, no te detengas por creer que soy débil para esto. Nunca podrías lastimarme.

Con su permiso, se retiró casi por completo de su cuerpo, arqueó las caderas y se volvió a hundir en su interior. La fuerza del movimiento la hizo saltar del colchón y soltar un jadeo.

Oh, ese no era el delicado acto de amor con el que habían comenzado, y ahora que lo sentía, no quería detenerse. Le clavó las uñas en los hombros y lo instó a repetir el movimiento. James le dio todo. Utilizó las rodillas para sostenerse y la volvió a embestir.

Cada roce del miembro contra su canal la llevaba en espiral

hacia la cima. Las olas de placer se rompían una contra otra mientras la embestía con el cuerpo.

James soltaba unos gemidos lobunos.

—Acaba conmigo.

Catrìona ya se encontraba al borde del abismo y no faltaba mucho para que cayera en él.

James aumentó el ritmo, se hundió en ella una y otra vez a un paso brutal e imposible de detener. Y luego, como una ola de la marea que no se contiene ante un dique, rompió contra ella. La ola de placer la embargó por completo y la poseyó con la misma certeza con la que lo había hecho él.

James gimió contra su cuello sin dejar de mover las caderas a un ritmo más lento hasta que al fin se detuvo y se apretó contra su cuerpo. Lo sintió temblar al igual que ella.

Al cabo de varios minutos, logró encontrar el camino de regreso a su piel. Un dolor agudo se había anclado en su interior, y supo que podría sentirlo al día siguiente.

Sin embargo, en ese momento, solo tenía ojos para su marido. Tenía el ceño cubierto de sudor y se apartaba unos mechones de cabello a los que antes se había aferrado con los dedos.

—Te prometo que la próxima vez seré más delicado —le dijo con los ojos cerrados al tiempo que apoyaba la cabeza al lado de la de ella.

Luego se retiró de su interior, y Catrìona se estremeció mientras se alejaba.

—No te atrevas. Puede que esté dolorida, pero quiero sentir lo mismo por completo en cada ocasión.

James se volvió a mirarla y la envolvió en sus brazos.

—¿Y mi corazón? ¿También lo quieres por completo?

—Ya lo tengo, mi amor, al igual que tú tienes el mío —le respondió entrelazando los dedos con los de él.

De pronto, sus ojos se tornaron serios y peligrosos.

—¿Me lo prometes?

Con las puntas de los dedos, le trazó las líneas del rostro y le sonrió.

—No es solo una promesa. Es un juramento.
—Yo también lo juro.

Y mientras su marido le cubría los labios con los suyos, el beso que le dio le dijo todo lo que sentía por ella. Que la amaba. Que había encontrado dicha a su lado. Su propósito ahora estaba claro: debía ayudar a su clan y a su marido de cualquier manera posible, con su conocimiento, su fe y su pasión. Era una mujer libre, a pesar de estar casada. Eso era lo que más había anhelado cuando decidió convertirse en monja. Sentirse amada, útil y libre.

Ahora sabía que se merecía todo el amor que la rodeaba. El amor que sentía más fuerte en los brazos de James. El amor y la fe que los había unido a través del tiempo.

EL FIN

Si te gustó la historia de Catrìona y James, no te pierdas la de Raghnall y Bryanna en **La novia de *highlander***

OTRAS OBRAS DE MARIAH STONE

AL TIEMPO DEL HIGHLANDER

Sìneag (GRATIS)
La cautiva del highlander
El secreto de la highlander
El corazón del highlander
El amor del highlander
La navidad del highlander
El deseo del highlander
La promesa de la highlander
La novia del *highlander*
El protector de la *highlander*
El reclamo del *highlander*
El destino del *highlander*

AL TIEMPO DEL PIRATA:

El tesoro del pirata
El placer del pirata

En Inglés

CALLED BY A VIKING SERIES (TIME TRAVEL):

One Night with a Viking (prequel)— lese jetzt gratis!
The Fortress of Time

The Jewel of Time
The Marriage of Time
The Surf of Time
The Tree of Time

A CHRISTMAS REGENCY ROMANCE:

Her Christmas Prince

GLOSARIO DE TÉRMINOS

bannock: pan plano típico de Irlanda, Escocia y el norte de Inglaterra

birlinns: bote de madera propulsado por velas y remos que se utilizaba en las islas Hébridas y en las Tierras Altas del Oeste en la Edad Media

braies: pantalones de lino cortos que se usaban como ropa interior en la Edad Media

braiel: cinturón delgado de cuero para sujetar los *braies* y los pantalones

claymore: espada ancha de empuñadura larga y de doble filo que se blande con las dos manos y utilizaban los *highlanders*

coif: cofia o gorro que usaban los hombres y las mujeres en la Edad Media

cuach: copa con dos asas

cù-donn: nutria o perro marrón

Cruachan: grito de batalla del clan Cambel

handfasting: ritual de unión de manos; tradición celta en la cual una pareja une las manos con un lazo que simboliza la eternidad

highlander: habitante de las Tierras Altas de Escocia

GLOSARIO DE TÉRMINOS

kelpie: espíritu del agua capaz de tomar diferentes formas, usualmente la de un caballo
laird: título que se le da al jefe de un clan
lèine croich: abrigo largo y acolchado
loch: lago
lowlander: habitante de las Tierras Bajas de Escocia.
mo chridhe: mi corazón
mo gaol: mi amor
quaich: ver *cuach* - copa tradicional y ceremonial
sassenach: inglés o inglesa
slàinte mhath/slàinte: salud
Tulach Ard: grito de batalla del clan Mackenzie
uisge beata: agua de la vida o aguardiente

ESTÁS INVITADO

¡Únete al boletín de noticias de la autora en https://mariahstone.com/es/ para recibir contenido exclusivo, noticias de nuevos lanzamientos y sorteos, enterarte de libros en descuento y mucho más!

RESEÑA

Por favor, deja una reseña honesta del libro. Por más que me encantaría, no tengo la capacidad financiera que tienen los grandes publicistas de Nueva York para publicar anuncios en los periódicos o en las estaciones de metro.
¡Sin embargo, tengo algo muchísimo más poderoso!
Lectores leales y comprometidos.
Si te ha gustado este libro, me encantaría que te tomes cinco minutos para escribir una reseña.
¡Muchas gracias!
Mariah

ACERCA DEL AUTOR

Cuando Mariah Stone, escritora de novelas románticas de viajes en el tiempo, no está escribiendo historias sobre mujeres fuertes y modernas que viajan a los tiempos de atractivos vikingos, *highlanders* y piratas, se la pasa correteando a su hijo o disfruta noches románticas con su marido en el Mar del Norte. Mariah habla seis idiomas, ama la serie *Forastera*, adora el sushi y la comida tailandesa, y dirige un grupo de escritores local. ¡Suscríbete al boletín de noticias de Mariah y recibirás un libro gratuito de viajes en el tiempo!

- facebook.com/mariahstoneauthor
- instagram.com/mariahstoneauthor
- bookbub.com/authors/mariah-stone
- pinterest.com/mariahstoneauthor
- amazon.com/Mariah-Stone/e/B07JVW28PJ

www.ingramcontent.com/pod-product-compliance
Lightning Source LLC
LaVergne TN
LVHW091711070526
838199LV00050B/2346